剑问

林那北·著

天津出版传媒集团
百花文艺出版社

图书在版编目（CIP）数据

剑问 / 林那北著. -- 天津：百花文艺出版社，2014.1
ISBN 978-7-5306-6371-4

Ⅰ. ①剑… Ⅱ. ①林… Ⅲ. ①长篇小说-中国-当代 Ⅳ. ①I247.5

中国版本图书馆CIP数据核字(2013)第270787号

选题策划：马津海　　装帧设计：郭亚红
责任编辑：彩罕娜　　责任校对：张亚丽

出版人：李华敏
出版发行：百花文艺出版社
地址：天津市和平区西康路35号　　邮编：300051
电话传真：+86-22-23332651（发行部）
+86-22-23332656（总编室）
+86-22-23332478（邮购部）
主页：http://www.bhpubl.com.cn
印刷：天津金彩美术印刷有限公司
开本：880×1230毫米　1/32
字数：173千字　　插页：7
印张：9.5
版次：2014年1月第1版
印次：2014年1月第1次印刷
定价：26.00元

目录

[第一部]

风 火 墙

一

吴子琛嫁过来时，对新房的位置提了一个要求：必须是第二进东厢房的第三间。

李宗林当时对夹在吴家一长串吓人的彩礼清单间的这个要求并没在意，新房好歹是李家自己的，安在哪一间不是安呢？他的注意力都在这门突如其来的亲事上。

李家与吴家门第差很远，从三代以前说起，吴家曾祖父是进士，祖父留学东洋，父亲顺着足迹也东渡，几年后回国投资玻璃厂、榨糖厂、轮船行、电气公司、电话公司，腰包愈发厚实，每日往他们家涌去的银圆哗啦啦流成了河，跺个脚，整个福州城都会颤几下。而李家，就是狠命上溯，溯至宋朝，也没有出过哪怕一个穷酸小秀才。为什么要提宋朝呢？在这个朝代，福建真是太特别了，有人粗粗一算，算出五千九百多位进士，占了全国的六分之一。读书做官，官还做得很大，大到一人之下万人之上的宰相，而且不仅一人，南北两宋的三百一十九年中，竟多达五十个宰相，其中像曾公亮、李纲、陈俊卿、留正等都名声赫赫。这么多人借着科举上位，庆贺的锣鼓鞭炮声此起彼伏，而李家即使在宋之后的元、明、清三朝，也仍然门庭寂寥，从未红火，甚至“体面”二字都与他们从未结缘。一大堆李姓宗亲也不是不慕仕途，正相反，他们口水都流到脚尖上了，青灯黄卷读了又读，最终都是未遂。按传统的大户人家的标准，他们是怎么也无法罗列在内的。结果，突然之间，吴家的二小姐吴子琛，本来好好儿在北平燕京大学英文系读着书，当着她的富家千金，却千万里回转来，要往李家嫁，嫁给李宗林的儿子李百沛。

媒人最初上门时，李宗林听了半天没回过神，嘴张起，眼瞪着，他以为是对方脑子出问题了，大街小巷串来串去竟串错了门，见他家院子门开着，脚一歪，就拐进来，不着边际胡说一通。李宗林说：“唉，您难得这么闲啊，闲得慌了？”

媒人脸色就难看了，报出吴家老爷吴仁海的大名，再报吴仁海二女儿吴子琛的名姓。福州城里人其实早已习惯了不称吴仁海姓名，只要说“电光吴”，谁都知道，指的就是他，全城的电线是他家拉的，电话是他家通的。他家的女儿，肯往李家下嫁？

媒人马上点点头，说：“就是啊，我也觉得出鬼了。”

媒人又说：“但这事是真的，千真万确。”

李宗林有种被人猛地击打了后脑勺儿的感觉，一股不祥从脚底烟雾般缓缓弥漫上来。吴家的小姐，全城千家万户或财或权或财权双全的人家摆在那里任意挑选，横来竖去全挑烂了，也不可能轮到李家。结果李家不去想，不去攀，不去求，人家却主动找上门了。

李宗林想不通的就是这一点：天下哪有这么便宜的事？

媒人已经站起来了，媒人以为接下来李宗林忙不迭地就要点头了，哪有不点头的道理？对媒人来说，这也是件多么便利的美差事，舌头都懒得多动儿下，事就成了，就可以领到赏钱了。

李宗林却说："呃……要不明日再定吧。"

媒人脸一下子黑了，抬眼朝天望望，说："明日巳时，也是这时候吧，我再来。"

那一天余下的时光李宗林一直把自己关在花厅里，这是他的习惯。他不是个心智丰沛的人，尽管这一点承认起来很难，但放在心里，他自己是明白的，所以遇上大事，他都要缓下来，不急于说，不急于做。他得想一想，放在肚子里再思一思前想一想后什么的。

花厅是他家中装饰最像样的地方，两把酸枝木太师椅是他父亲留下来的，门窗上寿桃、松鼠、喜鹊是他父亲找人雕刻的，不是一般的雕，是透雕，层层镂空，栩栩如生。他的父亲叫依浩，这只是小名，街坊间都这么叫，渐渐大家都忘了他大名。咸丰年间依浩开始在全城最繁华的南后街一角支一个木架子摆小摊时，不过十岁出头，整个人猴一样缩着身子，把各色丝线一大溜摆开，摊着卖，卖着卖着，也就卖大了，有一天居然自己开起店铺，先是租，后是买，先后共买下两家店面，一个卖丝绸，一个卖百货。再后来把百货店盘出，开起了丝厂，又开了绸缎厂，产自己的布，卖自己的货。父亲这个人，是李宗林眼里所能见到的人里头最胆壮气足的，几乎没有什么事扛不起来，可惜父亲已经死了。

天已经黑下来了，外面风刮得很大，一阵阵呼呼响过。风从镂空的雕花中穿进，冷不防就要打个寒战。李宗林伸手抻了一下灯绳，吊在屋中央的灯泡亮了，泛着幽黄的光，像一只萎起的黄瓜，又像只迷离的眼从屋顶伸下来。电线的那一头，一直连到吴家。财大气粗的吴家，如今正等着跟李家攀亲，他们图的究竟是什么呢？

李宗林往外喊了声，他让人去把儿子百沛叫来。

百沛二十二岁，架一副黑框眼镜，几年前还在福建省立第一中学上学时，就不大穿长衫了，大都黑白两色洋服，在脖子上搭一条呢围巾，一个冬天也就这样对付过去了。李宗林打量起儿子，完全换成旁人的眼光来看。公平地说，百沛的相貌不差，首先个头儿高，身板直，虽瘦弱了些，毕竟块头儿在那儿，分量就少不了。另外，那眼那眉那鼻，每一样都摆得分寸恰当，不娇弱地猥琐，也不张扬地夸张。但是吴家的小姐难道是冲着相貌来的？鬼都不会信。两人连面都未曾相识，一个在北平，一个在福州，山水相隔，云山雾海。花开得再艳，可以传其香，不能播其色。何况，若是单论容貌，吴家小姐那双眼怕早已阅尽无数奇峰异壑了，连戏台上的梅大爷梅兰芳那样貌若潘安的姿色，料也都熟视过，一个福州小城中的百沛，哪还有稀罕之理？

那么她稀罕什么？

李宗林就把事情一五一十和盘说给百沛听。这事不能独独搁在他一个人心里，他搁不起。

百沛半晌不语，眨眼、皱眉、抿起嘴唇。

显然，百沛也是意外的。

从三五年前起，家中就不时有媒人登门了，东门角梳店的陈家姑娘、西门脱胎坊的林家闺女、南门油纸伞行的许家女子、北门肉燕店的黄家小姐，再或者鼓楼鱼丸店的刘家小妹。相亲百沛倒次第相过了，但相归相，相过之后就不会再有下文。李宗林没明白儿子。那些女子虽都小门小户，毕竟有碧玉状，勤俭端庄，贤淑有加，一个赛一个好。百沛说："再好跟我又有何干？"那就是相貌了。人家模样玲珑有致，举止斯文有礼，到顶了，你还要找啥样的天仙？

百沛声音就大起来，他说："跟相貌也无关！"

李宗林瞪着他，鼻孔里无声地哼了一声。女子身上无非貌和德这两样可以放到秤上掂一掂斤量，之外还能有第三样？

也就是说，几年来，百沛也算千帆过尽了，但都没看上眼。轮到吴家女子，吴家跟别人不一样，应付不得，得罪不起。李宗林的意思是，这事进与退都伤脑筋，已经把他弄昏脑袋了，究竟如何是好还得百沛自己拿主意。

百沛说："算了，攀不上。"

"推掉？"

"推吧！"

"不见一见？"

百沛手一挥，口气很重地说："不见！"

第二天媒人在巳时果然又来了，不是空着手来的，而是从怀里掏出一张纸，上面密密麻麻写着字，是彩礼的清单。一行行往下看时，李宗林后背就渐渐沁出一层细汗。除了指定新房必须是第二进东厢房的第三间之外，还对金器银饰绫罗绸缎等等有具体的确定，都是吓人的数字。一个李家并无意要娶的女子，在尚未两厢情愿之际，就已经自作主张抢先把彩礼内容一一罗列出来，这是干什么？

但是看到礼单的最后一行时，李宗林的脑子又轰的一声炸开了。

最后一行是狼毫小楷小字，小得像一排苍蝇停歇在那儿："彩礼由吴家备置，备齐了私下送李家，李家迎娶前再招摇送吴家。"

李宗林眼光在上面翻来覆去睃巡几遍，许多遍后他两眼还是迷糊不清的。吴家要彩礼，彩礼是要给别人看的？换一句话说，吴家是殚精竭虑把女儿倒贴到李家来的？李宗林把彩礼清单递给儿子，伸出食指，食指上有尖尖的长指甲，他用指甲重重地在那行小楷下划上一道，又划了一道。他的意思是让儿子也确认一下，人家究竟是什么意思啊？

媒人说："吴老爷要你们去他家坐坐，现在就去，人家正等着哩。"

李宗林望着百沛。

百沛突然笑了,他说:“有意思。要不就见见吧。”

半个时辰后,李宗林与百沛跟在媒人后面走进了宫巷的吴家。

两个时辰后,百沛跟在父亲身后出了吴家大院,他的脸红扑扑的,嘴咧得很大。李宗林扭头瞥一眼,知道大局已定,说什么都是多余了。

这是民国二十四年腊月,冬至已近。五天后,吴家二小姐吴子琛吹吹打打嫁进了李家。

二

李百沛是在状元巷二十九号房子里拜的天地，婚礼不算太排场,但也绝不寒酸,十九桌酒席,近两百位来宾,从米家酒行订的陈年老黄酒足足搬来二十六坛,杯起盏落,醉倒一大片人。

李宗林差点儿也醉了。

父亲依浩以前骂他上辈子是被酒撑死的。骂得没错，他确实喜欢酒,身子里的每一个缝隙时时刻刻都等着酒去充填似的,量本来深不见底,无奈一轮轮敬了张三敬李四,主动敬过了,人家又反过来敬他。老酒滔滔下肚后,与参差不齐的情绪搅到一起后,就渐渐失了分寸。好在他心里还明白,发现自己脚踩下去不实在,开始飘了,就寻机遁去。

他躲进一间小偏厦。

屋里没有窗,没有天花板,平时只堆放些杂物零碎,很少有人进出,白昼也黑得近似黄昏。李宗林眼直直瞪着黝黯的墙,墙是杉木板的,隐约的木纹水波一样晃动,不时就有父亲依浩的脸浮在上面。“是福是祸呢？”李宗林问，他问的是儿子百沛娶吴家二小姐这件事。依浩张张嘴，捋捋胡子，不等答出，又一下子不见了。

状元巷二十九号房子是在父亲依浩手中买下的。那时丝厂、绸缎厂都办起来，渐渐运转开来，日子就有了起色，三餐不用愁，衣被也足以挡寒抗冻，还缺什么呢？缺一座堂堂皇皇的宅第。田或者屋，都是一辈子挂在心头上的结，没有它们，日子哪里能踏实往下过？

依浩干瘦黝黑，背也隆起，像有座小山驮在背上。有了妻后，依浩还有了两房妾，妻妾子宫都吞吐有力，一个接一个往外吐，但在李宗林之前，生下来的却全是女的。李宗林出生时，已经四十一岁的依浩终于长长嘘了口气，接下去，李宗林的大弟李宗汉、老三李宗启也相继到来，三个儿子齐刷刷摆在眼前，并且一天天往上长，依浩终于就有了必须买房的另一个迫切理由。豪宅阔院根本不敢想，从门外走过眼皮就连忙耷拉下来。那段时间，很多人看到消瘦干瘪的依浩出东街串西巷，他腿迈得很急，步子碎碎的，长衫的前摆几乎扫到地面，而后摆则翘在屁股上，大鸟翅膀般支棱在那儿。几个月后，依浩终于选定一处房，状元巷二十九号，一座老房子了，大约明末修建的，都荒废了，隔扇、窗棂、斗拱、挂落，所有的木构件都摇摇欲坠，但整座房的规模却在，三进三开，面阔五间，基座坚固，柱础完整，廊榭齐全，厚厚的马鞍形风火墙团团一围，围出一个宽阔的大宅院，第一进深七柱，第二进深五柱，第三进是双层书房；门头房外两扇大门是铁丝木制的，又沉又结实，用火都点不着，上面有几排摆列整齐的铜铆钉，已经长着一层青锈，用手使劲儿搓几下，渐渐会有刺眼的金黄色浮上来。

依浩关上门，在里头敲敲打打重新修缮了几个月，外面的人只能根据声音分辨着是石头还是木头发出的。等到再打开门，已经屋是屋，楼是楼，天井是天井，厅堂是厅堂了。一座看上去行将溃散的房子，又被依浩整治得有模有样，牌堵气派，门窗剔透，连墙头和翘角的泥塑都重新制好，并且精致彩绘，色泽明艳。那天依浩站在门口向来道贺的人作揖回礼，脸上不见得意，倒更添了几分卑微躬谦，仿佛身后有这样一座大房子，他便有负于大家，是占了别人的便宜。

状元巷因为宋代出过一位状元而得名，状元姓陈，传说此人高中后便扶摇直上了，进出朝廷犹如出入自家后院，抬眼可见皇上，低头可见众臣。许多官宦、商贾、儒生认准状元祖居地风水顶级，于是接踵而来，在此落户安家，指望能沾点儿仙气文才，渐渐一整条巷鸿儒世贾高官的府第就此起彼伏了。也不乏几代下来早已破落衰败了的，但毕竟是世家，虽死未僵，一个个脸上还是布着轻蔑不屑。居高临下这种感觉原来也是可以遗传的，它潜于骨子里头，血液之中，并不是说没就没的。反过来，更不是说有也就能有的。踏进家门前来探看的邻里中，有数个囊中早已空荡，上顿下顿之间都有了难言的艰涩，唯余一副唬人的骨架而已，依浩当然心知肚明，却仍是诚惶诚恐，俯身请让，哈腰恭迎。当然别人也看得出来，依浩模样再恭谦，这一刻也挡不住每一个毛孔往外嗞嗞散发喜气。

新石铺地，新木搭梁，连天井旁的披榭环廊都重新搭起，漆红抹绿，气象顿生。唯有那一圈敦实的马鞍形风火墙仍原样不动，仅小修小补后再在外面抹上一层白石灰，就簇新得悦眼，衬着高高挑起的鹊尾翘脊跌宕起伏得像只扑闪翅膀的老鹰。依浩走到墙边，用手轻轻拍了拍，墙仿佛为了应和他，马上发出低沉短促的声响。有人伸直胳膊比划一下，墙的厚度竟快把一只胳膊的长度占去了。依浩连忙哈腰笑笑，他说："我看过了，是用灌了糯米汤的三合土筑成的,结实,都两三百年过去了,还是结实。”

有人插话说:“光墙结实有什么用?墙还在,可那个修墙的人家却早败了。”

依浩马上点头,连连称是,这话原来是极入他耳的。他说:“我家离真正兴旺起来还远着哩,就怕眨眼又败了。”说到这里他又拱手向客人作个揖。

那时李宗林和老二李宗汉、老三李宗启都齐齐站在人群里,所以也可以理解为依浩的这个揖是包括对儿子们作的。虽非一母所生,兄弟三人却是彼此无间的。宗汉心思复杂些,但也并非锋芒毕露;宗启性情阴郁些,谈吐却也能从容雅致。跟两个弟弟相比,李宗林很清楚自己在很多方面都处于下风,他仅上了几年私塾,就早早罢了学,跟着父亲跑前跑后打个下手。如果有可能,他更愿意闲适地守在酒杯边,得空抿几口,醉几回,甩甩手快意度春秋。而老二和老三,虽也无力慕科举,仅分别考入马尾船政学堂后学堂轮机专业和福建官立中等工业学堂预科班,但他们心劲儿都胜于自己,能力也非同日而语。父亲依浩那一串揖作下来时,李宗林也清楚父亲的殷殷之意,他却并没有将它跟自己联系起来。别的人家中,若是兄弟众多,总免不了要为谁可以把父辈家业承接过来打得头破血流,李家却没有,至少李宗林没有过这个打算。家业有一个人费心耗力去承接就行了,而父亲有三个儿子,那两个反正门杜般顶在那儿,李宗林就慵懒地袖起了手,半分心思都不肯花下去。没想到宣统元年初,老二宗汉从船政学堂还未毕业,就突然失踪了,或说随人去了南洋,或说随船去了英法,总之音信全无。再过六年多,就在参政院推戴袁世凯为“中华帝国大皇帝”的那一天,一向中规中矩的老三李宗启居然跟人打上一架,不是一般的打,对方躺倒在地,气息奄奄，几乎不治。被打的人是台江下杭路荣记大糖行的少爷，一场官司马上逼到眼前，宗启二话不说，从打人现场一溜烟就跑了，一去不回。这样，家里就仅剩下李宗林了，作为长子，他哪里还能找得到半句推辞之言？

刚搬进状元巷二十九号时，父亲依浩的身架子虽干瘦，却是结实的，终年与药无缘。老二宗汉走时，他大病一场，老三宗启惹事时，他又病一场。后面那场病倒不是因为宗启突然不见引起的，宗启打了人，到外头避避风头是聪明的做法，若是他回家来，父亲也是要劝他走的。但人走了，账得理，人家残肢断臂一身鲜血往这边抬来，还有钱有势做背景，父亲无论怎么心疼钱，都只得迅速将腰包酣畅解开老实奉送出去，这一送，多年的辛苦积攒几近断送。父亲就是为此病倒的，一病不起，在床上拖了几年，苟延残喘，熬到民国九年，终于撒手西去。

推算起来，宗启打人这件事，应该是李家由渐兴变渐败的转折点。他为什么打人？李宗林后来去询问了，说是为了朱紫坊高家那个白净的爱穿青藕色绣裙的姑娘。朱紫坊与状元巷不过隔两条路，宗启来来去去，总不免得从朱紫坊穿过。某一日，就跟那个穿青藕色绣裙的高家姑娘打上照面了，就搭上话了，就喜欢上了。据说高家姑娘琴棋书画都有爱好，正上着福州女子师范学校，对宗启也有几分意思，眉目已经开始传情了，不料荣记大糖行的少爷横插进来，上门提亲、送来聘礼，被拒一次再一次，第三次，没拒成，高家姑娘最终拗不过父母。之前宗启可能并没有打架的准备，私底下暗自横眉冷泪悲恸了一场，过后仍是怯怯地将伤心按下。那日他独自去聚春园狂饮，微醉间瞥见了荣记糖行少爷，那少爷不是一个人，身边还有一浓妆艳抹的女子，正莺声燕语，眉宇间都是风尘。分明已经与高家姑娘定下亲事，转身怎么还要到烟花柳巷间轻薄？宗启桌子一拍，上前就与之生了口角，就动起了手。手之前从未打过人，一拳出去，想不到竟有着那么凶残的猛力。糖行少爷已经应声倒下了，宗启还不解恨，又冲上去，再下几拳几脚。

无非为了区区一个女子，何至于如此呢？这是李宗林怨恨交加之处，也无从谅解。他比老二宗汉大四岁，比老三宗启大十岁，早早儿就娶妻生子，娶了两次，第一个是百沛的母亲，乡下来的女子，长得粗枝大叶，面庞方正。亲事是依浩做主揽下的，进了门，孩子一个接一个往下生，却与依浩的妻妾们一样，生的净是雌的。待终于生出一个儿子百沛，女人气数一下子也就尽了，一场风寒，竟然丧命。她死去之前，妾已经进门了，叫丁淑云，是个泉州女子，其长相也是类似的，都面庞饱满、额头宽阔、鼻头厚实、下巴多肉。按依浩的说法，娶妻不过娶来传宗接代，所以，对方门第不重要，俊丑也不重要，重要的是看她是否勤劳贤淑。总之，都是父亲做的主，父亲说了算。异性的是非长短，李宗林根本还来不及在肚子里打过转，身边就已经有两个女人了。

现在，第一个女人生下的儿子李百沛又在状元巷二十九号办酒宴迎娶新娘了，这个新娘却不是他做的主，不是他挑的媳。一杯杯酒端到他跟前，要跟他碰杯，要让他一饮而尽。他碰了，饮了，尽了，心里却仍是七上八下的。

儿子这场突如其来的姻缘，怎么说都过于蹊跷了啊。

三

父亲依浩临死之前曾拉住李宗林的手，唇嚅动着，支支吾吾说出一串含糊不清的话，然后停顿片刻，大喘几口气，气眼见着就缓不过来了，手却仍然尖利地举着，举向床头。那里挂着一块木牌，牌上几个字：即使卖妻，也不卖房。牌子是购下房子的第二年父亲特地制成的，他自己写的字，寻来一块上好楠木，又找了一位好艺人，刻阴字，字抹黑漆，木板上桐油漆，一层层地上，上得木面一片锃亮，能清晰映得出人影，看上去都不像木板了，像玻璃。

李宗林连连点头。

他点完头，父亲的气就断了。

父亲的意思李宗林明白，不许卖房父亲也不是弥留之际才记起吩咐的。先前每年大年初一，父亲都会把家人招到自己的房里，站在木牌前，并不说话，只是看着木牌，大家也顺着他目光一起看，看过一刻钟，他抬抬手，往后轻轻一扬，他说："好了，你们去吧。"

创业中的千辛万苦是看不见摸不着的，留不下具体痕迹，却可以被房子的一砖一瓦一石一泥垒出来，摆在那里，像一座碑。房子是父亲依浩的另一条命，这一点李宗林从小到大都看进眼里了，没有人比他更清楚。那一刻，总之他都必须对父亲点下头，不点，父亲是不会合上眼的。一个人连命都没了，抬出去，草草找块墓地埋下，转眼就烟消云散，可是父亲仍还是对留在世上的自己再也享用不到的一座房子耿耿于怀。因为要赔荣记糖行的一大笔钱，在父亲手中，就已经将丝厂卖掉了，绸缎厂要生产，就得去别人家进货，一出一进，银两明显就少挣了。一日少挣点儿倒也无碍，但日日出得多进得少，就支撑不住了，最后不得不把丝绸店典卖掉。李宗林相信父亲应该早已看穿他绝非能挽狂澜之人，或者更料知未来，知道有限的那一点儿家业，将会在他的手上一点儿一点儿衰竭殆尽，所以父亲要撑着最后一点儿力气，让他发誓，让他无论如何不能卖房。

后来李宗林一直在想，父亲为什么独独对房子这么在意呢？家中尚剩有一厂，父亲却并没有让李宗林死死守着。或许父亲知道，绸缎厂是李家大小糊口的唯一保证了，无论多辛苦，李宗林都不得不拼上老命。

老命豁上倒没事，但家业的周转运行，却不是光花蛮力就能从容担起来的。大鱼吃小鱼、快鱼吃慢鱼的商场，说到底取决于脑子的灵光程度。李宗林行吗？他不行。得空下来时，他总忍不住向远处张望，指望有熟悉的身影能突然出现，那是老二宗汉或者老三宗启。一年又一年，老二仍是半丝音信全无，老三倒是捎回过信，说在闽西，混到队伍里了，扛着枪，脑袋别到裤腰带上，让家人别惦念。李宗林能不惦念吗？居然哪种部队都没讲，黑道还是白道也不说。这么多年过去，荣记糖行少爷早将朱紫坊高家姑娘娶去，然后又休掉，接着再娶再纳，已经有一妻四妾了，日子有滋有味往下过，老三却仍是惊弓之鸟，有家不敢回。老二、老三不回，李宗林只好继续踉跄往前走，走了这么多年，待儿子百沛终于到了弱冠之年，他也身心俱疲了，一拱手，就把七杂八乱的摊子一股脑儿都交了出去。

起初百沛并不愿意，非常不愿。

也是奇怪，父亲依浩一天学没上过，是自己摸爬滚打识下一些字的，李宗林倒是从小进私塾，学来学去都没装进多少学问，不是他的错，是笔墨纸砚实在不能把他的兴致勾起。而百沛却不一样，捧起书，就恨不得永没有放下的时候。光禄坊有家诗社文人云集，百沛的身影就常常在那里浮动，他居然诗情蓬勃，居然诗名在外，居然被许多熟悉与不熟悉的人热烘烘地传阅吟诵。百沛就有点儿飘了，脑子都被烤得热烘烘的。如果还有科举，李宗林倒是乐意推儿子往那条道上走，若是终于能高中一个，好歹也为列祖列宗争来一个光。偏偏科举早就废了,路也断了,学既然无法优则士,那就罢了吧。儿子百沛却不想罢。诗社里许多大家子弟鱼贯出国,往东洋或者西洋的英法,百沛就眼巴巴地也打起盘算,再不济,他也想去北平、天津等处开开眼界。但最终却走不了,李宗林把家业推过来一把将他的脚捆绑住了。

百沛母亲生育的子女中仅百沛一个男孩,至于丁淑云,入门多年,腹中迟迟不见隆起,将回春百味药堂的药吃下成山,才终于育下一女千惠和儿子万贵。万贵今年不过十岁,挨到他成年,还有遥远漫长的路途。

所以,只有百沛了,必须是百沛。

何况,往外求学,支撑腰板的是钱,李家哪有钱?就是北平的燕京大学,据说一学期学费、宿费、杂费合起来,也得供一百五六十银圆,更别说西洋东洋了。李家是豪门富宅吗?李家不是,李家没有本钱赶这个潮头。

其实,另一层原因李宗林没有说透:他怕,怕外面世事的纷乱繁杂。郎官巷的林旭如果不是在光绪十七年时被江南水师学堂的沈瑜庆择为女婿带去南京,接着又进京参加恩科会试,直至被光绪看中,授四品卿,在军机章京上行走,他的小命怎么可能丢?郎官巷离状元巷不过百来米远,李宗林虽从未跟林旭打过照面,但关于他,先前真是如雷贯耳,一个刚二十三岁就成了皇上的红人的人,与谭嗣同、刘光第、杨锐一起直接参与新政事宜,红得发紫。当年福州人说起他来,哪一个不是流着口水仰头眺望的?多光宗多耀祖啊,结果西太后脸一翻,林旭就被拖到宣武门外菜市口上拦腰斩掉了,那一年是戊戌年。掐着指头算,林旭恰好比李宗林大十岁,若是好好儿待在福州家中,好好儿待在郎官巷里,林旭也不过六十多一点儿的光景啊。

还有一个人,要是活着,年纪更小:杨桥巷的林觉民。

林觉民的岁数甚至比李宗林还小两岁。庚子年那场童生试,李宗林也参加了。林觉民第一个离场,李宗林第二个离场。李宗林匆匆离去是因为他无从下墨,难以应答,而林觉民却不一样,只有十三岁的林觉民居然在试卷上写下“少年不望万户侯”七个大字然后扬长而去,震惊全城。那时李宗林真的自叹不如啊,林觉民匆匆行走的脚步,让他唯有仰视的分儿。后来呢?后来林觉民去日本留学,入了同盟会,又从日本回来跑广州去舞刀弄枪闹起义。义没有起成,最终却死了,尸首都没回来,埋在黄花岗了。

林觉民死的那一年,父亲依浩尚在人世。依浩大概由此及彼,不免惦念起不知漂泊何处的老二宗汉和老三宗启了,便伸出嶙峋的手,颤颤巍巍地说:七遛八遛,不离福州。“遛”与“州”,在福州话里同一个发音,读起来有押韵。林旭与林觉民让很多福州人真正有了惧怕,怕出了远门,固然见了大世面,却因此成了短命鬼。所以待百沛也要走,李宗林就不让走了,李宗林那时跟百沛说,要把家里的事弄起色,什么时候起色,什么时候你走。

这等于说,百沛永远也别想离开福州城半步了,那个绸缎厂已经千疮百孔,能缓一点儿迟一些烂成泥,就要叩谢苍天了,还能重新再镀一层景色?这一点,李宗林比任何人都更缺底气。百沛显然也一样,百沛低眉垂眼,脸冷得像块破布,闭门两天,才重新出来。出来时他清瘦得只剩一把骨头,他说:“那好吧。”说这句话的前与后,都跟着一声悠长而沉重的叹气,叹得地动山摇。从那天起,百沛的脸就凝固了,一直凝到那天他在宫巷吴家那个华丽气派的院子里第一次见到吴子琛。

那一天百沛脸上现出久违的红润与喜气。

“很好！”百沛是这么说的。娶进家门的吴子琛是他的妻子，他自己觉得很好了，李宗林还能说什么？

入夜之后，李宗林一边衔着烟筒，一边侧耳细听，却一直没听到所期望的半丝内容。真是邪了，儿子的新房里每一晚居然都悄然无声，一间屋明明装着血气正旺的两个男女，却像连只鼠都不曾驻足之地，床也不吱呀响。李宗林说不出这究竟是好还是不好。安静表明吴家的这个女子虽说在北平受了西学浸染，却仍是礼教到家的，能克制，有分寸，不放荡，不狂野。但是凡事总还是有个边沿的，一旦过了，谁能不操心呢？

不时地，宗林的眼会从吴子琛的肚子上睃过。这门亲怎么说都来得过于蹊跷，他不是没想过一个问题：那腹中是否带种而来？吴家的家风一向很正，他们在福州城已经风光了这么多代，代代出高人，辈辈有运道，吴家人总是声高气壮地自诩，那是因为自己家门尺寸紧实，规矩方正，所以邪气不侵，所以紫气东来。往北平一去多年的吴二小姐，她会不会是个例外呢？如果例外了，以吴家老爷吴仁海的做派，一怒之下找个普通人家草草打发掉的事情，也不是不可能的。

果真如此的话，吴家保存了名声，而李家哩，虽攀得一门旺族，却一世都褪不掉一层阴影。是儿子百沛自己乐意的，百沛哪怕稍有一点儿犹豫，李宗林都必定将亲事推托掉。他当然也是有私心的，吴家无论财势还是权势都令人口水川流不息，他们只要稍稍伸一条根须过来，都能将李家企业全盘带活。反正这事百味杂陈，一句两句难以说清。如果吴子琛的肚子异乎寻常地早早儿隆起，隆得山呼海啸，又该如何面对？

李宗林真的不敢想，一想额头两端就咚咚急跳，并且一圈圈涨大。

但是吴子琛气色不错，唇红齿白，行走疾速，早晨不呕不吐；细看她吞咽咀嚼，也流畅顺滑，并未见特殊胃口。李宗林把儿子叫来，字句都逐一斟酌过了，才缓缓开口。

“她怎么样？”

“好。”

“真的好？”

“是。”

“你们……究竟多好？”

“很好！”

李宗林看着儿子，儿子脸色依旧，与往日并无二致。那么，真的是自己多虑了？他动了动唇，似乎还要再问下去，突然间又失了兴致。

那天他带百沛去宫巷吴家时，一跨进大门，就看到厅堂和天井的地面上红灿灿一片，新写的对联整齐铺满了地。厅堂中央，一张桌，一台砚，一个磨墨人，一个挥毫者。挥毫者竟是吴子琛。李宗林看到，儿子神色一下子就凝住了，眼盯地上，盯对联上，一条条对联，他一步步缓缓挪动逐一看过，犹如看一堆旷世宝藏。确实是好字，李宗林心里也不免暗赞。一个小女子，竟可以把柳体的风骨、颜体的神韵都几分传神地收于腕中，一撇一捺皆这般行云流水气度不凡，实属不易啊。再看其相貌，虽谈不上风姿绰约，眉眼却都清朗开阔，圆脸，小嘴，水嫩皮肤，开口一笑，一排洁净的牙如一串珍珠细密有致。李宗林瞥儿子一眼，心里一怔，知道此事十有八九已经定下了。果然，离去时，吴家老爷叫下人把对联匀出一半，打个包，递过来，说是二小姐已经把两家办喜事的对联都写好了。接过对联，亲事就不再有回转的余地，李宗林还在矜持，百沛却忙不迭伸过双手，接到怀里。他的手居然有些抖，嘴咧得很大，喜不自禁。

就是说，跟李宗林的忐忑不安不同，百沛是高高兴兴迎来这门亲事的。

除了新房每夜异乎寻常的静谧之外，平日里确实也看不出吴家这个二小姐有什么不好，该说该笑，该行该走，都如常展开，有礼有节。她甚至还跟着百沛去了厂子。李家的女人之前家门以外的任何事务一概都不介入，没有人需要她们介入，她们自己更不敢，但吴子琛看一看问一问，李宗林也不觉得太离谱。先前的女人还大门不能出二门不该迈呢，而如今入私学甚至西学的女子已经满目皆是了，时代毕竟在变。何况自己既然已经把一切交予儿子，而吴子琛与儿子是夫妻，妻愿为夫分担荣辱悲喜，难道做长辈的还能去阻去挡？

儿子诗文可以，可是治厂管店却手脚杂乱，他的确是需要有人伸来援手的。

可是每一次吴子琛跟百沛一起上了黄包车，她的身子都会拖着阴影、带着冷飕飕的风。李宗林说不上来为什么，也不知究竟是什么。一道道晃动的阴影里如果跳动的是金银，或许李家就该峰回路转了。但如果是刀呢？会不会将因此鲜血四溅？

四

李宗林已经很久没跟丁淑云同宿一屋了，十年前万贵出生后，李宗林就独自搬到花厅住下。年岁渐长后，他夜里需静躺静卧，半丝吵闹都不堪承受。丁淑云没有吱声，她是这样一个女子：娴静、安稳、柔软、懂事。千惠小，万贵更小，都被她悉数揽到身边，张着翅膀，横竖百般呵护。之前，她也试图呵护李宗林第一个女人所生的那群女儿，但都不被稀罕，头一转，就是臭脸色和冷语气。不是丁淑云不好，也不是女儿们有多恶，很多事用平常的道理一时半会儿总是难以解释得清楚明白。百沛的姐姐一个个往外嫁走，家中终于就一点点清爽了下来。对于丁淑云，百沛不像姐姐们那样不屑，但要说有多无间，倒也不见得，疙瘩毕竟有，别扭毕竟在，碰到面点个头，彼此也就闪开了。李宗林知道，丁淑云有委屈，但她从来不说，这是她的好。

一直以来，李宗林跟丁淑云就没有太多交谈，跟百沛的母亲也一样，不知说什么好，不说反而彼此更自在，于是就不说了，越不说，话就越少，直至濒于无。这个家便一直都少有声响。千惠与万贵因为仰头见到的李宗林总是素着的一张脸，眉微皱，嘴紧抿，都吓得缩起脖子，不敢在他跟前造次，远远地躲开唯恐不及。李宗林有时在镜子前照照，不免对自己这张脸也几分诧异。高眉骨、深眼窝、两腮消瘦，别人乍一看，以为是威严，只有他自己知道，其实不过披了一张假皮罢了。因为内里的空洞与焦虑，他只能虚置出这么一张唬人的皮囊，将自己细密妥帖地包裹起来。这样的日子，当然也常常有索然无味的时候，但只要不去细想，日复一日也就搅成一团过下来了。对自己这一辈子，李宗林早没有过多的贪念。平安就好，和顺就好，能善终就好。

现在哩，现在究竟好还是不好？一个富可敌城的大家族，在不明不白之间赫然把女儿嫁过来，这事要说不好鬼都不肯相信。可是从吴家来提亲开始，一股隐约的不安就一直在李宗林腹内蹿来蹿去，坐卧都没法安歇下来。非常想跟谁诉说一下，可是跟谁说呢？环顾左右,竟无一人。

丁淑云那天送茶水到花厅时,李宗林手一抬,把她叫住。

“有事?”丁淑云惊愕地轻问。

“他们……怎样?”

“他们”所指丁淑云当然明白,但丁淑云歪着头看他,浅浅笑着,不答。

李宗林突然就不想再说什么了。百沛娶亲这件事,丁淑云一直是缄默的,该忙的事,吩咐给她,她一定毫厘不差地做好办妥,之外的,她不多说,不多问。这是她一贯的风格,所以,要询问她有关百沛与吴子琛的事,她能说什么?即使已经觉出什么不妥,料想她也会谨慎地捂紧嘴,一声都不会吭出来的。李宗林晃晃头,叹了口气,让她走。她果然就走了,缩着身子,小脚细碎地迈,眨眼就到了门外,看上去就像是逃。

李宗林又叹了口气。他其实心里有种不祥的感觉,他觉得有什么事可能要发生。

果然就发生了。吴子琛嫁进李家的第六天,百沛就来辞行,他要去趟杭州。

李宗林半天没有回过神来。杭州?

李百沛把一封信展开,递过来。信是写给一个叫韦东方的人,写信人称对方为兄。往下看,内容缤纷繁复,既叙友情,又忆旧事,再谈国事,最后提到一句话:“烦兄关照愚婿,叩谢再三。”落款是“愚弟吴仁海”。吴家的老爷吴仁海在把女儿送进李家门之后,又写了这样一封信给他的东方兄,要让百沛得以关照。关照什么?韦东方又是谁?

百沛支吾半天,他也不是太清楚,只知韦东方这个人虽与李家一样不过开着店办着厂，气势与规模与李家相比，却犹如浩瀚大海之于一洼小沟，人家那店那厂，机器一转，店门一开，钱塘潮都跟着起落，六和塔都为之晃动。百沛说："爹，我该去看看的，或许能学点儿什么。"

百沛又说："如果能学到什么，便可救店救厂救全家。都救过之后，我就救自己，你答应过的，我要出去求学。"

李宗林咳起来，上一口气与下一口气呛到一起，脸都咳成猪肝色。

世道越发难以细辨端倪了，百沛从小就沉默，他不是个能言多语的人，一向惜语如金，突然却一连串地将出行的决心流畅表达，让李宗林再是一愣。现在轮到李宗林结舌了，思量半天，他问："是谁使唤你去的呢？"

这确实是李宗林最急于弄明白的，究竟是吴子琛还是吴仁海把百沛往苍茫远处的杭州指引？他也只能将这个问题当成唯一的羊肠小径，通过它小心往前探，不知能不能将深不见底的神秘探出一角。

百沛低着头半天不吱声，他嘴抿着，眼微眯。那一封信已经被他收回，仔细折叠好，存入牛皮纸信封。他对待信纸的小心与专注，让李宗林心里不免一伤。养他二十二年，这个儿子可曾对父亲有过如此的妥帖细致？从来没有，最多只是忍让迁就顺从，至于嘘寒问暖，却是一句都没有过。"谁让你去的？"李宗林声音硬了起来。

百沛说："是谁不重要，反正也是我自己乐意的。我乐意去看看，长点见识，总之还会回来的，您放心。"

顿一下，百沛又说："已经都准备好了，我下午就动身。"

李宗林一下子身子硬了，整个人往上一挺："下午？"

百沛说:“是的,下午。”

“要去多久?”

“不久,待上十天半个月就回。”

李宗林脸已经黑下来了,问:“家里呢?厂里的事怎么办?”

百沛说:“放心,有子琛哩。”

“她?”李宗林声音很高,嗓子那里像被什么粗物划过,断断续续地嘶哑着。

百沛说:“是,都交给她了。”

李宗林重重呼口气,又长长地吸进一口气。仿佛有一担沙子从头顶倾盆倒下,他脑子里的每一个缝隙霎时全被堵上了,他得尽快理一理,清一清。儿子要走,充其量他以为自己还得再顶上去,重新把持一下家业。那一瞬,他骨头麻了一下,愁绪一滑而过。闲散了一阵,他真是怕再去费神操劳了,他已经没有心力可费。可是现在,他更怕,儿子居然事先不来商量,连招呼都不打一下,就定下了,就决然要走了,就两眼一闭把家里的一切都交给吴家的二小姐吴子琛了。“不行!”他吼一声,手迅速扬起来,又落下,落在旁边的茶几上,有点儿重,茶几蹦跳几下,咚咚响,搁在上面的茶水就跟着晃悠,洒了出来。

“我觉得行。”百沛说,话音一落他就往外走,步子迈得大而且急。

李宗林想叫住他,他手招出,嘴张开,一时却发不出声响。

下午,百沛果真就动身了。

李宗林一个人独坐花厅里,门紧闭。花厅很窄小,却是整座房子装饰最用心的地方,这是父亲依浩当年特地弄出来当排场用的。父亲从丝线开始卖起,卖到最后居然开店办厂买房子,也算小小发达一下了,心里每时每刻却仍是虚的,仿佛每一道投射过来的眼光都带着重重的秤砣,有着褪不去的鄙夷与不屑。这一带前街后弄左坊右巷有太多的富贵人家,父亲家底太薄,他没法硬气起来,所以他得给自己撑出一个门面,客来客往都被引到花厅这里小叙闲坐,渐渐花厅就有了某种象征的意味,象征男主人的威风与权力。

李宗林客不多,但他也乐意待在里头,抽抽烟饮饮茶,日子也就转瞬过去了。但是这一日过得却又缓又沉,他一直伸长耳朵听,听到外面大小声音陆续传入,叮嘱路上小心,叮嘱早日回家,诸如此类。按他的想法,无论如何,百沛这个时候都该进来再辞个行道个别吧?可是没有,最终没有。隔了一阵,外面人声息下去,想也知道,百沛已经走远。李宗林吸着水烟,烟在烟枪口一闪一闪,指甲大小的红光或明或暗。盯着那儿看,他忽然觉得那就是他的心,他的心一点点缩起来,缩成这样一个小红点,被人一抽一抽的,疼得快死过去。

门响了,被轻轻推开,是吴子琛,她端着一个托盘,盘上放一杯茶。

吴子琛一直是女学生的打扮,大襟衫,百褶裙,齐刘海儿,黑布鞋,周身看不出一丝妇人之态。按这里的风俗,出了嫁的女子,通常得盘起发髻,插上银簪,可是她的头发只是齐耳,毛刷般垂在那儿,哪盘得起来?除了办婚礼的那天之外,她一直素着脸,从未施过粉黛,衣衫也雅净,本白色、嫩藕色或浅青色,嵌着细细的滚边,搭着小巧的盘扣,相当寡淡,不披金不戴银,唯一的装饰是手腕上那只正阳绿的翡翠镯子。

花厅里是暗的,而门外则有浓密的阳光,光从吴子琛身后照来,在她周身晕开一层淡淡的光圈,而眉眼则罩在一片杂乱的幽暗中。这是从聊斋故事里走出来的女狐吗?李宗林猛然想起自己的父亲依浩，父亲阅人无数，父亲的眼在与各种俗事的交锋中早早儿被磨砺得精光四射，如果父亲还活着，是不是就能一眼看穿这个女子，看穿她的居心？

“爹！”吴子琛轻唤一声，款款进来，放下茶杯。“爹，您放心。”

李宗林垂着眼睑，脸还是僵住，但心里突然又有点儿暖。

从远处推测猜想一个人时，这个人就只剩下一个干瘪的壳，浮上来的往往只是枯枝烂叶，泛着异味。而一旦这个人活生生地站在眼前，散发着体温，有音容有笑貌，各式狐疑与不解，就大致能消去一些，即使有恶感，也会退却几分。而且，她不是柔顺地唤一声爹吗？吴家的小姐，北平的女学生，她进得家门，照样唤爹，还端来茶，神情虽不卑，却也不亢。

李宗林动动身子，他的皮肉不知不觉已经松软了一些，不再绷得那么紧。

“您放心，爹，百沛不在这几日，我会把厂子照顾好的。不懂之处，就来问爹。如果一定有不便女子出面的时候，还劳爹再辛苦一下。”

李宗林将一口烟灰吹掉，又用指头拧起一小团烟丝填上，点燃。俯身去吸时，他顺势点了下头，不太明显，但他确实是点了。

这时吴子琛又说：“实在不行，还有我父亲与兄弟，想必他们也是肯帮的，反正不要几日，百沛也就回了，误不了事。”

李宗林吊起眼角瞄过一眼，他心猛地又是一紧。她说什么了？她父亲与兄弟？这是什么意思？！

五

第二进第三间东厢房，也就是李百沛的那间新房，新婚时它每晚安安静静，可是李百沛去杭州后，却有声音响起，响得隐约，断断续续，时起时落。李宗林是一天午夜偶然听到的，因为内急，他翻身起来，正端起尿壶，尚未放松，就有声响传来了。他迷迷糊糊地尿过，再上床躺下，突然却清醒了。记起刚才的声响，侧耳细听，却没有了。究竟梦里还是梦外？

第二晚、第三晚，差不多还是那个时段，还是尿急，居然又有类似的声音。李宗林就留了心眼儿，他醒了，却并不急于起来。若是他起来，一有动静，那声响就会立即隐去，所以他稳着身子，仔细听，听着听着又小心地下了床，蹑手蹑脚沿墙慢走，终于将那道细微的声响抓到，寻声找去，原来就是还贴着大红喜字的第二进第三间东厢房。

房里不止一人，李百沛走后，吴家带来的丫环敏志就被吴子琛唤去，在房间里另搭一张床做伴。这种事并不稀奇，丁淑云未生千惠、万贵前，逢李宗林有事外出不归，她怕天黑夜深，也会把丫环唤进屋里做伴。

但是为什么有响声呢？

白天时李宗林打发丁淑云往吴子琛房里看看。丁淑云没说不去，但她站着不动，低着头看自己的脚尖。李宗林咳一声，声音有些硬起来，他说："你只是替我去的，带着我的眼去！"丁淑云看他一眼，抿抿嘴，去了，半晌回转，摇着头，什么都没说。

百沛不在家，李宗林径自去吴子琛的房间总有几分不方便，他只是在吴子琛和敏志从旁经过时，仔细打量，看多了，仍没看出她们神色有何异样。吴子琛并不总在家里待着，她时常往外走，被黄包车一拉，就没了影。再回来，有时会带着账本，在屋里噼噼啪啪打着算盘。李宗林等着吴子琛来说厂里的事，他坐在花厅里捧着水烟筒,端着身子,以为门随时会被吴子琛敲响推开。总得求教或者禀报一下吧?可是没有,一天又一天过去,吴子琛一次也没来。李宗林等累了,等困了,倒头躺下睡去,睡到半夜,响声又声声入耳。

没有其他人可说,李宗林能问的人仍只能是丁淑云:“你听到了吗,半夜的声响?”

“嗯。”

“好像每晚都有?”

“嗯。”

“听得出是什么声音吗?”

“嗯。”

“她们在屋里干什么?那响声总不至于是嗓子里打出来的呼噜吧?”

“嗯。”

“你……光是嗯?嗯个屁!”

“嗯。”

李宗林一瞪眼,扭头就走。

他开始盼儿子了,儿子百沛一回来,他定然要将此事对其细说详谈,大概也只有百沛才能解得开那其中的曲直是非吧。百沛究竟什么时候才能回呢?

百沛还没回来,几天后,吴子琛却不见了。

跟平时一样,吴子琛午饭后素衣净脸出了门,上了黄包车,李宗林分明看到车是往绸缎厂的方向去,可是到了晚上,天已黑透,却不见她回转。桌上饭菜摆好,男人女眷前后厅分别坐定,眼瞧向大门外,一辆辆车过,一个个人行,他们中都没有吴子琛。

李宗林心里闪了一下,高声叫道:“敏志呢?找找她的丫环敏志。”

大家一怔，突然有点儿明白了，忙不迭奔出去，一会儿就把敏志带过来了。

李宗林问：“你家小姐呢？”

敏志轻声说：“走了。”

“去哪里？”

“北平。”

敏志脸煞白，神情却是镇定的。她跪着，仰头看李宗林。吴子琛走了，她没有走，刚才就一人独自坐在新房里，门一被人推开，她就站起来往外走了，似乎早就等着这一刻。

丁淑云走过去，手在敏志肩头轻轻一按，让她站起。

李宗林问：“去北平干吗？”

敏志说：“救人。”

“救谁？”

“朋友，一位朋友。”

“什么朋友？”

敏志摇头说：“我不知道哩，老爷。”

李宗林猛地觉得心里被一团泥堵住了，烂叽叽地糊成一片。他捧起碗抓起筷子，扬扬手，意思是让大家也快吃饭。但刚将一口饭塞进嘴，他又把碗筷摔到桌上，身子跳了起来。他匆匆离了席，一边招呼管家老刘快快备车备灯。

他去了趟厂子。几个管事的都被叫来，带着李宗林转一圈，又各自将账本取来，供他过目。平安无事，乍看上去甚至颇具气象，至少比在他手上时有模有样，关键是钱的数目，进的已经比出的多。管事的说，少奶奶把这几日的事项都安排好了，进的丝线已经囤在仓库，出的布匹也悉数有买主等在那儿，订金都已到账上。厂里人手不够，前日少奶奶还从乡下新招来几个十六七岁的小姑娘哩。

李宗林暗嘘一口气。吴子琛走了，并没有把李家所剩无几的家产卷走，刚才揪起来的心终于放了下来。刚才担忧到这，他一口气噎上来，差点儿晕死过去。

她安排好了，她走了，走得不明不白。

管家老刘问："她是不是回家了？"

李宗林摇头，眼往远处望。

老刘明白了，用手指指前边，对车夫说："去宫巷。"

整条宫巷吴家的宅第最耀眼阔大，连门头房都宽达二三十米，牌堵高耸，檐角飞翘。除夕眼看就要到了，大门外写着"吴"字的朱红色大灯已经赫然挂出，从廊柱旁垂下，一二三四，共有四对，明晃晃地招摇。

本来以为见了面，什么话都不用说，吴家老爷就该如数将事情的来龙去脉逐一倒出，都这时候了，还要再瞒下去？真把别人当傻子啊。但是，见李宗林这么晚了一个招呼不打就匆匆前来，吴子琛的父亲吴仁海似乎还有几分意外。"有事？"他问。

李宗林一下子就明白了，吴仁海并不打算说。作为联姻的双方家长，他们自始至终就没有平心静气地交谈过，不平心静气是因为他们不是平等的。无论举手投足还是言谈举止，吴仁海对李家打心底里都从未有过一丝敬意，他的趾高气扬不在表面上，表面上极好，嘘寒问暖，敬茶让烟都客客气气有礼有节，可是这个动作与下一个动作、这句话与下句话之间，是脱节的，是缺少黏性的，是没有肌理的，脸上分明有笑，每一个毛孔却又川流不息汩汩往外冒出不屑，像一把把剑，嗖嗖飞来。恰如古人所言：骨头里透出来的鄙视才是最伤人的啊。

这门亲事提起之前，想必李宗林曾把吴仁海得罪过一次了。那时有人来打听，说若是作价把状元巷二十九号这座房子卖掉，该是多少银两？

李宗林说："无价，不卖！"

那人并不气馁，继续说："反过来，如果对方肯出大钱，钱多少都不计较，愿不愿意呢？"

李宗林一点儿都不含糊，他大声说："不愿意！"

来打听的这个人姓刘，福州商会的副会长，开一家货运公司，以他的财势，若放平日，李宗林非得敬他几分不可，可是说到卖房子，就触到李宗林最要紧的痛处了。李宗林答应过父亲依浩，即使卖妻也不卖房子。更重要的是，卖了房子，一家大小到哪里栖身安歇？李宗林误解了刘老板，以为是刘老板想谋这座房子。但是过后，不止刘老板，办政法学堂的林先生、开酱油公司的陈老板、百货公司的汪老板等等，竟在一天之内都鱼贯而至，嘴里吐出的也无非是相同的问题：卖不卖房？福州不过巴掌大小，彼此都是商业场上的老面孔了，抬头不见低头见，为什么突然之间都像听到哨音吹响，竞相前来动员李宗林将房子卖掉？过后——是吴子琛进门之后才知道，不是这些人想买李宗林的房，他们不过是受人之托，那个躲在背后的人就是吴仁海。吴仁海竭尽全力想买下这座房，未遂，就将女儿嫁进来。嫁进不久，这个吴家的女儿却突然消失了，他们究竟要干什么？

吴仁海把两手一摊，说："去北平救人？她从我这道门吹吹打打、鞭炮声声送出去，明明是明媒正娶去你们李家当媳妇的，你怎么让她去北平救人了？"

李宗林有一种被人咬了一口，浑身是痛，痛得刺骨，却上上下下找不到出血口的感觉。他低下头，盯着自己的前襟，那里一起一伏地颤动，这有点儿意外，没想到心这东西竟跳得这么有劲儿，居然顶得动肉，顶得动皮，又顶得动一层层厚厚的冬衣，呈现到外头来。他一直看着那儿，看到最后，叹口气，悻悻退出。

来的路上他腹中确实涌起无数怨恨，一句句责问硬邦邦地横到胸口，刀一般尖利，可是，一见了吴仁海，那些刀自己却长了脚忽地溜个精光，影都不留半个。自始至终，在吴仁海跟前，他都没法做到不气短，不矮半截。恼起来时，他都恨不得抽自己的脸，然而就是抽死了也是无用的，下一次，还是一样。

六

状元巷二十九号院子的后门，临着流淌汩汩有声的金斗河。临河的房子在福州是不稀奇的，这座城有四十二条内河。城的四周都是山，山上的水终日不息往居于盆地的城中流，而城又在历朝历代的行进中，一圈圈往外扩展，扩一次，原先的护城河就归入城中一次，一条条血脉般在城中蜿蜒伸展，交错着，相通着，最后都汇入闽江，再流入大海。一直以来，舟楫在河上走，货来货去，比路面上还热闹。而且洗衣在河，喝水也靠河。

那一阵，家中所用之水，差不多全由敏志每天清晨一担担挑来。

敏志还待在状元巷二十九号，吴子琛走后，李宗林以为她也会离去，至少该回宫巷的吴家大院去，但敏志没走。没主子可伺候了，她也不闲，黎明即起，摸黑才睡，扫地倒茶下厨帮忙再下河挑水，殷勤周到，闷头不语。李宗林又把她叫来问过两次，有软有硬，最后连耳刮子都狠狠扇过了，敏志口风依旧咬得紧，怎么都是一个不知道。李宗林的直觉是，敏志不会不知道，不解全貌，至少也懂个大概，但她不说，又能怎样？总不能剥下她的皮，她是出自吴家的丫环，投鼠还得忌器哩。

李宗林说："你可以走了！"

李宗林的手分明直直指向大门外，敏志看清了，却并不当真。她说："我不能走，我得等少爷，少爷就快回来了。"

敏志一点儿都不惊慌，她的神情甚至从容占多，仿佛百沛是她坚硬的靠山，能让她左右逢源绝处逢生。李宗林头就疼起来。去杭州后，百沛曾来过一封家书，不是给李宗林的，而是直接寄吴子琛收。吴子琛看过信，并不向李宗林转达信上的内容，只是淡淡地说："放心，他很好。"

李宗林不相信儿子能好，若是去吟诗作赋，百沛或许还能幸甚至哉歌以咏志，可是他不过往商海辗转一番，无纸无笔无比兴，再好也不是其兴致所在。如果有地址，李宗林倒是想写去一封信叮嘱几句，但地址在写给吴子琛的信封上，开口去讨，真是了无生趣，很快就作了罢。一去千里，这个儿子竟如此不将老父放在心上，李宗林隐忍再三，心境还是止不住悲凉起来。

"他快回了？几时回？"他只能向丫环询问。

敏志并不答，她只是笑笑，作个揖，低头退了出去。

几天后百沛果然回来了，瘦了，白净了，一眼望去个子似乎也显高了几分。李宗林百感交集，在怒与喜之间徘徊不定，一时还拿不准先以怎样面目与儿子相向。而儿子，似也全无多谈多聊的意愿，匆匆问个安，就转身出去了。

百沛找了敏志，和敏志关在屋里低声说了几个时辰的话。之后，敏志出来了，百沛却继续留在屋里。李宗林让丁淑云把百沛叫来，丁淑云步子往前往后挪了又挪，哀哀地垂着眼睑，还是不敢去。

李宗林霍地站起，他只好自己去。

百沛坐在短凳上，双臂搁膝上，眼神散乱。看到李宗林进来，短促叫了声："爹。"

那一瞬，李宗林突然觉得心里好受了很多。对他而言，最糟糕的结果是一切儿子都了如指掌，都介入其中，合谋共策，吃里爬外，却独独将他这个做父亲的撇到一边。现在看来不是这样，儿子也在局外。

"怎么回事？"他问。其实他并不愿主动问，这样的开口多少还是伤自尊心的，但他急着知道结果，如果不问，儿子未必肯说。

百沛眼睛红了，一圈圈红，像一块提在手中的布，一点点浸入染料里。显然他并不想让父亲看到这个表情，他转了身，脸朝下，让额前垂下的头发将眉眼遮去大半。李宗林走过去，纵是再无情的父亲，这时候心都是揪着的。"究竟怎么回事？"他微微俯下身，又问。

屋里安静了很久，李宗林都有点儿绝望了，儿子一向都没有向他敞开心扉的习惯。说起来这个儿子并无多少跟他相像，许多地方反而更像老三李宗启。那年老三离去时，差不多也就是百沛这个年纪，两人五官、身架子竟都有几分神似，甚至性情，都言语不多，却一肚子都是主意。李宗林将涌到喉咙的口水咽下去，这时候他很有耐性，不能没有。老三是因为一个女人突然决绝而去的，从此下落不明。而百沛呢？不能让百沛再有闪失。

"她走了，为什么突然走了呢？"话说完，李宗林不放心，自己回味了一下。声音的确很轻柔，像自言自语，而且剔除了所有情绪，无怨无悔无愤恨。当父亲的辛苦，只有当过父亲的人才真正理解。

百沛抬头看一眼，好像还有些犹豫，最终手伸进怀里，掏出一封信。

信是吴子琛写的，那字体李宗林已经认得。展开来，李宗林先看了落款下的日期，他最急着弄清楚的是信究竟何时写的，去北平前还是到北平后？前与后的区别究竟有多大，一时之间他并没有心情细思量，却隐约觉得体现在信的内容与风格上必定是有差异的。

眼神跳来跳去的，老是聚不拢。他心里使了劲儿，将心劲儿都使到眼珠子上头。瞅一次，再瞅一次，终于把那个日期看清。是之前，按那日子推算，应该是吴子琛离开福州城的前两日。信写得很简单，不过一行字：

“我走了，详情问敏志。你速回。子琛。”

李宗林把信缓缓放桌上，眉皱起。“问了吗，你问敏志了吗？”

百沛没有马上答，他转转头，眼珠子动得很快，好像答案浮在半空，飘来飘去，捕捉不住。过一会儿他站起，往前大跨几步，跨到衣橱前，衣橱是榉木的，一人多高，上着朱红漆，是按福州习俗，在前两年百沛弱冠时就打好的，漆光仍闪着新鲜的亮泽。李宗林这才看到原先靠墙而立的衣橱已经移位了，斜斜侧开，橱上的漆也有几处脱落。

“你看吧。”百沛站到橱子侧开的一面，手往里指指。

李宗林怔在原地，额上起了一层汗，心怦怦跳。

但他还是过去了，站到百沛旁边，顺着百沛的手指往里看，看到整个墙斑驳破烂，豁着一个大洞。洞的下方，支着两把手臂长的小铲子。

房子是自己的，以前这一间一直空置，定下亲事后才匆匆整修一遍,将家中早先备下的家具搬来摆放进去。整个过程李宗林没有逐一介入,但大致他是清楚的,他看过原先的屋原先的墙。屋里的每一处他都了如指掌。

原先墙上绝不可能有洞!

百沛说:"洞是子琛挖的。"

"她……挖的?"李宗林眼眶再次撑大。他想起半夜听到的隐约响声。小姐和丫环一夜又一夜,躲在这间新房里,不歇息,不睡觉,所忙的原来是这个——挖墙!

他问:"为什么要挖?"

百沛伸出一只脚,把靠墙的两块地板往上一勾,地板就翘起。地板下面是架空的,幽暗阴森,凉飕飕的有风穿过。这个李宗林知道,当年修房子时他在场,他看着父亲依浩挽着袖子招呼工人把地基上的淤泥一畚箕一畚箕地清空后,密密撒上一层木炭与粗石灰,再横平竖直架上木头,然后才铺上地板。当时李宗林问过,为什么要清淤泥?父亲说要通风透气。又问为什么要撒木炭与粗石灰?父亲说为了吸潮和防蚁虫。但现在,地板下面洞一样的幽深已经有土块零乱散着,土将木炭与粗石灰完全覆盖。墙上挖出的土,都堆进下面了?

为什么要挖墙呢?是的,为什么?

李百沛慢慢走开,走到那只小矮凳前重新坐下。他比刚才显见得平静很多,眼睛也渐渐黑白分明了起来。"爹,我给家里添麻烦了,您多担待。"

李宗林没有跟过来,他还站在洞前,还在看那个洞,仿佛那里伸出千万只手,把他双腿揪住了。不是一般的墙呀,是将一座院落团团围住的厚厚的风火墙!而且因为灌了糯米浆,三合土已经坚硬细密得犹如岩石,若不是豁出吃奶的狠劲儿,以两个柔弱的女子和两把不过臂长的小铲子,又哪里能在短短的几个半夜里,蹑手蹑脚地将墙面挖出这么大的一个洞?砌这道墙的意义既是防风防火更防外人进入,一定要挖,也是盗贼从外往内挖,怎料到竟有由内往外被挖开了的一天,而且是李家自己敲锣打鼓大摆宴席娶进门来的儿媳妇。

还是那个问题:她为什么要挖,在深更半夜、在万籁俱寂之时?

百沛从腹部深处长长地嘘出一口气,缓缓地说:“因为,墙里……有剑……”

顿一下,百沛又说:“剑是北平一个典狱长索要的,用这把剑,子琛要救一个人。”

“剑?”

“是的,一把剑。”

“救人?”

“是的,救一个人。”

七

丁淑云的父亲病了,捎了信来,说病情是这样这样,问福州这边是否有好医生可治。丁淑云把信端给李宗林,让他想点儿办法,最好还能派人送她回去一趟。李宗林很恼火,他把信往前一甩,说:“你就别来添乱了!”

丁淑云泪猛地就下来了。她忍着,抿住唇。她说:“我没添乱,是你自己心乱。”

李宗林不吱声了。话没错,他心是乱了,像一窝马蜂在里头横冲直撞，嗡嗡嘤嘤。

家中风火墙里居然有剑！

吴家二小姐居然是为了剑嫁进门的！

而且，一直到现在，百沛都还没有碰过吴子琛一个指头。从进洞房到去杭州，一共六天，六天的时间里，每个晚上这两个人，百沛和吴子琛，都各自卷床棉被，隔开肌肤，半靠在床铺的两头——如果百沛不说，他自己不说出来，谁能想到竟然是这样？

百沛说这些的时候，还坐在那只矮凳上，李宗林也还站在第二进第三间东厢房里，墙上的那个洞正森森豁在眼前。李宗林扭过头，瞥一眼几步外的雕花拔步床，床上红绸红缎红枕红帐，吊在床头的还有两盏画有牡丹、凤凰的红木底座玻璃灯。福州话里，"灯"与"丁"是同一发音，有着"早日添丁"的寓意。不是梦，这间新房确实在不久前迎娶过新娘，这个新娘却是夜夜衣带不解，守身如玉。有原因吗？至少得有一个说得过去的原因啊。百沛低着头，仍是闪烁着，支吾半天才说："原因我想肯定有，但子琛不说，子琛只是要求先不要碰她，她有个誓言在身。"

"什么誓言？"

"子琛没说具体内容，她说以后再解释。"

"以后？以后指什么时候？"

百沛摇头。

李宗林嘴唇嚅动，憋了半天，终于想到两个字："死人！"他是吼出来的，手还往桌上重重一拍。桌是楠木的，结实厚沉，并无多少脆亮的响声弹起，反而掌心一麻，一只胳膊蓦地没了知觉。

他不是个容易动气的人，动气也需要资本，他知道自己没有。可是现在，现在眼前墙有洞，洞中本来有剑，剑被吴家二小姐挖走。

吴家二小姐分明是披红戴绿嫁进来的,做了几天新郎的百沛,却老老实实任其摆布,先不让碰,再被远远支去杭州……太荒谬了!

这种事,到院子以外,跟谁说都要被笑掉大牙的啊。

院子以内,丁淑云本来就不是能说事的人,因为是百沛的事,她更是半字不吐,避瘟疫般躲开。躲就躲了吧,再来说泉州娘家那边的杂事,就不明智了。李宗林沉下脸,调头而去。

他要再去一次宫巷的吴家大院。

经过第二进第三间东厢房时,他停下,往里喊一声,让百沛也去。百沛站起,似要同行了,突然又回转,一下躺到床上,棉被蒙上头,再也不肯动弹。李宗林站在门外,手按住门上的雕花,粗粗地呼几口气,猛地转身,疾步向外走。

他觉得自己一下子成了那把剑,嗖地往前刺去。

这一次与先前不同,吴仁海有负于他,他不必再眉低三分。

但吴仁海不在家, 吴子琛的母亲万氏在。万氏看李宗林脸色不好,客气地要送客。李宗林却一下坐到厅堂的太师椅上。他说:"我等,等吴老爷!"

等的时间非常难熬,日头一点点从东面向西移,整个厅堂以及前面的天井原先全是刺眼的阳光,好不容易少了,更少了,不见了,而吴仁海却还是不见影子。廊前高大的梁柱肃静伫立着,它们像瘦长的巨人直勾勾俯视着,手里舞一把刀,一下 下地在上面划拉而过,将李宗林一点点切得矮下去矮下去。

万氏终于又出来。刚才她退入后院,留李宗林一人独坐厅堂。

万氏说:"哎呀,抱歉,您看他还是没回来哩,让您久等了。"

李宗林微微颔首。跟这个女人他没打过几次交道, 一直隔山隔水。她宽脸大额,五官周正,大眼厚唇,是大户人家正房太太必备的圆盘脸。福州人一向相信这是一种旺家旺夫旺子孙的相貌,脸越大心胸才能越开阔,大肚能容,容跟随其后次第进门的成群小妾。这么说她该是宅心仁厚之人,而且,她手上握一串佛珠,说话间也不停地捻动,这说明她还有心向佛。这样的人,竟也肯当帮凶,将自家生下的女儿拿出来,要弄得李家脸面全无。

李宗林张开嘴喘几口。他已经坐了很久,坐得身子渐渐凉下去,现在得重新让自己的血流得快速一点儿。“吴老爷不回,我就不走了!”仔细听,他觉得自己的声音还不够硬,马上又补充一句:“就坐这,坐到他回来!”

“他会回来的,很快就回。您有事?”万氏说得很柔,边说边走近,在香案另一头的椅子上坐下。她还不老,四十岁左右,上着很浓的妆,红唇夺目,细眉婀娜,头发上金钗银簪摇曳生姿,看上去更是鲜亮几分。

李宗林继续喘气,这会儿他倒不再是给自己加码添威。有事?万氏是这么问的,太可笑了,事已至此,难道还天下太平?难道她还蒙在鼓里?不觉间李宗林心又乱了起来,他抿住嘴,不急着答。

但最终他没有抿住,因为万氏又问了,万氏说:“啊,亲家您真的有事吗?有什么事我们能帮得上忙的呢?”她拖腔拖调的娇柔声音终于把李宗林腹中的火再次点燃。“我看退婚吧,尽快退!”李宗林腮帮上的肉硬硬地聚起来,手在案几上一擂,猛地站起,站得太猛了,脚下趔趄了一下。“怎么退都可以,”他说,“反正得退,马上退,退得干干净净。”

万氏看着他,她这时候像一泓水,并不清澈,表面的平静之下,有万千的水草浮动。半晌,她开口了,还是缓缓地说:“至于吗?不过去救个人而已,罪至于退婚?你们李家祖上虽不是书香门第,却也应该知道救人一命，胜造七级浮屠呀。”

大门外有响声，家丁喊道：“老爷回来了。”

一会儿，吴仁海果真大步跨入。他微皱着眉，看李宗林一眼，不笑，不打招呼，只手一扬，让万氏退去。万氏站起，躬身道个万福，走了。李宗林突然心里生出一念：吴仁海的迟归，会不会是刻意而为？吴家大院前门硕大，后门也不窄，万氏完全可以派人传递消息，说李宗林来了，坐着不走。于是吴仁海先是回避，避不了，才赶回。

“你是来说子琛的事？”吴仁海单刀直入。

“本来应该你们说，一开始你们就该说。”李宗林直挺挺坐着，双眼平视。“我们小门小户的，家薄人弱，根本无心攀这门亲。是你们，你们硬要把女儿塞过来……”他哽住了，嗓子上堵满了口水。他往下使劲儿咽了几口水，牙床马上又松了，两腮麻麻地发酸。他抿住嘴，嘴此时仿佛就是道闸门，不守住的话，他整个人就会哗啦啦化成一股水，从口中喷射而出。

“得罪了，还请见谅！”吴仁海说。吴仁海已经站起，走到李宗林跟前，双拳合抱，躬身作揖。这倒是李宗林没有想到的。按预期的推断，吴仁海霸气惯了，被一通指责，李宗林以为他定会暴跳而起，不料，竟然赔罪，竟然行礼，一下子，李宗林反而无措了。

“这事确实不该！”吴仁海又作个揖。

李宗林忙站起还礼，吴仁海按住他肩，又按回椅子上。李宗林仰着头看吴仁海，突然发现吴子琛的眉眼与吴仁海竟是如此相像。此父与彼女，他们连成一体，狠狠把李家给坑了。他火气又蹿起，说：“你们怎么能这样，不就为一把剑吗？”

“是啊，一把剑！”吴仁海反身踱回座位，重重坐下，叹口气。他说：“一把青铜古剑，价值连城！”

李宗林脸转过来,盯着他。

吴仁海又叹口气，端起丫环送来的茶水抿一口。“你也知道,福州有冶山,冶山下有欧冶池,这地名怎么得来的？听说过春秋战国时期那个铸剑高人欧冶子吧？越王爱剑,欧冶子用锡与铜以及少许的铁铸出青铜剑,剑寒光凛冽,锐不可当。福州是欧冶子驻足地之一,他铸剑淬火之处,被人取名为欧冶池。”

吴仁海顿了一下,眼望远处,仿佛不是对李宗林说,而是对着隐在前面某处的什么人滔滔不绝。“欧冶子把在此铸出的青铜宝剑献给勾践。后来越不是被楚威王所灭吗,勾践后裔就航海入闽,将祖上所传数枚宝剑一同携来。入闽后的越王后裔与当地人通婚成闽越人,分为八部,号八闽。汉高祖五年,无诸被封为‘闽越王’。无诸就是勾践后裔,这你肯定知道。汉高祖五年,无诸在福州这块土地上建起第一座城,就在冶山那儿,叫冶城。受封仪式上无诸所佩的宝剑光能刺人,那剑据说就是欧冶子在福州冶山的欧冶池所铸。那一天,剑光闪闪啊,整座福州城都为之震动了。但受封仪式后,这把剑却无端遗失了,再也不见踪影。两千多年里民间寻访此剑者不计其数,却都未遂。但是前几年,有人偶获一本书,书名叫《雨天笔记》,作者不详。书中以隐讳之语记载了一把神秘辗转数朝数代的古剑,是如何怎样被悄无声息地妥帖私藏了起来。有高人秘密探研该书数载,终于将脉络弄清:雨天是明万历年间一位探花的号,福州仓山人,祖上世代簪缨,文武皆仕。在宦海游历几年后,厌倦了纷争与纠葛,这个雨天于是回福州城状元巷修建起一座大厝。那时,这位探花必定风光无限,也肯定打算长居久住,但如今福州城内却已经找不到他的任何一个后人了。据说明天启年间,一场无妄之灾突降其家,竟遭灭门之罪,家中所有,悉被抄光,连房子也迅速易主——不是易一次啊，一次接一次地易，直至最终易到你手上。房子易主了，剑却留下，留在那幢房子里。对，剑就是探花雨天藏的，藏得极为隐秘，始终没被人发现，但在《雨天笔记》这本书中，他用暗语标明了剑的具体位置。前不久，有人终于将它破译，于是把位置告诉子琛，子琛挖开墙，从墙内掏出剑……”

吴仁海看着李宗林，加重了语气，说：“是的，就是你家。状元巷二十九号！”

李宗林嘴张大，他想说话，但舌头突然硬而且沉，像坨铁，怎么也卷不动。

吴仁海也没打算让他说，吴仁海摆摆手，还笑了一下，说：“你以为是我在谋那剑？错了，根本不是。子琛也不是，我们谋不起。子琛只是要拿这把剑换回一个人的命，是她的老师。一场学潮，让老师身陷牢中，命悬一线。听我说，我也是无奈。子琛从北平回来，以死相逼，做父亲的能怎么办？当初你要肯出售房屋，这事就简单了，就不必费这么多周折了。你应该卖房的！你房不卖，就陡然多出这么大周折，累不累呀？大家都累。我也不愿这样啊！”

李宗林双手重重撑在自己膝上，如果不撑着，他怕自己可能会一头向前栽去。

八

百沛病了，咳嗽，发烧，鼻涕淋漓，头蒙在被子里一直昏睡。

从吴家回来后，李宗林就把所知和盘托出了。他一边说的时候，百沛一边愣愣听着，气呼得很粗。之前，那么多正儿八经的女子摆到跟前，百沛都不屑正眼一看，一踏进吴家，却马上被铺得满地的红对联弄直了眼珠子。吴家那样的豪门阔户,好端端的怎么可能把千金小姐下嫁?好歹也诗书满腹了,百沛竟信以为真,忙不迭地乐昏了头,由着人家指东打西,任其摆布。

李宗林问:“这些你一点儿都不知道?”

百沛摇头。

“一点儿都没有觉察?”

百沛还是摇头。

“怎么说也相处了六天六夜啊,这么长时间里什么话都没有?”

百沛说:“话有,夜间坐在床上,她倒是说了不少。”

“说什么?”

“说北平的事,说燕京大学的事。您也知道,那地方,是我想去的,我想离开福州去外地求学。最初两晚她并不说,一言不发,后来慢慢就说开了。还说到东北,说到日本关东军,说到长春的那个满洲国……”

李宗林打断他:“就是不说剑?”

“……剑,没说。”

李宗林闭上眼。他真是想骂人,骂儿子百沛,不用费什么劲儿,万千怨气早已堆在舌尖。但最终,所有的话还是都忍下了。百沛从杭州回来时,以为娇妻在屋等着,一脸的欣喜,不料已经人去房空。人家并不存心要嫁,嫁的不过是一把两千四百多年前的古剑,这个傻子,揣着一腔痴情,却一脚踩空了,跌得满脸是血,伤到筋骨里去了。李宗林看到,儿子扭开头,快速眨着眼,嘴不时往旁撕扯着扁去,这副神情与当年的老三李宗启又是何其相似。老三在得知朱紫坊高家姑娘与荣记糖行少爷订下婚事的那天,也是这样,这样坐着，想掩饰内心的疼，却什么都没掩住，像株久晒缺水的植物，蔫蔫地枯了枝叶。

当天晚上，百沛脑门儿就烫得像灶上的锅，整夜都在咳，咳得地动山摇。

那几天夜里，李宗林也都一直睁着眼。他想起了父亲依浩。

父亲买下状元巷二十九号时，已经是个鳏夫了，妻亡了，妾死了，舍不得花钱再娶，而那时李宗林差不多也就是百沛这个年纪。第一次跨进这个院子，满目的千疮百孔让他后背一阵阵发凉。明万历的房子，三百多年间即使曾被不断修修补补，那墙那屋也垂老成风前烛了，何况已经多年无人住，便一地腐败，廊檐门窗布满蛛丝，到处摇摇欲坠，仅剩下一圈斑驳的风火墙。那个卖房的人姓什么呢？记不得了，连年纪、个子高矮胖瘦都不剩一丝影子。应该是这座城市之外的人吧，匆匆地来，交了房契接过钱，又匆匆离去。若是知道墙中有剑，对方肯卖吗？打死也不会。而父亲依浩，他必定更万万不会料到此中的隐秘。修墙筑屋时，李宗林始终在场，那厚实的一圈风火墙，父亲决定将残缺破损部分修补一下就利用起来，李宗林很清楚，那仅仅为了省钱。要是有钱就好了，有钱就会将墙推倒重建，一推倒，剑就重现了，何至于连累今日？

而且，李宗林现在一想起心就绞痛不止的是，剑在墙内，在屋里，剑本来明明早就归李家所有了，李家却一直蒙在鼓里，最后竟眼睁睁引狼入室，将其夺去。剑价值几许？吴仁海自己都承认了：价值连城。不必连城，只要半城，小半城，小小的半城，都足以让李家富丽堂皇蓬荜生辉啊。

李宗林去了趟冶山。

在这座城里生，这座城里长，长了几十年，他却从未去过那里。

福州城到处是山,民谚都说:三山藏三山现三山看不见。若按此推算,至少已经有九座山了,平日里却不太在意。所谓藏起来和看不见的两个“三山”,其实也就是一块稍稍隆起的高坡而已,而这冶山,它也不高,不知是不是归入其中。

山上住有人家,都是碎木板潦草搭起来的低矮破房。沿着青苔丛生的石阶上行时,李宗林一直低头细看,看上面是否还残留着两千多年前无诸那座小小冶城的遗迹。没有,都没有。他其实也不指望有,他不是为了找遗迹来的,无诸的遗迹不关他的事。

向人打听欧冶池在哪儿?摇头,还是摇头。

那么这一带哪里有池呢?

听的人想了想,手往山的东面一指,说:“下了山,那边。”

李宗林很快找到了那口池。池很大,方圆该有五六亩。池旁有亭,亭上挂有牌子,上书:欧池亭;建有楼阁,曰:剑池院;还立有石碑,碑题:欧冶子铸剑古迹……来之前其实隐隐指望此地不存,却原来所说不虚,果真有池,池边也果真曾冶铸过古剑。失剑现在竟然已经比儿子婚姻骗局更令他欲罢不能了,这是他自己都没有想到的。一把古剑,越王勾践的青铜剑,欧冶子铸造的剑,它现在直刺过来,把他捅得皮开肉绽。真不知该如何是好,报官府没用,官府能把剑追回?就是追回了,又怎么能重归李家?逼吴家偿还,怎么逼?胳膊无论如何还是拧不过大腿的,何况剑也不在吴家,而是被送往遥远的北平了。

腿有点儿软,走不动了,旁边有一方石凳,李宗林颓然坐下。

池就在前面,他俯着,将上半身全部架在双膝上往下看,一直看,眼睛一动不动。天完全黑透了,才起身。回到状元巷,家门外站着几个用人,都焦急地引颈眺望,看到他出现,呼叫了起来。今天外出，他确实没有跟任何人说过。此时他其实已经开始后悔这一趟的出行，不看便罢了，看了之后，那个地方与他内心的痛就连成了一片，痛扩大了，比一池的水更多更大更幽深浩瀚。他背起手，正要跨入大门，管家老刘碎步小跑，贴近他耳旁，悄声说："少奶奶回来了。"

李宗林一下子站住了，扭过头，大声问："谁？你说谁？"

老刘说："少奶奶。"

"哪个……"李宗林把余下的问话咽下了，他听到自己胸内猛地咣当了一声。他将脸慢慢转正，眼有点儿虚，看不清什么，立在门头房里的杉木屏风将院落严严挡住，但里头的声响却脆亮地传出，或高或低，或浓或淡。听不清在说什么，李宗林也没急于听，他侧过耳，保持着一种聆听的姿势，很久后才深吸一口气，继续往里走。

果然是吴子琛。除了她，还多了三个人：一是中年妇女；一是七八岁小儿；另一个是老年男人，消瘦、长胡，手指尖细，小眼闪烁不定。吴子琛说，这是我师母杜远方和她儿子，这一位是师母的父亲，杜老爷。

师母？师母之子？师母之父？李宗林没有把自己的疑惑问出，他冲着客人点点头，反身去花厅时，一招手，把百沛给叫上了。

"怎么回事？"他问百沛。

早上还是病体沉疴的百沛，眨眼间已经活蹦乱跳，咧着嘴，喜色从每道牙缝间往外喷射。"爹，子琛回来了。"

李宗林打断他："我知道她回来了。为什么回来？"

百沛摇头，说："我没问，回来就好。我真怕她……一去不回。"

"剑呢？"

百沛还是摇头："一会儿我问问。"

李宗林捧起烟筒，点上火，嘴一吸，烟筒水仓里咕噜咕噜声就跟着响起，像夜深时郊外田地里的蛙叫。李宗林觉得那声音正顺着他的指头，漫上胳膊，漫入胸腔。胸腔里刚才涌起的一堆杂乱已经渐渐息下，接下去，得把丝丝缕缕的头绪慢慢找出。几十年的生活告诉他，太轻易得到的东西都是不可靠的，吴子琛的下嫁已经是摆在眼前的一个例证，她突然回来，是不是另一个例证？得好好儿问一问了，脸撕得再破又何妨？愚弄该到此结束了，李家的亏要是再这么不明不白地继续往下吃，还有何脸面见列祖列宗？

“你问？”李宗林眼角往上挑起，看着儿子。

百沛说：“嗯，我一会儿就问。”

李宗林扬扬手，他的意思是你能问出什么？你在她面前犹如老鼠之于猫，你问不如我自己问，但话他并没说出口，因为刚张了嘴，他就看到门被轻轻推开了，外面站着素衣素脸的吴子琛。

吴子琛进来，手上拎着一样东西。灯昏暗，而吴子琛的身影恰巧将她半侧身子挡住。李宗林一激灵，脑中闪过一念：剑！

是剑吗？

吴子琛走近来，将拎在手上的东西双手托住，搁到李宗林前面的茶几上。确实是剑！长一尺余，宽也仅两三指，剑身不是平滑的，上面饰有菱形花纹，花纹很工整，许多棱角却已经模糊，厚厚的绿色锈层覆盖其上，锈蚀变形处斑斑点点。

李宗林夹紧腿站起，伸出手，慢慢伸，最后却没有落下。他的手悬在剑上方，身子则躬在手的上方。从剑到手到身子，像三节渐渐变大变粗的台阶。

“你们必定骂我了。”吴子琛说，她的眼睛亮亮的，闪来闪去，倒有种欢天喜地的感觉。“这是藏在墙里的剑，我把它取走了，现在又还回来了。”

百沛问：“人呢？人救下了吗？”

吴子琛眉毛一挑，轻笑一下，她看着李百沛，说：“没有。”

“为什么？”

“因为，”吴子琛往剑那儿努努嘴，“因为它不是真的，只是赝品而已。”

李宗林霍地直起身子：“你是说假的？”

吴子琛点头，缓缓说：“事已至此就没什么可瞒了。日本人刀枪林立，华北之大，已经安放不得一张平静的书桌了。只能等死吗？政府愿等，我们却不愿。所以请愿，请愿不成再游行，没其他企图，只是呼吁国人一起抵抗外敌，呼吁政府不要听从日本人的要求成立冀察政务委员会。这有错吗？没有！可是老师还是被抓了。被抓的人本来是我，就在新华门前，军警冲过来，棍棒、大刀、水龙头喷射，乱成一片。那天北平真冷啊，水冲射到身上，马上结成了冰，跑起来衣服嘎嘎响。我已经被他们扭住了，老师冲过来，拼死救下我，自己却被抓，关进牢里。被抓的人陆续都放出来了，老师却没有，那个牢里的典狱长给他安了莫须有的罪名，说他是在逃犯，十年前杀过人。杀人要偿命，他们的用意不为别的，仅仅因为一把剑，相传是勾践的青铜剑。剑在福州，我是福州人，只有我挺身相救了。明知是人家设的机关，为了老师的性命也只能屈从。我对师母立誓，不救出老师绝不出嫁，就是嫁了也死守贞操。无论男人女人，一言既出，就得掷地有声。所以，你们骂吧，骂是合理的，骂过之后，请将剑收起。它是假的，很假，只是我没看出来，你们也未必能看得出。但那个典狱长嗜剑如命，家中收罗宝剑若干，只一眼，他就差点儿将此剑甩出门外。”

顿一下，吴子琛又说："假剑是换不回一条命的，真换了，师母就不会日日往崩溃边缘滑去。要过年了，他们孤儿寡母留在冰凉的北平，我真的放心不下啊，所以带来福州，没事先和爹商量下，对不起爹了，还请爹多担待。"

她说："我说明白了吗？"她把头仰起，看着天花板，所以那话她不像问李宗林，也不像问百沛，而是问藏于瓦木间的谁。瓦是青瓦，木是杉木，一根根细长的木条间，露出层层叠叠鱼鳞般的青瓦片。

九

若是往年，冬至未到，李宗林早早儿已经吩咐管家老刘进年货了。家底虽薄，新桃换旧符之际，毕竟得涂抹出一点儿兴旺之气来，既哄自己，也给外人看，这是父亲依浩以前最为讲究之事。但是今年却不一样，老刘已经小心翼翼地来催几次了，李宗林却是恹恹的，脑子拐不到那上头。

大寒前两天下起了雨，天井上的青石板湿了之后，色泽重了几层，由青白色变为深褐色，凉飕飕的寒气由一条条石缝钻入地下，又灌进地板，一直从脚底往上蹿。都是第一次来福州，师母的儿子一点儿都不在意，从这屋跑那屋，脸红扑扑的，卷着舌头又说又叫，音色悦耳。但师母的父亲杜老爷却不舒服，无论站还是坐，他身子都缩成小小的一团，即使时时都把一个装红彤彤木炭的火笼拢到棉袄下，也还是脸色惨淡，眉皱着，牙齿咯咯响。以为南方暖和，这里每一丝风却如一条条蛇，不由分说地就往骨缝里钻去。阴冷原是如此可怕啊！他说没想到，真没想到。

吴子琛就招呼敏志回吴家叫来轿子，吴家屋大人多，或许那里能暖和些。

李宗林没有挽留，他想走吧，走了好。北平狱中客的一家老少，身上该藏有多少险恶？怎么担心都不为过。走吧，快走，都走。

但是最后走的只有杜远方母子，冷得快别过气去的杜老爷反而闲散住下，全无离去的意思。李宗林瞥过一眼，他觉得自己的眼是冷的，比天气还冷，应该能让老头子身子缩得更小，更冻得不行，然后悻悻而去。

但杜老爷只是颤颤地点点头，说："累啦，不想动啦。"

敏志就陪着杜远方母子走了，敏志在门头房外对吴子琛摆摆手，说："小姐，你多保重啊。"吴子琛笑笑，稍稍抬个手回应了她。

站在吴子琛背后的百沛也跟着抬手，跟着笑，那意思是让敏志放心。

李宗林到门口送客，就站在吴子琛旁边，有一句话他一直想转过脸问："你怎么不走呢？"

吴子琛不走，仍住第二进东厢房第三间，仍与百沛同宿一屋。怎么睡，还是各自卷一棉被分坐在床的两端？吴家的女子，嫁进李家是为了一把剑，剑找到了，是假的，她再住李家，再充当李家儿媳，又有什么意义？她既已去了北平，顺便留在那里不是更合情合理吗？却又倏然回转了，而且把老师那一家子也一起带来，究竟还要干什么？

想来想去，头想痛了，李宗林还是把儿子叫来。

"她还是你妻子？"

"是啊，是妻子。"

"她还愿意做你妻子？"

"是啊，她愿意。"

“妻子是要有妻子样的……”

“什么样？”

李宗林嘴张了张，又闭拢。他已经听出儿子语气中的不快了。他想，你不痛快，老子更不痛快哩！但他还是忍下了。儿子有了变化，不是太多，但挺明显。以前儿子一头扎进诗书中，虽也不是言听计从，但好歹是柔顺恭谦的，对父命也多少敬畏几分。想去东洋或西洋留学，李宗林不肯，百沛就不走了；把风雨飘摇的破企业一把丢过去，百沛不愿接，最终也只好接起了。之前那个儿子李宗林熟悉了二十来年，眨眼间却坚硬如礁石，潮猛地一退，居然就冉冉隆起了，突兀地耸到眼前，棱角森森。

这个变化是从吴子琛进门开始的。还是因为这个女人！

李宗林咽了一下口水，这一刻他突然想到一个毫不相干的问题：人年纪越大，体内越干枯，为什么口水却相反，竟会越来越多呢？常见过了天命之年的人，话说着说着，两边嘴角就很对称地冒出两团白沫子，自己还一点儿没察觉，仍然说得很起劲儿。李宗林也过了五十，也快老了，闭眼的一天说来也就来，这个家最后归根结底都要彻底交到这个儿子手中的，可是儿子娶了那样一个女人，他怎么办呢？

如果父亲依浩仍活着，会怎么做？大概无非两种吧：一是把吴子琛赶走，走为上；二是尽快替百沛纳妾，好妾胜过妻。这两样李宗林放在肚子里其实都细细咀过，已经咀得愁肠百结了，最终却不知如何下手。

说到底最关键的症结还在儿子百沛身上，是儿子不争气。

李宗林端起烟筒，微俯着身子，慢慢吸着。黄铜与锡合铸而成的水烟筒有着细长的如同鹅颈那般的杆，向上翘着，弯出一个优美的弧线。李宗林用牙咬住烟筒，他其实是指望儿子这时候说点儿什么，儿子应该说的。那个女人，吴子琛，她明明是嫁给儿子的，她是他的妻！但是儿子却是一副愿意将一切全部包容下来、承担起来的架势。李宗林斜着眼往上一瞥，儿子挺着身子一动不动地站着，脸微侧，侧到一旁，表情因此都遮到阴影里。

或者本来也没有丝毫表情？

竟然还有一种凛然的决绝。

李宗林觉得手有点儿用不上力，烟筒沉得他快托不住了。他咳一声，说："现在怎么办呢？"

百沛转过脸，很愕然的样子，好像没听明白，问："什么怎么办？"

李宗林说："她……这两日都干什么了？"

百沛说："谁？子琛吗？她正读我以前写的那些诗作哩，一篇篇都拿出来读，说好得很。"

李宗林说："去了一趟北平，再迢迢回来，就是为了读你的诗？这事还是趁早了断，不了断，这个年都别想过安稳啊。"

"了断？了断什么？"百沛声音猛地提高，"她一个弱女子，尚且重情重义舍身救人，我们难道是禽兽，要跟她了断？"

李宗林瞥过一眼，就把烟筒放进嘴，紧紧抿住，一口口重重吸着。他从来没有这么无力、这么不舒坦过，即使先前，先前翻动账本时，上面越来越稀薄的钱数曾让他猫爪抓心般六神无主过，但跟现在一比，仍是不能比的。先前他心里还多少有杆秤，称得出大致的结果与隐约的未来，也就是说眼前依稀是明了的，而现在呢，现在他觉得自己一脚踩空，跌到透彻无边的幽暗中，重重叠叠的雾将那个女人团团罩住。女人舞动长袖，眼花缭乱地转动，不要说百沛，就连李宗林自己都已经不辨南北了。

这个女人为了一把剑才设局嫁进来的,演的不过是一出假戏,然后剑找到了,不是真剑,不是越王勾践的青铜剑,那么接下去,这出戏的下一幕究竟该怎样？李宗林不是主角,主角是儿子百沛,可是百沛已经退在千里之外。

李宗林叹口气，觉得再说已经多余，再说也说不出所以然来了。老一辈人有个哀叹,说娶了媳妇忘了爹娘,可百沛娶的这个媳妇能算是媳妇吗?他却已经一甩手将爹娘抛到脑后去了。按理李宗林可以挥挥手让百沛走,以前总是这样的,以前百沛被叫到这间屋里时,话说着说着,一旦李宗林气不顺了,只要挥挥手,百沛马上也就知趣地无语退出去了。这一次,李宗林没有挥手,他的手仿佛已经重得抬不起,他径自站起,放下烟筒,背着手,疾步走出屋子。

天已经放晴了,阳光像刚放出笼子的牲畜,竟格外热乎欢快起来,明晃晃地铺在山峦般优美起伏的风火墙上,墙头那一层乌黑的瓦片蓝莹莹地闪亮,有暖意隐约浮动,但有风,风很张狂尖利,依旧还是冷。

第二天,李宗林携丁淑云去了泉州,千患与力贵也一并带上。

动身很突然。泉州那边又来一信,说老人病况日益垂危。丁淑云眼泪汪汪地将信递过来，指望李宗林能开恩，准许她回娘家一趟。李宗林草草在上面瞄几眼,将信纸含义不明地抖了抖,去意就是在那一瞬间陡然升起的。他说:“走,我陪你一块儿回去一趟,马上就走。”

那一刻,李宗林有种万念俱灰的感觉,他还是想逃,逃远了,将身后的一切扔下不管——事实上他也管不了,人家不让他管。不仅仅是无奈,恼火应该更甚,对儿子百沛恼火。但刚出了福州城,他心又突然一沉，他开始后悔了。他盯着车窗外，窗外这座内河纵横交错、风火墙起伏连绵的老城正一点点往后面退去，一点点离他远去，这恰巧暗合了他心中隐秘的感觉：城中的那个家，风筝一样正往高处远处飘去，渐行渐渺茫，而他手中已经握不住线了，线脱手而去，他的身子不由得也跟着一点儿一点儿地虚空掉。

他猛地扭过头往后看去，眼里都是惊慌。

十

丁淑云的父亲丁节度已经垂危，空余一口气残存着。

丁家的房子，似比丁节度更加奄奄一息，廊柱朽了，门槛破了，门头房外的屋檐也塌掉一半，几片破瓦鸟翅般危危挂在边沿，随时可能摔落下来。这个家的日子显见并不好过，但李宗林没想到，竟难成这样。平日里他也不是没接济过，逢年过节，丁淑云都会开口讨点儿银子寄回，不多，毕竟有。倒是丁家的人从未主动来讨，丁家不讨，李宗林也就避过不提，他的日子能有多好啊？现在看破墙烂壁至此，他还是顿生几分负疚。早知这样，好歹他该多挤一点儿钱寄来。

他听到丁淑云哭，一进家门，一见父亲成那样，丁淑云整个人就瘫下了，长一声短一声地号啕或者呜咽。千惠和万贵见自己母亲这副面目，吓得也泪眼涟涟。李宗林有点儿憋闷，气一时就喘不上来，环顾左右，一时无措，行不是坐不是。丁家因为大树将倾，没有人过多在意省城来的姑爷，客套、礼数都轻了几分，连寒暄都不免泛着敷衍。李宗林倒没计较，他微皱着眉，定定地打量床上枯枝败叶般的那个老人，一阵寒战猛然间就涌了上来。

他认识丁节度在丁淑云之前，那时李家还由父亲依浩撑着，李宗林跟前跟后，不过是打个下手跑个腿。一次依浩到泉州进一批纱线，让李宗林一同前去。两人落脚一家不大的客栈，客栈管账的先生鼻子比常人高，眼窝比常人深，一头鬈曲的毛发也分外惹眼。一问，姓丁，名节度，祖上是异域人，宋元祐二年十月，朝廷在泉州的市舶司刚一增置，丁氏的先祖就载着一船香料从波斯驶来做生意了。当然那时还没有汉姓，往来几年，干脆留居下来，才取姓为丁，娶了当地女子为妻，分枝散叶，代代繁衍。家族中也曾出过宦官巨儒，富贵却没有绵延不绝，到丁节度这一支这一辈，竟是最末路潦倒，三餐都仅勉强维系，但看上去他倒不太在意，笑声不断，话语颇多，永远眉飞色舞。

人是有缘分的，丁节度先是与父亲依浩生缘，然后将家中小女慷慨相许，让丁淑云与李宗林也接上缘。这一切仿佛不过是昨日的事，那个俊朗爽快的账房先生，眨眼间却已经枯萎成一炷燃透的香灰，随时会齑粉掉。

李宗林想劝丁淑云节哀，人非青山，活来死去都很寻常，别把自己扔进悲恸的深渊，跌宕掉几层皮。但丁淑云不听他的，甚至不怎么见他。一脚跨进家门后，摇身一变，丁淑云眨眼就不是先前在福州时的那个低眉顺眼的水样女子了，举手投足竟顿时有几分任性与放纵。几年未见父母，再一见，原先强壮喜乐的父亲却已经命悬一线，丁淑云一下子就魂魄全无，终日趴在阴气冉冉的病榻前，揪住那双温度渐失的老手，哭着，呼喊着，似乎要把这许多日子的亏欠一股脑儿都赔上，渐渐地眼皮就肿得几乎将下眼眶覆盖。

李宗林离开丁节度的那间屋，独自背起手在天井里踱步。要过年了，外面鞭炮连绵，丁家却是冰凉的，远处的福州，那座状元巷二十九号呢？这么多年，李宗林第一次在这个季节离开福州，第一次到异地过年,这个年现在竟是如此凄凉而乏味。

丁家的宅院不大,青石地基,红砖墙面,乌瓦屋顶,虽也有厢房后院,每一进却逼仄得转不开身。天井已经长上青苔,枯草参差错落,几处小洼地留存着一些上一场的雨水,有蚊虫产下的幼卵,在水下隐约蠕动。李宗林转了几圈,就转到街上了。他已经听不得哭声, 哭声让他心蹦跳得无处安放。那个躺在床上的小客栈账房先生,他的岳父,若是能即刻咽气,那便是件令他暗喜的好事——这样的话,他怎么敢吐出口?确实只能咬在舌尖底下。

泉州城比福州小,一条条窄窄的小巷也是那么绵长纵横着,青石铺出的路面长年累月已经磨出了一层油光,行人走过,脆亮的木屐声立即就一串串节奏铿锵地飞扬了起来。李宗林重重地吸气,轻轻地吐气,泉州比福州明显暖和,空气是清甜洁净的,没有狼烟气,没有烽火味。小城总是格外适合过小日子,倘若家中无事,眼前的一切倒也不妨闲适享用,抑或整个身心松弛地相融进去,也不失一桩幸事,可是如今他还怎么融得进去?翘首北望,福州方向云雾迷蒙,不知道他的家,已经被他的儿子以及糊里糊涂娶进门的吴家女子折腾成什么样子了。想都不敢往下想。

“小伊!”他叫了声。

小伊是丁淑云大哥的女儿,虽也娇小,却是果实悬在枝头摇摇欲坠逼近熟透的玲珑。小伊是丁淑云打发来的,一口福州腔的李宗林,到了满街闽南话的泉州,犹如漂洋过海到了番地,出门时若是没有人引个路,返家的门怕都未必找得到。小伊长相喜气,动不动就咯咯笑,满脸皆是上翘的弧线,走起路来步子迈得细碎而急促,整个人随时要飘起来的样子。家中垂危的老人跟她隔了一辈,她在家中也肃穆着脸,到了街上,过节的气息扑面而来,毕竟还年少,嘴唇不知不觉间就咧开笑了。

李宗林提一口气利索跟着，本来应是小伊跟着他的，现在却是小伊在前头蝴蝶般飞腾，他却弄不清小伊要把他带往哪里。

“那边，”小伊手往前指，“涂门街那边有座清真寺，北宋大中祥符二年建的，北宋大中祥符二年是伊斯兰历四百年，好久了，好几百年了。不过那座寺还在哩，寺是用花岗石和辉绿石建造的，建得非常好看，好看极了，你去看看吧。”说话时小伊停下来，扭过身子，歪着头笑眯眯看着李宗林，兴致很高，仿佛说的是她家的东西。也没错，当年动手建寺的本就是西域人，跟她血脉一样。小伊深凹下去的大眼被乌眸子占据大部分面积，黑得晶莹，余下一点儿白，就显得格外白了，透着晶亮的油光。李宗林突然心一动。

他问：“小伊，去过福州吗？”

小伊老老实实回答：“没有。”

他再问：“认得字吗？”

小伊稍有犹豫，还是答了：“知一点儿，仅一点点，不太多哩。”

他说：“许婆家了吗？”

小伊摇摇头，嘴抿起，浅浅一笑，脸一下子红了。

李宗林站在原地思量片刻，心里一个念头冒出，他有点儿喜欢这个小伊了。这事当然还有点儿远，但如果一定要办，也不是远得没有边际。他叹口气，决定暂且将烦事撇开，既然来了，反正也不能立即调头就走，无论如何他都得等。在这样阴阳分隔的节骨眼儿上，不要说丁淑云，就是他，也断无贸然离去、不予送终的道理。好在不会遥无尽头，危若残烛的丁节度，大去之期充其量也就是两三日之内的事了——这么想虽是罪过，却是事实。

但是，两三日过去，丁节度仍是老样子，仿佛被什么东西定住了，凝固在那里，眼闭着，嘴呵着，意识全无，但一口微弱的气却依稀犹存，不时细若游丝地轻哼一声。又过了两三日，再过了两三日，在一个薄雾浮动的清晨，李宗林尚迷蒙躺在床上，猛听得丁家女眷的哭声惊雷般猛地一起炸开。他身子一紧，蹦跳起来，一下子睡意全无了。

那一刻，几丝解脱感悄然涌起。他想，终于可以回福州了。

办完丧事的第二天已经是正月初九，李宗林催丁淑云同他一起动身。丁淑云哭成残枝败柳，头发散乱，咬着唇用红肿的双眼幽幽盯着他，似有再拖几日的意思。李宗林没理会，他一刻都不想再拖下去了。这里不是他家，他的家在千里之外的福州城状元巷，那是他父亲依浩靠一根根丝线在过去的岁月里千辛万苦攒出来的。他是不肖子孙，丝线织出的家业没有在他手上光大，反而日渐萎缩枯黄，濒于干涸，最牢靠的唯剩状元巷二十九号的房子。房子据说藏有剑，越王勾践的青铜剑，可是墙挖开了，剑拿到了，不过是一把假剑。事情至此似乎该尘埃落定了，可是没有落，万千疑虑还张牙舞爪地悬浮半空。现在李宗林终于回过神来了，那天一气之下贸然来泉州，其实是件多么不明智的事情啊。他该死死钉在家里，至少把把眼风呀，如果人家还要再耍什么把戏，好歹能将别人的手脚碍住一些。他干吗要走？他不该走！父亲临死吩咐过，就是卖妻也不能卖房，房是李家子孙存世的藏身之所，庇荫之地，他听清了，应承了，拼出全身心血竭力去维护了，他不能连最后这座房子都这么断送掉，他得马上回去，必须走。

至于丁淑云，他没勉强，随她便。

丁淑云迟疑片刻，虽再三不情愿，最后还是从了他。

从福州至泉州，来时只有一家四口，如今再回，车上却多出一个人。李宗林把小伊也叫上，说出去的理由是陪一陪伤心过度的丁淑云，真正的理由，他还没跟任何人说过，他还得放在肚子里再琢磨，他得再想想。

一路上丁淑云低眉缄默，脸色苍白，眼皮浮肿，时不时一串泪就陡然垂落。千惠、万贵吓得缩在角落，小眼滴溜儿转动，大气不敢出。

李宗林瞥千惠、万贵一眼，又伸手在丁淑云肩上拍拍，心里杂味横陈。丁淑云不过有悲，情绪清晰明了，而他，他胸口那里堵作一团，根本理不清自己的心绪，慌乱中夹着不安，不安中又有许多无奈与恐惧。在丁家的这几日，他一直按下那头，如同避瘟疫般，家中那摊子事一浮起，马上就急急掐掉想头，将目光盯住眼前。但不去想未必就能因此断了忧虑，每日晨醒与夜睡，第一件与最后一件要惦念的，仍然是状元巷二十九号，他的家，他的房子。

他的房子本来安然无虞，虽步履维艰，好歹一日一日屋檐完好、廊柱无恙、砖瓦不缺。突然宫巷吴家的女子来了，为了一把剑，一把神秘遥远价值连城的青铜剑，于是天旋地转，鸡犬不宁，人仰马翻。

这一趟南行，前后算起来，已有十多天。再踏进家门时，将会看到什么境象？

他不知道。他不敢想象。

十一

没有人做过统计，福州城内究竟有多少条坊巷。城虽然是无诸在汉高祖五年初建的，真正成规模却是唐天复元年的事。这得感谢那个从中原随兄长挥师南下的王审知，他那时是威武军节度使，在此驻扎下来后，要守地养民，就在福州原有的小小旧城之外，又建起一座新城，以钱纹砖建，是当时全国唯一的砖城，以坊与巷为单位，规划整齐，方方正正。状元巷就是在那时成雏形的，与之一条河相隔着的，还有横平竖直的三条坊七条巷，以名人辈出闻名，被当地人简称为三坊七巷。

李宗林从三坊七巷穿过时，已经暮色四起。迈上桥，过了河，刚转进状元巷口，远远就见到家门外垒着碎砖、散着秽土，路人的脚来来往往踩过，铺着青石的路面立即就污了一层。

那一刻，李宗林心里咚的一声。

推开家门，院子里很安静，也暗，厅堂上的灯还未点起，幽幽中不见半个人影。

李宗林站在门后的插屏旁重重咳一声，咳过之后，四周又安静下来。有那么一会儿李宗林脑中空白了，像一团雾落下，将他整个人团团罩住。他用力眨着眼，然后猛地将褂子的下摆往上掀起一角，提在手里，快步往里疾走。

刚踏上厅堂的石阶，就见管家老刘从后院小跑出来，连声说：“哎呀哎呀，老爷回来了！”

灯逐一亮起，用人们陆续现身，都勾着头，目光不与李宗林对接。

李家院子不小，所雇的下人却一直有限。一双手闲着也闲着，能做的活儿自己只管动手！这是父亲依浩挂在嘴边的话。挣不进银子，养不起一大家子，李宗林渐渐又将他们打发掉一些，剩下的，都是老仆人了，跟了多年，贴心得都跟自家人一样。但是李宗林用眼扫了一圈，他马上觉出不对劲儿：这几个人，他们整齐划一都有心事。甚至刚才，他站在插屏旁重重的那一声咳，应该已经有人听到，听到了，以前会忙不迭飞奔而出，今日却迟迟不动——故意不动。

想到“故意”二字，李宗林顿时头皮一麻。他再扫几眼，左左右右地扫，猛地问：“人呢？我说人呢？！”见还是没有人应答，他几大步跨到管家老刘跟前，“呃，人呢？”这一句，他几乎是吼叫了。

老刘在衣襟内摸索半天，掏出一张纸，上面只有六个大字：“等我回来再说。”是百沛写的，字如常，百沛一直写的都是才子字，横竖飘逸，撇捺灵动，无拘无束，之前这一直是令李宗林快意的事。但现在，李宗林视线落在上面，两眼却是虚的。他把信纸接过，正面反面来来回回翻了几遍，问：“人呢？”他仍是只问这句话，不指具体的谁，只问人呢？他相信没有人听不明白，他问的人首先是吴子琛，然后是儿子百沛。

老刘瞥他一眼，小声说：“走了。”

“去哪？”

“北平。”

顿一下，老刘又说：“那些人也走了，都走了，走光了。”

李宗林眼往上抬，天井的上方那块四四方方的天空，已经星月齐布，星月俯身看着他，都露出几许幸灾乐祸的神情。不仅吴子琛走了，现在连百沛都跟着走了，去了北平，遥远的北平。而且，连那些人，吴子琛师母的父亲，那个总是被南方的阴冷冻得身子缩成小小一团的杜老板也走了，以及杜老板的女儿，杜师母，还有杜师母的儿子。那么一家老少，被吴子琛从北平拖泥带水携到福州，一副长居永住的架势，结果吴子琛走了，百沛走了，他们也走了。

李宗林茫然地盯着老刘，他心绪杂乱，这到底又是一出什么戏啊？

老刘说：“那个杜老板好像不是什么师母的父亲。”

“不是？他是谁？”

剑问

老刘扯开嘴角，涩涩地一笑。老刘不想往下说了，只是拿起一只灯笼，手往前一伸，引着李宗林先去了东厢房，又去了西厢房，再去了后院以及偏厦。这一圈走下来，李宗林清楚了，他的家，家里的墙，在他去泉州的这些日子里，已经全部被动过，也许是挖开，也许是推倒，然后重新砌起、粉刷好。所有的墙上，石灰都是新抹上的，白晃晃的耀眼，泛着一股淡淡的腥味。

“这……他们这都是干什么？”

老刘摇头说：“老爷，实话说，您去泉州后，我们也被少爷支走了，一个不留，全支走，让我们回家过年。我赖着不走，也不行，少爷弄好车架起我直接送到乡下儿子那里。等到我们再被唤回，家里就是这样了。少爷什么都没说，就是递来这封信，然后他就走了。”

李宗林身子晃了一下，觉得喉咙那里被什么东西重重卡住了，一口气差点儿上不来。

那天夜里李宗林没有睡，他甚至不想躺下，一直坐着，一口接一口抽着烟。

丁淑云挨在他旁边，回到福州的丁淑云又恢复了贤淑体贴的旧模样，帮他续上烟，点上火，间或站起来，转到他身后，攥着双拳在他肩膀轻轻捶着。李宗林闭上眼，无声叹了口气。正伺候着他、陪着他一起不眠的这个女人，是他喜欢的吗？这个问题之前他从来没问过自己，父亲依浩相中了她，让他迎娶，他就娶了，就几十年懵懂过下来了。一辈子都快过完了，突然间一想，他真的想不起自己的心底，对相伴相守的女人有过多少在意。

窗外晨曦微醺时他跟丁淑云说到了小伊，他决心下了，要把小伊留下，留在这座房子里。在泉州时，他就喜欢上小伊了，替儿子百沛喜欢。单纯、温婉、柔顺、懂事并且长相喜庆，李家这样的小户人家，要讨的媳妇本来只配是这种性情的女子，而绝非宫巷吴家的千金小姐吴子琛。这事就定下了，无须再犹豫。无论百沛往哪儿走，走得多远，终归得给他纳个妾，这个妾就是小伊。

福州人喜欢把妾称为“细婆”，细意味着年轻、乖巧、可爱、柔媚，这些小伊都具备。

丁淑云惊愕了半晌，缓缓吐出一口长气后，默许了。或许她暗暗的还该有几分欣喜？娘家的亲人多一个留在福州，异乡的她，总算能多出一点儿帮衬与依靠。只是接下去，这事该如何进行呢？要不要先探探小伊的心意？

李宗林问：“小伊的事你能做主吗？”

丁淑云警觉地看过来，问：“什么事？”

李宗林说：“比如……婚姻之事。”

丁淑云稍一迟疑，说：“应该能吧。”

李宗林说：“那百沛我做主。”

丁淑云嘴唇动了动，话又咽回了。李宗林看出来了，她本来想问，那百沛能回来吗？百沛能回来吗？李宗林马上车转了头，脸又暗下。百沛能回来吗？他不知道。他那一刻心里伸出万千双手，恨不得一下子就把远处的百沛揪到手中，揪回家里。

他叹了口气，现在就是他真有那么多手，手无限往外伸长，都已经不知道该往哪里揪他的儿子，他的百沛了。

但是，第二天，百沛竟突然出现了。

百沛跨进家门之前，李宗林正绕着自家的院子慢慢走着，绕着墙走。墙贴着屋子，他进屋；墙旁种着花草，他踏进草丛。看是看不出什么的，所有的墙体，因为新抹过石灰，竟有股重生的欢欣喜悦，但他还是贴近去，微俯下身，眼眯起，将上面的每一寸细细盯过去。

伸手按住墙，一股潮气马上渗来。墙还是湿的。这个工程不算小，但花了多少钱、谁花的钱，反倒已经不是最重要的问题了，问题的核心在于为什么还要挖墙？已经挖过一次，是假剑，再挖难道还是为了剑？那么现在挖过墙后，他们走了，一起又返身赴北平，这是不是意味着真剑果真被找到了？一把古剑，价值连城的越王勾践的青铜剑！

抬起头时，一道阳光直射过来。冬日的阳光有时候竟比夏日还要晃眼，让人在一刹那间不知所措。

转开脸，看到了小伊。

初次离家的小伊，到福州竟是一点儿愁绪都没有，反而从昨天一上路就一直腹中装满蜜似的，跟千惠、万贵叽叽喳喳说着话，话里夹着浅笑。这会儿，她蹲在一簇蜡梅花前，用一根竹枝拨弄着花瓣，似想弄清花蕊深处的秘密，非常专注，甚至没有发现附近还有其他人。

李宗林拉直身子长吸一口气，突然就嗅到了一股特殊气味。接着，厅堂上就果真就猛地传来一声惊叫："啊，少爷！少爷回来了！"

李宗林抖抖衣襟，这时他反倒镇静着，一点儿意外都没有。

但他还是马上往前厅走去，走了几步又停住，回头喊道："小伊，来，去见见一个人。"

十二

李宗林问："回来了？"

百沛答："您也回了？爹！"

李宗林说："呃。介绍一下，这个是泉州来的丁小伊，她是……"

百沛打断他："爹，我去睡了，不睡怕要死掉！"

谈话到此就中断了，百沛调头往自己屋走去。看上去他确实倦得不行，人瘦了一圈，眼睛凹进去，眼皮耷着，脸色蜡黄。

为什么倦成这样？这个答案百沛没有说，他没有说出来的东西现在已经如此之多，比如吴子琛的去向，比如家里的风火墙为什么被挖开，挖开之后结果怎样？

李宗林决定不问。墙挖也已经挖了，人走也已经走了，一切本来就该主动有个交代的，这个时候他不能问，他得绷着，给自己留住最后的这点儿脸面。心里其实还是相信百沛会一五一十地说出来的，百沛不是留下一封信说“等我回来再说”的吗？李宗林当时只是怕百沛那一走，难保就杳如黄鹤了。现在既然已经回来，这口气就可以先松一松了。按他以往的了解，百沛肯回来，就一定肯说。百沛不是个食言的人。

那一天百沛一直睡到月色当空才醒来，从房间出来后，滴米还未进，旋即就出门，至下半夜才回，回了还是马上睡下。

一天就这么过去了。

第二天百沛睡的时间短了些，中午就起床出去，回来时天已黑透，又是立即睡去。

李宗林提醒自己得有耐心，这时候他大概也唯剩下耐心可以自由掌控了。当父亲的总是以为自己是了解儿子的，在吴子琛出现前，李宗林确实是这么确信的，一刻都没有怀疑过，可这些日子，事实一巴掌一巴掌打过来，一次比一次下手重，终于把他打得头昏脑涨了。他不了解百沛，几乎一无所知。过去那个沉默的百沛，文弱的百沛，只知吟吟诗作作赋的百沛，其实不过是一张虚假的外壳。连百沛先前也不知道内心深处竟还藏有一个执拗的、坚定的、不撞南墙绝不回头的另一个自己吧？是不是人在某种固定的模式中，日复一日地过着,自己都渐渐过迷糊了,过麻木了,过认命了。但是,如果被哪个契机突如其来地唤醒与点燃,霎时就可能面目全非。比如老三,如果老三李宗启打人的原因,确实如坊间传说的那样,是为了朱紫坊的高家姑娘,是高家那个白净的爱穿青藕色绣裙的姑娘让他变得龇牙咧嘴,那么百沛呢?百沛也是为了一个女人,这个女人自然就是宫巷吴家二小姐吴子琛。

要是从吴子琛那里将百沛的魂讨回,然后娶下小伊,会不会恢复旧时模样?

李宗林注意到了,小伊对百沛一点儿都不认生。以前小伊从没见过百沛,但那天百沛一回来,李宗林一带着她来见,她就喊百沛哥哥。百沛却没有回应,甚至第一眼瞥过去时,也是潦草而匆忙的,没有任何逗留。接下去,每次出去回来,凡见了小伊,还是不多看,看了眼神也是空的。小伊竟一点儿都不介意,小伊仍是笑眯眯地喊百沛哥哥,但百沛都不理睬。

这件事可能需要更多的耐心。

第三天百沛再出门时,李宗林让管家把百沛留下的那封信放进第二进第三间东厢房里去,要放得醒目点,就放在枕头上。百沛终日迷迷瞪瞪的似元气未回,但他睡觉总得上床,上了床一躺下,头必然就压住信纸了。

没其他意思,就是提个醒,提醒他该开口了。

第四天早上百沛一起床,果然就捏着那封信来花厅找李宗林。

李宗林沉着脸,点起烟,低头缓缓吸着,烟筒的水仓便跟着一声声咕咕咕响,整个屋里就剩下这个声音了。他有点儿看不起自己,之前怎么认定自己无能其实都不为过啊,他确实无能,一步步忍让,忍到现在,也只能以这样的方式给自己保留一点儿可怜的尊严了。

百沛在另一把太师椅上坐下,动作有点儿重,椅子因此被往旁推了一些,椅脚刮过地面,发出吱呀的几声响,牙齿都跟着酸浮起来了。但他并没马上说话,他喘着气,似千头万绪一时不知从何说起的模样。

李宗林眯起眼悄悄瞥去,从儿子进门起,他都没有抬起头正眼打量过。但他的耳朵已经支着,他等着百沛说话。

“爹,对不起。”百沛是这样开头的,百沛的口气很迟缓,每一个字都要在肚子里细细琢过才肯吐出来似的。他没有回避墙,他说:“家里的风火墙确实被挖开过了,但不是全部推倒重建,不是的。”

李宗林本来想问究竟哪些被挖了,哪些没有挖。他咂咂嘴,却没有问出声。

百沛说:“您放心,挖墙与修墙都没花我们家一厘钱,钱是子琛出的,她娘家出。”

李宗林瞪过一眼。到这个分儿上了,他在意的哪仅仅是钱?那他在意的究竟又是什么?他捏起烟斗用力一吹,吹掉已经烧成银白色的灰烬,然后将烟筒搁到茶几上,抽过烟钎,除去烟渣,再端起烟筒,拇指食指一起伸进烟仓,捏出一小撮烟丝,放在指尖搓成小圆球,再装入烟斗里,点上火。这个过程他的动作非常缓慢,慢是因为他仍然拿不定主意接下去自己要不要开口。

当然,最后他还是问了:“剑呢?那把剑呢?你们找的还是越王勾践的青铜剑?”

百沛点点头。“不把剑找到,他们哪里会放手?”

他们?李宗林没明白百沛说的“他们”包不包括吴子琛。这个女人第一次把墙挖开,挖出一把假剑,她没有善罢甘休,第二次又挖了,挖了一大片,那么剑呢,找到了吗?

百沛把脸转过来,看着李宗林。"没有",百沛说,"还是没有。把所有可能的地方都挖了,雇了一大堆人,没夜没昼拼命挖,挖开没有剑,马上重新砌起。那几天,一边挖一边砌,这一处那一处,那老头儿说挖哪里,就挖哪里,没有,还是没有。"

"老头儿?杜老板?杜师母的父亲?"

百沛说:"其实他不姓杜,姓郑,是那个典狱长的舅舅,一个古董行当上的老江湖。《雨天笔记》那本书在老头儿手里已经揣摩十来年了,他以为已经八九不离十,他不相信墙中藏的只是一把假剑,所以他专程从北平跟来了。"

李宗林把烟筒托在左掌,手紧紧揪着细长的壶颈,烟筒里装满水,很沉,很冰。老头儿果然不是杜师母的父亲,老头儿是来取剑的,而剑,在把墙挖了一圈后,并没有剑,剑呢?他问:"这事到此结束了吗?以后呢,会不会再挖?"

"不知道,应该不会了吧?剑确实没有,都是在老头儿眼皮底下挖的,他的眼睛一刻都没离开过,所以,总得死心了吧——谁知道哩!"

李宗林把烟筒放茶几上,慢慢转转身子。得把事情的来来去去衔接起来,细细想过一遍,但他脑子嗡嗡嗡响,像有人在里头抱着一只喇叭朝大对地狠命吹着。

他说:"子琛呢?"

百沛说:"老头儿走了,子琛跟他一起去北平,还有杜师母母子。上回发现找到的不过是一把假剑时,典狱长跟子琛就说好条件了,就是再彻底找一次,让那个老头儿亲自来找,以杜师母父亲的身份来。找过了,无论是否有剑,都可以将子琛的老师放出来。子琛这次去北平，就是专门去接老师出狱的。我本来也一起去，但到了半道，子琛想了想觉得不妥，就又让我回来。爹，子琛怕您担心哩。”

李宗林鼻子轻哼了一声。这个情百沛忙不迭地领，他却是不会的。这个女人在把这个家天翻地覆搅动过之后，居然眨着眼假说替他担心了。不过是找个借口将百沛遣开吧，只有百沛才傻至深信不疑。

百沛说：“我知道您心里怎么想的，我不怪您，这事确实让您忧虑了。但我自己没有遗憾，我觉得挺庆幸挺值得。子琛本来在北平上学，她就是假期时回福州也很难让我碰上面。但一把剑把她从那么远的地方引来了。这辈子我不可能再遇到第二个这样的女子，我就要她了，别人就是天仙也入不了我眼。包括小伊，小伊很可爱，但她不是子琛，您让她另找出路吧，别害了她。我说明白了吗？我可以重申一下的：我这辈子只跟子琛相依做伴，她是我唯一的妻。”

顿一下，百沛又说：“第一眼见到子琛，我就认定她了。我心窄，这辈子只容得下她一个人。”

“是吗？”李宗林是拖着腔调问出这一句的，他的嘴角还往上扯，眼眯着，鼻孔张大，他觉得自己的五官已经联合起来，把一种讽刺充分表达出去了。当年老三宗启也是这样，也死死认定那个白净的爱穿青藕色绣裙的高家姑娘，结果呢？

百沛说：“子琛说她要帮我把我们家的厂子尽快弄兴旺起来。您说过的，家里弄好了，我就能走，我要同子琛一起去西洋留学。至于留学的费用，爹您不用操心，子琛的父亲说了，全由他出，一个子儿也不用我们家花费。”

李宗林看着百沛，他得确定一下儿子是不是在说梦话。

百沛说：“子琛这一回去北平，她说只要亲眼见到老师平安无事了，就立即回福州，回我们家。”

“还能回？”

“能！”

“啥时？”

“正月十五，这一天她说一定会回来。”

李宗林嘴角扯了扯。他相信吗？不信，但他没说出来。正月十五，掐着指头算，也不是太远的日子，那就等吧，也唯有等。吴子琛这个北平燕京大学英文系的女生，这个宫巷吴家财大气粗的阔小姐，一直到此时，她都不像个真实的人。或者回头望，这些日子李宗林都觉得是在太虚幻境里飘，脚像踩在棉花上，没有一步是踏实的。

十三

每年正月十五，离状元巷不远处的南后街都有一场红火的灯会，半城的人都聚到那里了，看花灯，猜灯谜，逛夜市。通常百沛总是早早儿就去了，兴致起时，诗赋蜂拥而至，也早有人备下纸砚，当场挥毫，喝彩声顿起。

那是百沛一年里最出彩的日子。

今年呢？李宗林清晨起床时，先问了管家老刘。按他的猜测，灯会百沛不会不去，只是几时去，去多久的问题。

老刘却说：“少爷站在大门外了，大清早就站那里。他说今日灯会不去。”

李宗林出屋看，果真如此。百沛双手别在腰后，斜靠在门头房外那道青石门框上，眼望向巷子口。李宗林默默退回花厅，喝下一杯茶，抽掉一筒烟，愣了片刻，他叫老刘搬把椅子去，让百沛坐下，坐着等。不去灯会的百沛，留在家里，是在等待一个结果，那结果如此虚无缥缈，宛若一场悬念丛生的豪赌，而百沛已经把自己的全部都押了进去。

整整一天，福州城里爆竹与烟花声一直持续，或远或近，或强或弱。阳光出来了，阳光热烈了，阳光西斜了，阳光黯淡了，阳光隐去了。那期间，百沛居然一直都留在门口，即使三餐饭，都由人送去，不送，他不吃也无妨。

李宗林终于觉得过分了，做男人的，什么都可以由着性子，就是没必要将自己的肝肺都撕裂开，奉给哪个女子。他从窗棂上往外看，他走出花厅，他向门头房踱去。天黑了，夜将深去，他得劝劝儿子。天下万事，没有比一厢情愿更暗伤深重与不值了，不如趁灯会尚未阑珊之际，快快去散一散心。

但他刚走到天井，就见儿子突然从椅子上跳起来，像一只豹，猛地往前蹦跳去。

一阵鞭炮在巷子外突然炸开，爆裂声动地响来，还有烟花，五颜六色往空中蹿去，硝烟霎时上下弥漫。

李宗林不免紧走几步。

家门外，那条长长的小巷已经在昏暗的灯影下显得晦涩，像一条凝滞的河，河的上面，却有两个年轻人，像两条开足马力的船，迎面疾跑。两人姿态完全一致，两臂都往前张开，而脸上的表情却是模糊的，只依稀辨出对面来的是一个女人，短发，素衣，黑裙。

那个人是吴子琛。

李宗林突然鼻子一酸，他慢慢回转了身，贴着墙，背着双手，疾步回花厅去。到了这把年纪，并不是所有感情都可以恣意流露的。这一刻，他真的在羡慕百沛，但他不会说出来。

[第二部]

石牌坊

一

现在他回来了。

走的那年虽粗布陋衣，浑身透着寒酸气，但他四肢好好儿的，什么都不缺。二十六年后，他一身绫罗绸缎，脖子上坠着筷子粗的金项链，指间也箍着翡翠帝王绿戒指，要说富贵，真是天壤之别。

但是他的一只胳膊没有了，剩下空荡荡的袖管从肩膀处挂下来，随着步子前后一晃一晃的，像某种兽类的尾巴。

状元巷虽窄，却并不能难住长年拉黄包车的人，他们只要微弓起身子，碎步小跑，左一闪右一闪，就将两旁的行人与老墙闪过了，连速度都不必有减。但是，他坐在车上，远远地在巷子外就让车夫停下，他下了车，递过一块银圆。对方正要找余钱，他扬了扬手。车夫看明白了，马上咧开嘴笑起说："大爷，谢了谢了，您万福啊！"

他微微颔首，像是回应了车夫，又像是在寻思什么。

他眼睛一直盯住巷口。

巷口那儿高耸着一道石牌坊，青石打造的，被日复一日雨淋日晒风吹后，就泛着一层薄薄的青苔，应该有些年头了。是唐、宋，还是明、清时所建？之前一直没有细想过。之前他每天在石牌坊下走进走出，正眼都没往上面打量过，不是故意不瞧，确实没入过眼。然后他走了，在外二十六年，这个跟他仿佛没有一点儿瓜葛的古旧牌坊，居然三天两头都要钻进梦里，以各种稀奇古怪的形状，或歪斜，或倒伏，或像鸟大张起来的翅膀。

他回来不是为了石牌坊，但既然回来了，就必须先足足看上几眼。

说是石牌坊，其实只是以石料为主，共有三间四柱三楼，下半部以厚实的石柱垒起，上半段的梁坊、斗拱和雀替，则佐以粗大的楠木，雕着飞禽走兽或者牡丹荷花。牌坊竖在状元巷口，竖在离状元巷二十九号宅院不足二十米外，那么，它也应该可以算是他那个家的标志了吧？

他的家。状元巷二十九号。

居然二十多年里门牌号都没有改变，还是二十九号，甚至连牌子都仍然是旧的那一块。盯着它看时，仿佛一切是静止的，水没有流淌过，云没有飘荡过，日子仍是当年，甚至空气也依旧——他提起身子长吸几口，又慢慢吐掉。

但紧闭的朱门上漆却已经陈旧，也有几许斑驳。门的模样将一个消息准确无误地传递出来：父亲依浩死了。父亲以前说过，家门就是一张脸。父亲即使自己不吃不喝不洗漱，也一定要将院子外面的门漆得光亮明艳。还有那一对铜门环，父亲进出家门时，常不由自主地手一抬，袖子就抬到门环那里了，然后总是手掌揪住袖口，上下用力，用手肘部位把门环狠狠擦揩几遍。

有父亲的日子，门环总是锃亮的，像一对明眸，周正地悬挂在光鲜洁净的朱门上，每日矍铄地探看着巷子里来来往往的人。

那么，父亲确实死了？

其实许多年前他就已经得到父亲的死讯了。那时他一滴泪都没有流。话的分量在越过七百里横洋之后，变得轻而且飘了，或者又太无形与虚幻，下意识里他故意绕开，不予正视。但现在他回来了，他必须面对，他再也绕不开了，所以他心一下子就扭到一起，像被一堆粗粝石子硌着，不时尖利地疼一下，又一下。这个世界少了一个人，这个人曾经像一片结实的土地，从小就一望无际地摊在他面前，将危险与恐惧隔开，突然间却轰然崩塌，让他脚一下子踩空，也被推到了悬崖的边缘上。凌空俯望，他望到生命的幽暗、陡峭与不测。

他呼一口气，吸一口气，又静默了一会儿。就是趁着这短暂的时光，他将家中可能面临的情况细细想了一遍。他不太有把握，但既然已经回来了，就没有后退的余地，无论如何他都必须往下走，走一步是一步。

有人从旁边走过，扭头瞥了他一眼，并不停下，继续往前走。

这个人是谁？他没认出来，那人想必也没认出他来。

南方春日的阳光柔和而恬静，像一位女人水汪汪的目光徐徐铺展在屋檐上、道路间。他重重吸几口气，味道几许陌生又万般熟悉。回来了，明明回来了，但脚仍有一点儿虚。他走得很慢，慢慢穿过石牌坊，慢慢进入巷子。

窄窄的巷子里铺着大小不一的青石板，有点儿旧了，一些石板开始松动，被脚一踩，咚咚咚响，声音突兀而幽远。二十六年不算久，但当年离去时那双单薄的腿，确实还是比现在年轻有力无数。他走到斑驳的朱门前，深吸一口气，又深呼了一口，然后抓起门上已经起锈的门环轻轻叩响。

这时他脑中突然跳出那个著名的诗句：近乡情更怯。

“谁呀？”管家老刘从里头问出来。

他咽了咽口水，心被老刘熟悉的声音弄出一阵古怪的异响。这么多年了，这个家还是由这个人管着，腔调一点儿都没变，无非喑哑一点儿，虚弱一点儿，苍老一点儿。

他又咳一下，缓缓吐一口气，然后才说：“是我，我是宗汉啊。”

二

在李家三兄弟中，李宗汉排行第二，大哥李宗林比他大四岁，老三李宗启比他小六岁。与很多家庭一样，第二个孩子往往是父精母血最旺盛也是最缠绵和谐的时候孕育出来的，因而也就最出色，无论相貌还是脑子。他比大哥聪慧机灵，又比老三沉稳老成，所以，父亲依浩最喜欢的一直是他，他这个老二。某些瞬间，他甚至能从父亲的眼神里看到一种端倪，那是道隐约的光，仿佛正在款款暗示，暗示李家未来的权力之棒必将理所当然地交到他手中。他窃喜过，但那也只是曾经。如果他一直留在家中，不是进了马尾船政学堂后学堂轮机专业，现在无疑已经是李家的掌门人了。只能是他，有他在，就不会有大哥李宗林什么事，轮不到大哥，而大哥自己其实也无所求。虽是同一对父母所造，兄弟仨人的性情却是大异的。稚嫩的老三就不论了，大哥也温软无力，大哥只需要酒，浑身的骨头都被酒泡酥软了，一日能一饮两饮便知足，万事可休。

可是他却离去了。

二十六年前，他几乎是以逃的姿势骤然离去的。只能是逃。

最初他其实并没有上马尾船政学堂后学堂的打算，是父亲依浩让他去。父亲对所有名门大户都咧着嘴点头哈腰，仿佛欠着他们所有人的债。名门大户家的子弟从来慕仕途赴科举，父亲也跟着慕，但慕得淌了一地口水之后，却发现自家的几个儿子，即使最伶俐聪明的，也仅仅聪明在世故人情方面，子曰不通，诗云不解。可也不能因此就早早儿歇下笔墨吧，父亲依浩无奈了几日，终于叹口气让他去报考马尾船政学堂后学堂轮机专业。他学的是驾驶，洋人给上的课。马尾到福州城区十来里路，不算太远，水路陆路都通，但一读五年，他却一直很少回家。

谁知道哩，书读着读着，他的灵魂却渐渐散了。学堂考试频繁，成绩优异者可得诸多奖励，钱物都有，却一直与他无关。他其实是想要的，至少那些钱物吸引着他。父亲依浩苦巴巴地省着钱，一幢状元巷二十九号的房子就把一辈子牙缝里挤出来的钱都耗得差不多了，他看到父亲眉眼里的忧虑。买房前父亲曾询问过他的意见，他觉得必要，但似乎也不是非得那时不可。“过几年吧。”他是这么跟父亲说的，过几年再多攒些钱，而他读毕书，老三宗启也长大了，那时或许家境就该有新的转机了。

父亲似乎听进去了，但最终状元巷二十九号的那幢房子还是买下了。父亲解释说：“买吧，还是买吧，反正得买。”

宗汉记得，父亲第一次把他以及大哥宗林、老三宗启带到状元巷时，一路上步态都有几分癫狂，下巴上稀疏的胡子一直颤颤巍巍。宗汉眼一下子就有点儿湿了。那天父亲特地穿了一件长衫，其实长衫哪里适合父亲穿啊，那背已驼成小山，消瘦狭小的身子骨根本撑不起长衫的宽阔与飘逸，但每每父亲却喜欢把自己装进长衫里扮斯文，却不由得还是装出一副滑稽相。那时宗汉心酸地想，父亲这辈子会不会都坏在爱面子这件事上？内心的要强与现实的辛酸是那样格格不入，父亲不愿太低人一等，脸面的有光或无光是那么至关重要地左右着父亲。宗汉脑中浮出两个句子：

父亲太累了。

父亲老了。

就是在那个瞬间，他明白了这房子确实该买。

但那天走进状元巷，推开二十九号院子的大门时，他还是吃了一惊。梁是折的，瓦是碎的，屋是塌的，柱是倒的……那不叫房子，充其量只是一片废墟。但父亲脸上却流着一团团的蜜。父亲举起胳膊，像个孩子似的欢快转了一圈。"那，"父亲说，"看那个墙！多么厚实坚硬的墙啊。"

墙确实厚实，虽有破损，却仅是伤点儿皮破点儿肉，如同一个健壮的大汉张开双臂把这个院落团团揽在怀里。

父亲说："有墙在，就有家在啊。"

宗汉记得大哥宗林那时用手在父亲肩上轻轻拍了拍，大哥在表达感激还是鼓励？或者都有。如此破败的房子，好歹也是房子，至少它有那么宽阔的厅堂与数量可观的前后厢房，并有那么纵深的三进。如果不是残破至此，以这种规模，在这个地段，他们李家哪里能够买得起呢？

父亲一手提着长衫的下摆，颤颤巍巍地迈过天井，穿过厅堂，小心踮着脚，像怕吓醒熟睡的孩子。父亲说："会好的，会好的，我能把它修好的。"

从那天起，父亲果真把自己整个人都耗进这个院子。泥工木工都是他从乡下找来的，他把院门关紧，像营造一个天大秘密般日夜锻造。宗汉知道父亲缺钱，没有钱却非得往面子上贴点儿金，这日子就愈发艰涩与无奈了。好歹父亲终于还是支撑下来了，但父亲也因此掏空了，无论腰包还是身体。某个深夜惊醒，宗汉总要自责几分。寒风中父亲已经孱弱如一根枯草了,可是他却帮不上忙,连区区奖学金都不能拿到手。

许多次他都动了退学回家的念头。大哥李宗林在私塾读几年就弃学在家了,但大哥帮不上父亲,父亲也嫌大儿子愚钝不让他有丝毫插手的机会。宗汉知道如果换成自己,自己有能力可以成为父亲的左膀右臂,但每次他一提出,就被父亲拉下脸喝退了。父亲的意思是,不能科举及第转而攻读船政学堂已经很失面子,再要半途而废更是脸面全无。父亲让他往下读,必须读,再无用也好歹有一本官府发的毕业证,这是李家终于出了一个读书人的证明啊。

但宗汉最终没法证明。学堂每三个月考试一次, 成绩列一等者,赏洋银十元;二等者,无赏无罚;三等者,记惰一次,两次连考三等者,戒责,三次连考三等者斥出。漫长的五年里他从未得过一等,连二等都勉为其难。在悬崖边摇摇晃晃了一阵后,终于在最后一年连续三次三等。他被"斥出"了,那个证书他也无法拿到。

所以他得走,必须走。

那年春天他从马尾码头登上那艘驶往南洋的船只时, 以为自己返回的日子不可能太久,一年两年或者三年五年,就定然衣锦还乡了,哪知竟是漫长无边的二十六年。

整整二十六年啊,他终于又重新踏上福州这座城,重新踏进悠长悠长的状元巷。

三

七岁时他就能把算盘打得啪啪响, 不唯右手, 左手也毫不逊色。一堆钱数摆在跟前,别人还皱着眉苦算,他瞥一眼却已经报出答案，从未有过丝毫差错。那么精明的父亲是不会看走眼的，父亲早就断言兄弟三人中，唯有他可堪接班大任。这说明什么？说明对于学业，他其实也并非蠢得不可收拾，如果一门心思都花下去，把英语、地理、航海天文、航海理论学等各门功课大致对付下来，对他而言应该也不是太难。

但他没有花，不是不愿意，是不能够。

有一件事他结结实实地瞒住了，父亲一直不知道。父亲一辈子对所有温饱以外的花费都恨之入骨，嫖不沾，赌不染，吃喝能省就省。女人家里就有现成的，用得也很顺手，为一个洞花钱去烟花柳巷撒钱是父亲所鄙视的。而与嫖相比，父亲对赌更气不打一处来。嫖不过与无缚鸡之力的女人打交道，赌则必须与心狠手辣的男人刀刀见血地搏杀。父亲很早时候就反复告诫过家中三个儿子：谁赌就剁谁的手。

可是宗汉还是赌了。

南后街那家廖记牌馆还在他少年时，就已经三天两头把他魂都给勾去了。那时没有钱，他充其量只能是看客，躲在暗处，不为人知，贼眼溜溜。之后呢，之后他就渐渐上道了。手指头仿佛一个个都长出了脑子，任何一张牌只要与他手指沾上，哪怕只是电光石火一瞬间，根本不用看一眼，他就立即了然上面的花色。那个时刻真是美妙极了，每一根汗毛都可以成为矛与戟，挟着他勇猛地冲向敌阵，左拼右杀，一往无前。老三宗启还小，应该不明就里，而大哥宗林他相信必定是有所风闻的，但大哥是那样的一个人，怕惹事，怕出头，能省一事是一事，大哥不会告发他。何况他常常赢，总是赢，赢了钱他就会悄悄往大哥口袋里塞进一些。大哥喜欢这样，大哥需要用这些钱换点儿酒润润肠子。

父亲让他去马尾船政学堂后学堂，其实是冲着那里管每个学子的饮食及患病医药之费，每月还给银四两俾赡其家。这些对李家很重要，宗汉也在意。

但他答应去，却不仅仅为了这些，更吸引他的是另外的东西：洋人、轮船和大海。

一日日的长大中，福州城在他眼里真的越来越小了，而他竟连这么小的一座城都不曾走出去过。人生其实就是一个最大的赌局哩，他答应把自己从福州城里弄到城郊的马尾，其实就是要赌一赌。一开始他确实试图用心，牌九、麻将、四色，这些玩意儿都没有装入行囊，把它们悄悄丢进粪坑时心里甚至有诀别的悲壮。但他把两粒骰子带上了。当时只是作为一种纪念，聊以慰藉自己，不料最终却成了祸根。

重新赌上的那一天，他赢了三块大洋。捂着沉甸甸的口袋，他忍不住用另一只手打了自己一巴掌。然后，他叹口气，觉得这是命定的。

既是命定的，他为什么要强行改变？唯有认下了。

学堂规矩严厉，每逢端午、中秋才给假三日，遇外国礼拜日，亦不给假。但再严，他也可以生出溜出去的种种法子。马尾老街上那几家开赌局的酒馆就不时出现他瘦削的身影了。

也就是在酒馆里他认识了从南洋回来的阿强。

阿强喜欢吸烟，大口地吸，大口地吐，眨眼就把自己罩在烟雾中了。非常奇怪，他总是输给阿强。远方的南洋被黑黑瘦瘦、脸膛泛红、两眼放出精光的阿强带到眼前，就在毕业的前一天，宗汉决定走。

阿强的船就是在那一天启程的，阿强打动他的其实只有一句话：那里有的是钱。

他没有向父亲以及兄弟告别。他觉得没必要。去一趟南洋而已，那里如果真的遍地是钱的话，他挣一把就回头，鼓胀的腰包该令父亲多么惊喜与欣慰，再大的埋怨与不满在如山的银子面前，他相信都会瞬息化为乌有的。若阿强说的不过是一句胡话，于他也不会蚀本，反正他原本也没有下过本钱，空手去，没什么可输的，反倒白搭上一次航程，见过一个世面。

船出闽江口时，他返身向福州方向瞥了一眼，没有忧伤，只有难以言表的激情与兴奋，仿佛置身赌局，手握筹码正要下注，仿佛摸到一串好牌正要徐徐展开。

那时他想，最多两年他就该衣锦还乡了。

哪料到竟是漫长的二十六年。

二十六年后他重新叩响家门，门开了，管家老刘瘦骨伶仃地站在那里，一头稀疏的灰白头发拢着一张皱如酸菜的脸，目光是警觉的、戒备的。他说："我是宗汉啊。"老刘还是没反应，眼珠子滞滞的，似乎已经被堆在眼角的眼屎挤得转不动了。

"宗汉？宗汉？"老刘喃喃着，"宗汉……宗汉？"

顿了片刻，老刘像被烫着了，整个人一颤，身子猛地向前弓起，人却向后碎步急退，嗓子仿佛被人掐住了，边退边用噎住的声音，断断续续地喊起："老……爷，老爷！是……二少爷啊……二少爷回来了……二少爷……"

四

管家老刘见到他的那一瞬，宛若见着一个鬼。

慌忙之间，老刘仍把他叫成二少爷。父亲在世时，管家老刘对他们三兄弟的称呼分别是大少爷、二少爷、三少爷。这么多年过去，父亲死了，大哥宗林应该早就由大少爷变成了老爷，而他宗汉，则应该是二老爷，他不再是二少爷。

不怪老刘。二十六年了啊，中间没有任何音信，连抵家之前，他也不曾捎过信。不是不想，是主子不让。

主子派人把他从基隆送上船，送行者客客气气的，微躬着身，满脸是笑。他也笑，几乎有欢天喜地之感，心却一直悬在半空中。从岛上往西面眺望，当地人都把那一块大陆地称为唐山。一拨拨唐山人越过海峡抵达台湾岛上，然后开垦耕种，世代繁衍，而一场甲午败战后，岛却被割给东洋人。

他的主子不是东洋人，但也差不太多。当年东洋人初登岛时两眼一抹黑，被四处潜伏的黑枪打得一肚子都是邪火，连连损兵折将，主子前去殷勤领路，从此被重用，一路发达至今，加官晋爵，财源广进，早已珍珠如土金如铁了。

现在主子则需要一把剑。

剑居然就藏在他一别这么多年的老家里！老家的具体何处呢？主子没有细说，主子让他先去，回头自然会有人详告。他相信一定情报出错了，但他没有辩驳，他想索性就将错就错吧。主子让他去，于是他去了。

他不得不去。

当然，他其实也愿意去，主子把一大沓钱放在他的面前。主子一直很舍得为他花钱，而他需要钱。主子说了，拿到剑后，他还可以再得到十倍以上的钱。

那么也就是说藏在他老家的那把剑，至少值十倍以上的价钱？

他的心因此如鼓擂起。

七百里横洋，那天运气好，没有遇大风，但船行在浪之上仍是晃动不止。他记得闽地有句民谚："左右虎，前后羊。"意指船前后摇晃未必恐惧，左右一颠人就该七晕八吐了。他没有晕或吐，但还是微有不适，毕竟太久没踏上洋面了。十六岁那年他就有了随船政局自制的"杨威"号轮船远行日本、中国台湾的经历，对于船政学堂的学生而言，海与浪都不新鲜，原本那就是他们未来的饭碗。有一天船政大臣来训话时，甚至说出这样的话："你们晋升的台阶将由一层层浪花垒出来。"但二十六年前，他却自断了台阶。他登船南下，欲往南洋，航程最终却被一场台风所阻，风刮动船，船到了台湾。

"是的，台湾。"他对大哥宗林说，船一出闽江口，台风就忽起了，风使浪高如山，而船则如一枚枯叶。

大哥宗林一脸苍白地盯着他左边那个空荡荡的袖管，一副还没回过神来的呆滞模样。"后来呢？"大哥问。

他把右手往外一摊，笑了笑。

后来呢？后来就到了台湾。

登上岛时他根本不知那究竟是何处，黑礁石、白沙滩，还有远处浓密的相思树林。好半天他喘过气，眯起眼来望了望天，才凭借头顶的太阳确定了方位。这是东面，东面的岛。东面有无数的岛，一时之间他难以弄清究竟是哪处。他艰难地欠起身子瞥了一眼，没有看到阿强以及船上的其他船员。隔会儿再找，找到了气息奄奄的阿强。

他没有再往下讲，他是了解大哥的。大哥心性太弱，脑子也浅，根本搁不下太多的曲折。管家老刘在他初进家门的那一声喊，把大哥从屋里跌跌撞撞地喊出来，脸色如土。如果不是他伸手去扶，大哥整个人都有可能瘫倒下去。二十六年的隔断确实漫长了点儿，但至于这样失魂吗?"大哥,"他叫了一声,眼四下睃巡,"大哥,多亏了你啊,你在,家才在啊。"

大哥似是而非地晃了晃头,还是看着那个空袖管:"你的手……"

他笑了笑,不答。

他们已经在太师椅上坐下了。刚才家中所有人都跟在大哥后面拥出来,眼前一下子缤纷摇曳——但都是生人,几乎全部都是,没有谁是他熟悉的。

二十六年前他从这幢房子里离去时,屋里住的人并不是这些面孔,二十六年前父亲健在,大哥也还青春年少,仅娶了妻,却未纳妾。如今父亲已逝,大哥的妻也已亡,而大哥的妾丁淑云却是宗汉不曾打过照面的陌生女人。

七嘴八舌地打招呼,每个人嘴上的热情其实都难抵眼中的惊奇,一闪一闪的目光总是一下子就落到他那一只空袖管上。

这会儿他们散去了,管家老刘嘱人端来茶水点心后,也识时地避开了。偌大的厅堂此时空荡荡的像一个曲尽宴散的戏台,透着过度喧哗后几分失意的宁静,廊柱、门楣上的红对联就在这水一样的寂静中缓缓凸现出来。对联纸其实不是新鲜的,隐约泛着白,但架不住被"芝兰茂千载,琴瑟乐百年"之类的句子烘托着,气势仍然盎然。宗汉问:"家中有喜事?"

大哥轻轻嗯了一声,说:"百沛成亲了。"

"谁?百沛?"

大哥说:"是……我儿子。"

"你儿子?多大了?"

大哥说:"二十二岁。"

"噢,这么大了!"

大哥说:"是啊,你看你,你走了这么多年了——他大了,我们都老了。"

宗汉动了动唇,胸口那里泛起一股酸涩,竟堵住了嗓子眼儿。他看着大哥,大哥于他其实已经多么陌生。留在脑子里的那个大哥,有壮实的个子,脸常被酒灌出醒目的绯红,粗壮的大辫子吊在背上,像一根结实的鞭子,随着步子左右甩动。而眼前的大哥却被风干得小了几圈,背佝偻着,乌黑的辫子消失了,仅剩几绺灰暗的白发稀疏布在头顶……

"大哥!"他叫了一声,嗓子那里还是紧的。"百沛呢?怎么没见他?"

他想转个话题。

大哥显然明白了,大哥说:"哎,是哩,你还没见过他啊。你要是见了,就会想起我们的老三宗启——他竟然跟宗启有几分相像哩。"

宗汉点点头,端起茶杯,缓缓喝了一口。他离去二十六年,离去时他记得大哥所生育的一个接一个都是女儿,这个叫百沛的儿子那时还根本没出生。大哥那时真懊恼,长吁短叹兼抱怨愤恨的样子还历历在目,眨眼间儿子却已经结婚了!人总是被坚硬的时光反衬得愈发脆弱无能,纵是万般哀怨,也是陡然。

"百沛呢?"他问。这会儿是真的好奇起来了,李家的长孙哩,他想见一见。

大哥直了直身子,眼往大门外望去。大哥说:"去厂里了。这几年厂子都归他管。我老了,不中用了。现在——你回来了,你回来了就好了。"

他马上听出大哥话中有话,问:"怎么了?"

大哥叹了口气，说："百沛……他要走了。"

"去哪儿？"

"西洋。留学。和新娶的这个老婆一起去。"

"娶的是哪家女子啊？"

大哥说："宫巷吴家的。"

"宫巷？吴家？"宗汉声音猛地提高，"是宫巷的电光吴家？"

大哥点点头："吴家的二女儿吴子琛，原本是北平燕京大学的女学生。那些对联上的字，就是她写的……"

宗汉一下子从椅子上站起，怔了片刻，又缓缓坐了下来。

大哥问："怎么了？"

宗汉晃了晃脑袋，没有答，胸口那里被什么东西结结实实堵上了，他觉得一时之间气都喘不上来了。

五

那一晚天全黑下来后，宗汉才见到大哥的儿子、他的侄子李百沛。

大哥没有说错，百沛的眉眼果然和老三宗启神似几分，清秀、俊朗，眼神背后却不时有执拗的光闪动。宗汉对他没有太在意，哼哼两声，算打过招呼了，脸一侧就向百沛的身后看去。那里站着个短发女子，脸隐在幽暗中，但两眼却有光依稀射出，仿佛两只游动的萤火虫。

他看到百沛侧了侧身，想必是要介绍那女子，女子却已经趋前一步，微微躬身行礼。"二叔好"，她说，"我叫吴子琛。"

晚饭后大哥把宗汉招到花厅闲谈，让百沛也去。百沛不是一个人去，身后跟来了吴子琛。四个人围住一张栗色酸枝木圆桌，就着一壶茉莉花茶，轻淡地叙了又叙。话题有些散，主要是大哥李宗林问，然后宗汉答。宗汉能理解大哥的好奇，二十六年，那么多春夏秋冬他都没有在大哥以及其他家人的目光下度过。二十六年前他还是个那么葱郁的青年，一双好胳膊可以出神入化地舞动于牌桌之上，一双好腿则能够载着他年轻的身子从此处奔跑到彼处。现在，腿还在，却已僵硬，而胳膊竟已卸掉一只，仅剩只空袖管吊在那里。

或许大哥觉得自己是替地下的父母来询问的？

但他不想说，至少现在还不想多说。

在海对岸的那个岛上，反正他活下来了，活到今天。活着，比什么都强啊。

他问起老三宗启，虽说是为了转个话题，此时却也确实是特别想知道的。

离家那年，老三宗启还是个唇边刚长出一圈绒毛的青涩少年哪，言语不多，有几分鲁莽。他很少正眼看过这个老三，没有厌恶，那时他自己也刚长成，浑事不知，心都扑在赌场上。他以为老三一直都只是待在家里，娶妻生子，成家立业，规规矩矩，不料踏进家门，却没有见到。

世事真是不可预料，看上去那么规矩老实的人，有一天竟会突然出手打人杀人，然后一别千里。

宗汉问："他去哪儿了？"

大哥说："这么多年只捎回一封信，说是在闽西。"

宗汉说："闽西？那里可不是个好地方。"

大哥又叹口气："就是啊，前些年一直在打仗。打仗还能不死人？无论他是姓共的，还是跟了老蒋，子弹反正都没长眼睛。老二，我怕老三他……单前年听说老蒋就派去一百多万的大兵，打了整整一年，然后共产党去北面了，那里仍时不时地有消息传来，说又打了什么仗，又杀死了多少人……”

宗汉问：“他在闽西哪里？”

大哥摇头：“信里没说。要是能知道他在哪里，那时爹早吩咐我去找了。就是爹不吩咐，我也会去的。可是……不知道啊。”

宗汉看到大哥眼角有些湿了，苦着一张脸，不停地叹着气。三个兄弟中，父亲依浩最疼他，而大哥则最疼老三。

在一旁默默烧水、泡茶、斟茶的吴家二小姐，动作殷勤，脸上很恬淡，但某一瞬她不经意地一个抬头、一个转身，还是让宗汉蓦地一惊。惊什么很模糊，雾一样在屋里萦绕盘旋，却分明又沉甸甸地坠在那里。整个晚上，她其实只说了一句话，她是问宗汉，她说：“二叔这次回来，是打算长住还是客住？”

宗汉后来想，原来整个二十九号房子里，正是吴家的这个二小姐最早开始对他生出疑心的。

他当时打哈哈，没说长住也不说客住，而是把话题引到远处的西洋，就是这对年轻人即将奔赴的那个地方。他看出来了，大哥还是不愿意儿子走，大哥无奈的叹息长一声短一声隐忍地发出，但百沛却不为所动。百沛眼唇间漾着难以自禁的喜气，这个还沉浸在新婚甜蜜中的年轻人，浑身每一块肉似乎都被充上气，随时打算腾空而起。

百沛问：“除了台湾，你去过西洋吗？”

宗汉摇头，心咚的一声闷响。他原本也不是一点儿可能都没有的啊。马尾船政学堂每一届都会选派五至十名成绩优异的毕业生公派留洋,英国或者法国。也就是说,其实宗汉初入马尾船政学堂时,也还是与其他所有同学一样,具备了被送往西洋的可能的,而这个可能最后恰是被他自己断送了。当年赴英法的同学,再回国,早已被国家当成栋梁之材使用,如今纷纷身居要职,俯瞰天下万众,而他却成了残荷断叶,委顿于一片淤泥之上,甚至肢体不全,身份不明,前途难卜。

他挪挪身子,很想重重地叹一口气,却立即转化为笑。“到西洋打算学什么呢?”他问。

百沛转过头看一眼吴子琛,似希望吴子琛开口。吴子琛却只是抿着嘴浅笑,不肯作答。百沛便只好说:“还没定下哩。建筑或者哲学吧,二叔您觉得哪样好呢?”

宗汉也仍是笑。“何时动身呢?”他问。他更在意的其实是这个问题。

百沛说:“快了,我爹说等三月初三我过完生日后,就可以走了。您看,二叔回来了嘛。”

说后面那句话时,百沛瞥了自己的父亲一眼,听那口气分明是说给他父亲听的。

大哥却并不理会,正捧着铜质水烟筒,低着头,一口口抽着,脸色晦涩。隔了片刻,大哥才说:“要是我们的爹还活着的话……爹已经死十五年了。”

晚上余下的时光里,父亲依浩好像一下子从灯影中闪出来,大哥一直在说他。“即使卖妻,也不卖房”,父亲刻在床头木板上的这句话成了挂在大哥嘴边的一颗痣,大哥反复地说,不断地说,说了一次又一次。

刚开始宗汉误解了,他以为大哥已经动了卖房的念头,或者是担心他此次从千里之外返家,是为了把状元巷二十九号的房卖掉。但慢慢地他明白过来,大哥是在告诉他一个信息:家业艰难,百沛又得离去,接下去就该由他一手把一切都撑起来了。

他在幽暗的灯光下微微摇了摇头,但没有说不。大哥以为他从此要叶落归根了——可能这个家里所有人都这么以为的吧？除了吴子琛。长住还是客住？这个女子问到了根本上。宫巷吴家的女子!

宗汉觉得自己应该跟大哥单独谈些话。“你们先回去歇着吧。”他看着大哥,话却是冲着那两个年轻人说的。百沛一时还未回过神来,那女子却已经缓缓站起,伸过手在百沛胳膊上揪了一下。然后她浅浅一笑,算是道过别了,转身又把百沛一拉。跨出门槛后,她又返身带上门,动作很轻,像怕惊扰了谁。

大哥一直盯着他们。门关紧了,脚步声远去了,大哥才叹了口气。

“大哥！”宗汉叫道。

大哥看过来,眉头锁得紧紧的。“你也看到了,他们是这样。”

宗汉问:“你是指哪样？”

大哥又叹气,顺手抓起烟筒,吸几口,才说:“百沛已经被迷得魂魄早丢光了,一切都不能做主,他也不想做主……你说这可如何是好？”

宗汉把唇抿住。现在,他必须了解百沛这门婚姻的来龙去脉,刻不容缓。

六

大哥第一次看到他掏出银质长烟枪,在罗汉床上逐一摆出烟膏、烟灯、烟盒时,尖叫一声,脸都绿了。

大哥也抽烟，但跟父亲依浩一样，抽的只是土烟，而他则不一样，大哥一眼就懂了，那是狼一样的大烟。父亲以前除了不许三个儿子嫖和赌之外，还反复告诫儿子不许碰大烟。父亲说："谁敢吸我就缝掉他的嘴，赶出这个家门！"宗汉听进去了，这个理他不是不明白，但明白之后，又有另一股魔兽似的力气把他推上相反的道。

其实从马尾码头离去时，他还没吸上，他那时充其量只是个被瞬息的输赢刺激得浑身血流飞快的穷学生，但到了台湾后，他有了钱。钱真是个混账的狗东西，一杆烟枪正是顺着那些源源流来的钱，送到宗汉的嘴边。

有钱是船漂到台湾十年以后的事了，然后因为这个东西，他又没钱了。

这些都与那个阿强有关。一个人命中的某些劫必定与某些人密不可分的，曲折跌宕于是才相继而来。应该算是天意吧，以一己之力躲不过也避不了，只能顺水推舟，姑且将就。而这些怎么跟大哥说得清呢？

初返家时，他本来并不打算在大哥眼皮底下抽大烟。但转了一圈，福州城竟没有一家像样的烟馆，局促、狭小、肮脏、腐臭，路途又远，最近的一家已经在二三里外南门兜白塔边上了。那怎么办呢？他只好把心横下。既然对他的赌，大哥以前都忍了，现在索性就再加一个烟吧。

大哥说："你会把自己弄得倾家荡产的！"

他说："我没有家。"

大哥说："你小命会败在它手上的！"

他说："反正我已经死过几回了。"

一条命在他看来，已经比纸还脆。二十六年前，他随阿强上了船，刚出闽江口不久就遇上了风，不是一般的风，如同千万双魔掌从海底伸出，撕扯着，咬噬着，浪如山立起，船则似一片枯叶。那时阴间大门已经黑幽幽洞开了，就在毫厘之间。是他们命大，风恶作剧一场后，只是把船刮到台湾，摔烂在苗栗的礁石上。见过那么多风浪的阿强已经奄奄一息，总算命大，又活了过来，但许多日子之后回想起来还是面无人色。终于缓过气来时，阿强愤愤骂道："妈的，这次运气太他妈的好了！"一船的货没了，但命保住，上下无大碍，只是擦破点皮渗一点儿血，所以阿强要夸自己运气好。没有船没有钱只剩下人，再往南洋去，就走不了了。阿强不怕，他祖上乾隆年间就到台湾开垦，开枝散叶几代，已落下了根。阿强让船员兄弟先各自找活路，约好一个月后再聚这里，然后让宗汉跟他走。

阿强要找亲戚借钱购船。

亲戚全岛都有，但有钱的那几户都聚在台北。从苗栗去台北，阿强说几天就可以走到，但宗汉最终抵达台北时，已经是第六年入冬的时候了。

日军驻地被炸，动手的是几个从美国檀香山潜来的洪门弟子，他们逃进大安溪边的泰雅部落。日警出动追捕，最后竟捕了阿强和宗汉。

其实每次大哥询问起在台湾是怎么过的，宗汉都想说一说那天的情形。那天所有的一切比一场雷雨还突如其来，两人正走着聊着，刚转过一个路口，猛见路边坡地上黑压压一群人正散落那里。第一眼双方都愣了片刻，然后是对方先跳起来，端着枪嗷嗷叫着扑过来，转眼间宗汉手就被反剪着摁在地上。他甩动身子，竭力扭头去看阿强，阿强也已经与他一样整个人是狗吃屎姿势趴在那里了。那些人高声尖叫嘶喊，似兴奋又似委屈，他听得出他们说的是日语，却听不懂究竟说的是什么内容。

许多日子后他才知道，这些人刚刚与泰雅族人交战过一场。

山高林密，泰雅人可以鸟一般自如地蹿来蹿去，日警的枪炮却使不上劲，败得窝囊，退下来后正恼火地歇在那里喘气，而他和阿强就这么没头没脑地撞上了。这时候最有效的解脱之道是老老实实顺从着，竭力装木讷作无辜状。阿强果真已经这么做了，脸愁苦一团，低声呜咽，嘤嘤嗡嗡地抽泣。宗汉那一瞬间脑中却突然冒出一个想法，他想睹一睹。

“你们到底想干什么？”这是他说的第一句话。

“我们是美国来的！”这是他说的第二句话。

他不是心平气和地说，而是梗起脖子，声嘶力竭地号。

最关键的是，他说的并非中国话，慌乱之中他下了第二个致命的赌注：他蹦出了英语。

在马尾船政学堂他确实不是好学生，但五年啊，整整五年听洋人用鸟语上课，也必须用鸟语回答问题，他的口音已经相当纯正，说得一点儿都没有磕巴。当时他脸涨得通红，眼球往外鼓，他以为得拿出一点儿气势来吓一吓对方，其实主要是为了给自己壮胆。甲午年大清舰队在黄海上被人家打得七零八落的第二年，中国台湾就被日本占据了，距今已经十五年，这一切他不是不知道。知道了，但隔着一汪海峡，哪能有切肤之感？并且零星有这边的消息传去，说日本人修路、建桥、盖房子，倒也没给他太多狰狞印象。如果是平日，他不太可能这么做，不至于如此冒失，父亲依浩知道，他本来是三兄弟中脑子最好用的人啊。

意识到自己惹祸是几秒钟之后的事，他看到日本人都木了一下，彼此对望几眼，然后哇哇哇叫着，就把他和阿强一起提着上路了。

他们成了炸日营的嫌疑犯。

从马尾船政学堂溜走时,他只是为了谋一个好前景,指望有银子水一样哗哗哗流入腰包,可是转眼间,却双手反绑,被押解在台湾苗栗崎岖山道上,被人呵斥着,推搡着,蹬踢着。想着家中父亲及兄弟若是知道了,该是怎样揪心揪肺地疼痛,他没忍住,终于也像阿强一样泪一串串往下滚落。

他很想告诉大哥,那天他真的肠子都悔青了!

那天恰好是他二十岁的生日。

以前的日子里即使有百倍不堪或者种种不如意,却因为有父亲依浩在头顶上辛苦撑着伞,毕竟仍是光滑滋润的,没有太多荆棘。而那一天之后,他就像一脚踩进烂泥,一步一步越陷越深,无论如何挣扎都仍是一寸寸向下坠落,抓不住一根稻草。换了大哥,大哥还能把父训时刻驮在背上,须臾恪守,丝毫不差?如果吃屎能让自己缓一口气,他也照样一把抓起来填进嘴的啊,大哥!何况台湾哪里没有大烟?遍地种植的鸦片,台湾人把它叫成阿片。日本人嘴里说是要禁,却洒雪片似的起劲儿补发、增发“吸食特许证”。给你“特许”,他们就可以“专卖”,就能源源不断地弄到银子。

他跟大哥说:“算啦,你就让我吸吧。”

他又说:“算啦,你就当我已经死了吧。”

想了想,他觉得还有话要说,他瞥了大哥一眼,问:“百沛那老婆不吸吗?”

大哥很紧张,问:“你是说子琛?她……不可能吧?”

他笑了笑,脖子又缩起,重重地用力,把刚吸进的那口烟一直咽进喉管深处,徐徐吐出后,咂咂嘴,才说:“子琛?对,吴子琛。她有一个堂叔在台北吧？堂叔叫吴仁河，那是个什么人你知道吗？不知道不要问我，问百沛老婆去。我只告诉你一件事，我吸的第一泡大烟就是在吴仁河家里。”

七

在台湾后来的二十年里，宗汉一直称吴仁河为主子。他把自己降为一条狗的地位。事实上，他就是。谁能想到，现在吴家与他居然成了亲戚，吴仁河的堂侄女，竟会嫁入李家，成为大哥的儿媳妇。此事太蹊跷了，不可能是巧合。吴家那样的家道，轻咳一声，整个福州城都要为之颤动。何况还是新派学生，出自燕京大学，一肚子学问，写一手好字，四肢齐全，容貌不逊……一万条理由都不能解释她为什么非要嫁进状元巷李家。

这一点，宗汉觉得无论如何都要对大哥谈透。百沛可以糊涂，大哥却不可以。状元巷二十九号这个家，现在还得靠大哥撑着。

大哥叹口气，长久沉默后才说："我本来也这么看……"

宗汉松一口气，原来大哥没有糊涂。平日里看吴家这个女子对大哥一直恭谦有加，礼数十分周全，大哥却与她几乎没有言语，连点头都有敷衍，含着蜜欢欢喜喜的似乎只是百沛一个人。

"大哥，现在你又是怎么看呢？"这个问题是宗汉急于知道的。

大哥有点儿为难，拧着眉。大哥不想说。

宗汉突然意识到，相对于百沛而言，他在大哥眼里现在显然已经是外人了。吴子琛是百沛的老婆，而百沛是大哥的儿子，大哥也有了投鼠忌器之虑。

宗汉去找了管家老刘。

他吃过一阵老刘妻子玉莲的奶水。老刘的大女儿与他同一个月降生，见女主人没奶水，老刘就让自己女儿喝米汤，奶水留给了他。乳液是一种奇怪的东西，它往哪里流，亲情就蔓延到哪里。宗汉后来一直觉得跟自己母亲隔山隔水，却对玉莲百般依恋，连带着也对玉莲的丈夫老刘好。而老刘夫妇也一样，亲生女儿可无可有，宗汉却成了心尖上的宝贝。玉莲已经病逝，剩下老刘。老刘这几天一直呵着嘴，眼珠子跟着他转，不时突兀笑起，喃喃道："回来了，回来了，回来了真好啊。"

他推开小偏厦的门，老刘一直住在这里，他熟门熟路了。

老刘正半躺在椅子上睡过去了，侧着头，呵着嘴，发出吱吱的鼾声。房间的木板已经乌黑，光亮从微微裂开的门缝里透进来，像一根粗绳，横在老刘的肚子上。他走过去，搬了个小凳子，挨着坐下，身体慢慢贴过去。所有的动作都悄无声息，非常轻缓，但老刘还是一下子醒过来。见是他，老刘想站起，被他按住了。

他没有马上就说到吴子琛，而是从老刘的妻子玉莲说起。

他离开家时，玉莲还好好儿的，每天起大早端起木盆穿出后门，到金水河替李家人洗衣服。状元巷二十九号最早发现他下赌场的人不是大哥，是玉莲。有一天玉莲在他衣服口袋里找出一粒骰子，把他叫到屋角，黑着脸要他老实回答。他那时已经长出点儿少爷脾气了，撅着嘴不答，嘴里呼呼喘着粗气。玉莲手一扬，差点儿把巴掌甩到他脸上。他吓了一身汗，已经做好父亲动刑的准备，结果却无声无息。之后每次回家，玉莲都会把他叫到无人处，问他还赌吗？他摇头。又问真的不赌了？他还是摇头。玉莲偶尔会往他口袋里偷偷塞些钱，可见并不太信，却始终没对人说过，也许连老刘都闻所未闻。

他返家来的第一天，就找玉莲了，但玉莲已经死去四年。

想象得出他那年的突然离家玉莲会多疼痛。老刘却挥着手说："你不懂不懂，你根本不知道她是怎么哭的，整个人像只青蛙在天井上捶着胸直跳，头往墙上撞，额头上全是血。要不是拦腰被我抱住……"说到这里老刘泪就出来了。

老刘又说："都以为你寻了短见，她几天点米未进。后来听说你是上了下南洋的船，才好点儿，可还是哭，一想就哭……那天你一回来，我就去她坟上告诉她了……"

宗汉吸吸鼻子，屋里似乎还有淡淡的奶香，这是他从前一直可以从玉莲身上闻到的。四年前他正跟在吴仁河背后，蹬着皮鞋出入总督府，跟日本人叽里呱啦打交道，吃香喝辣的，大摇大摆踩过台北平坦的水泥路，而海的这边，玉莲死了。玉莲以前还说过，等他结婚有了孩子，那孩子她奶不动了，但可以亲手照看，哄着喂饭，哄着入睡，哄着咯咯咯笑……可是他还未成亲，还没有孩子，玉莲却死了。

老刘说："大老爷要是活着，看到你回来了，该有多高兴啊！"

宗汉点点头。他知道老刘说的"大老爷"是指他父亲依浩。

老刘说："死了，大老爷死了，玉莲死了，我也快死了……"

宗汉低下头，眨着眼，想把泪息住，不料还是有饱满的两大滴吧嗒落下。

屋里静了一会儿。以前老刘是个寡言的人，话少，嘴牢，轻易不开口。如今倒是唇松了，话比先前多起来，喜欢叨叨。话多原来也是老去的标志啊。这会儿老刘一沉默，倒像是重新年轻了起来。宗汉一时脑子也空了，某个瞬间他甚至恍惚了，身体一点点缩小，小成刚呱呱坠地，小成正牙牙学语，而玉莲脆脆的笑声在屋上屋下四处隐约盘旋。

但最终他还是想起今天来这里的目的，他提起了百沛娶亲的事。那年他离家时,这个世上还没有一个叫李百沛的人。大哥也算辛勤,隔三岔五夜里吭哧有声,却一轮轮只造就出女儿来,不能为李家弄出一个长孙。父亲依浩因此恼得胡子瑟瑟发抖,连声骂着:“这个饭桶！这个板桶！”

大哥最后证明父亲说错了,他并不是饭桶,几年后他憋一口劲儿好歹把百沛生出来了,而百沛居然还能娶回宫巷吴家的二小姐。

“老刘。”宗汉一直都这么叫,就如同从小他左一声右一声冲着玉莲叫“玉莲”一样。

“老刘,你来这个家有四五十年了吧？”

老刘说:“整整六十三年了。大老爷租下第一间店时，就雇下我父亲做管家。我那时九岁,跟进店里当学徒。要说,我也是李家养大的啊。”

宗汉说:“别这么说，你不是外人，我们一直都当你是自己的……亲人。这个家跟吴家这么一结亲,以后会好了。”说到这里他拍拍脑门儿。话题慢慢转移到要害上了,不能急,这样很好。老刘不是外人,但他觉得小心点是必要的。

老刘叹口气,说:“但愿真的好啊,你不知道,刚开始我都担心死了。你哥他更担心,他那么胆小的人,哪担得起天上突然掉下来的这个大馅饼啊,头发都白出好多根。现在真的好了吗？菩萨保佑真的要好啊,菩萨保佑保佑……”说着老刘已经双掌合举到胸前,对着半空连拜几下。

宗汉想,接下去应该可以问一些细节了,不必问太多,得精练,得切中关键,得像庖丁解牛那般迅速把整个事件弄个水落石出。

八

第二进东厢房的第三间,百沛的新房宗汉不方便进去,但他绕着风火墙悄然走了几圈。墙不再是以前的墙了,散发着只有新土新砖才会有的土腥味,上面有了伤口,虽精心修补粉刷过,毕竟痕迹还是一一看得出来。

犹记得父亲初购下这幢房子时,第一次带他们三兄弟来这里的情形。屋房破败,但墙却厚实完好,父亲眼亮亮地指着那一圈风火墙大声说:“有墙在,就有家在啊。”声音犹存,仿佛昨天,却已是沧海桑田。

吴子琛果然是为找剑才嫁进状元巷二十九号的!

主子说得没错,原来这个家确实有剑,剑就藏在这一道厚实的风火墙里头!

他从台湾离开时,其实对这把剑所知甚少,主子大致说了,说得轻描淡写。而他不得要领地听着,听得心不在焉,虽猜测到它可能是个值钱的东西,直至听老刘细细一讲,才猛地倒吸好几口凉气。

原来它如此价值连城啊!

老刘说自己都是听来的,越听才越后背发凉。“要是墙里有这样一把剑的消息以前就传开,那连你父亲都别想过安稳日子了!”

宗汉想,这倒是真的。就是冲着剑,他才从台湾回来的。而他其实已经迟了一步,宫巷吴家的二小姐去年腊月就假借结婚之名抢先抵达,墙被她挖开一处又一处。现在剑已经挖到了,却是假剑。

“假的?不可能吧?”宗汉怎么想,都不信。

老刘说:“她说鉴定过了,不是真剑。”

“她说?”宗汉声音陡然上扬。无论如何,大哥答应下这门亲事都是脑子发昏了,明摆着来者不善,另有图谋,竟没有提防,结果引狼入室了。而百沛脑子更昏,竟甘当家贼为虎作伥。然后呢,闹腾一场,只是假剑?

宗汉去花厅里找大哥,他说想看看那把剑。

大哥没犹豫,转身拉开抽屉,把剑取出来,递过去。

很意外,宗汉几乎以为自己看错了。如此不起眼,长仅一尺余,宽也只两三指,剑身有锈,锈蚀变形处斑斑点点。把它翻来覆去看几遍,宗汉满脸都是狐疑,他问:“她从我们家拿走的就是这一把?”

大哥说:“是。”

宗汉轻叹一声。大哥没有理解他的意思,大哥仍不是个善于意会的人,所以,他不能再绕弯子,他必须直接问:“我是说,这把剑真的是从我们家墙内挖出来的,没有被调包?没有被做过手脚?”

大哥身子往上一挺,猛地僵住了。“呃……你是说?我,我不知道……”

“剑挖出来,离开我们家前,你见过吗?”

大哥摇头。

“那么也就是说,这把剑其实你是在它从北平拿回来时才见上的?”

大哥想了想说:“是的……”

宗汉说:“她从北平回来,说剑是假的,还给你,你就老实收下了?就相信从我们家拿走的确实就是这一把?”

大哥眼珠子无措地转来转去,小声说:“不像是骗的啊。如果是真剑,之后他们不就不必再找了吗?之后……那个杜老板,就是典狱长的舅舅，那么老了，不是还专门从北平来福州找剑吗？要是子琛拿去的是真剑，他们还用再找吗？呃，为什么还要找呢？然后没找到，杜老板走了，子琛却没有走。她专门从北平再赶回来，到现在仍然留在我们李家当媳妇哩。”

宗汉有点儿不耐烦了，说：“不会演戏给人看啊？你以为别人都跟你们一样那么好蒙混？春秋时期勾践的青铜剑，那是一般的东西吗？价值连城啊大哥！不布个局、演个戏，江湖上那么多发疯找这把剑的人，该怎么打发掉？”

大哥脸色已经变了，眼珠子发直，呢喃道：“噢……真的？我以为……”

宗汉扬一扬手，叹口气，但还是把语气稍稍放缓下来问：“那么，之前那把剑百沛见过吗？”

大哥说：“……应该吧……”

宗汉说：“百沛从来没说过他原先见到的那把剑是什么样子的？”

大哥说：“没有……百沛他……”

宗汉问：“你一点儿都不知道？我是说挖的时候你一点儿都不知道？”

大哥摇着头，已经坐不住了，手撑着桌沿慢慢站起来，盯着宗汉问：“我去把百沛叫来，你问一问他行不？”

宗汉马上手一伸制止住了。现在去问百沛，等于把底牌直接亮给吴子琛。他已经知道吴子琛嫁进李家的目的，吴子琛却并不知道他从台湾回来的原因——真不知道吗？他转念一想又生疑了。是主子吴仁河让他回来的，而吴仁河是吴子琛的堂叔，二者之间究竟存在怎样的关联呢？是吴家人各自打着算盘，还是一盘棋的协调联手作战？

宗汉突然打了个寒战。

如果这只是一把普通的剑，至此他必定该止住脚步，不再往下继续。剑找到了，是一把假剑，将这个结果传递给海那边的主子，本来也可以交代了，他完全可以洗手歇下，该优哉该清闲都由着自己了。可是，现在他觉得脚像装上了轮子，正拼命地亢奋地向前滚动，根本无法停止。不仅仅是为了完成主子的吩咐——老实说已经不是了，在认清该剑的面目那一刻，他心里就猛地一动，一丝别样的情绪水一样漫过全身。刚开始他并不清楚那是什么，只觉得心似乎被钳子狠狠夹紧了，有点儿疼，有点儿堵，又有点儿荡来荡去闪烁着跳跃不定的光亮。他因此一连几个夜晚都没睡好，坐不住站不稳，左右横躺不是。然后有一天，他脑门儿那里突然一蹦，像被谁重重击打了一下，几乎有醍醐灌顶之感，霎时，他明白也许一个千载难逢的机遇已经摆在自己面前了。

一把剑，一把勾践用过的青铜剑，既然它藏在状元巷二十九号房里，那就已经姓李了，是属于李家的，而不属于吴仁河或者其他人。其他人想要，可以，但必须给出好价钱。就是吴仁河这个主子，也绝不能有丝毫便宜可言。嘿嘿，他忍不住笑两声。天见可怜，熬了这么多年后，他或许真的要起死回生了。

问题是现在他得从哪里入手呢？这幢房子里除吴子琛外，与剑有过最密切接触的人就是百沛了，所以他还是得找一找这个侄子。对大哥他太了解了，胆小怕事，脑子又空荡荡的几乎没货，而百沛呢，他觉得虽多些墨水，却也并不是个多机灵的家伙，加上被情所迷，挡在眼前的全是花花绿绿的男欢女爱，再看不清其余。靠拢过去，不动声色地把谜底一点点套出来，这究竟有多难呢？

百沛背后要是没有吴子琛就简单了，但没有吴子琛，这一切又何至于此？

九

吴子琛其实很少在家待着，总是出门，早出晚归，走得匆匆。厂里真有那么多事好忙吗？厂里的事百沛更应该当仁不让，毕竟他是男子，是李家的少爷。可是常常百沛袖着手闲在家中，即使一起出去，也是一眼便看出无非是名可有可无的小随从。

宗汉问："你……那个……今天干吗去了？"

百沛听得懂"那个"是指谁，他倚在厅堂的柱子上，眼望向大门外，一副盼归的急切，神情却是懒洋洋的，眼珠子都不肯转动一下，说："她有事。"

"绸缎厂的事？"

"不是。"

"娘家那边的事？"

"不是。"

宗汉想起大哥骂百沛"呆子"的话，恨不得一抬脚狠狠踢去。结个婚真能让人变傻吗？还是仅百沛是个例外？大哥现在也急着为他娶亲。大哥说："这把年纪了，该有个人对你知冷知热了。有人疼着，这……也能收一收了。"

宗汉明白大哥指的是什么。大哥以为他破罐破摔，才整天抱着大烟不肯放手，有了女人，就可以忙乎着传宗接代之事，而尽快把大烟戒掉。他不免有些好奇，问："哪家的女儿肯嫁我这样缺胳膊的半老头儿啊！"

大哥说:“现成的,只要你点个头儿马上就可以成亲。”

宗汉吓一跳,问:“谁?”

大哥说:“小伊啊。”

宗汉头皮麻了一下。前几天他踏进家门后,才见到那个叫小伊的泉州女孩,才多大啊,小模小样的,也就十六七岁吧?虽是大哥的妾丁淑云的侄女,却随着百沛冲着他叫“二叔”。他因此也一直当她是晚辈,谁知大哥却打起这个主意。他说:“不合适的,别害了人家。”他说的是实话。

大哥急起来:“你别管她,你先说你自己愿意不?只要你愿意,我就给你把婚事办了。”

宗汉问:“你问过她了?”

大哥说:“我先问你。你给个主意,我再问她也不迟。”

宗汉觉得奇怪:“你能替她做主?”

大哥手一挥说:“她姑能做主。她听她姑的,她姑听我的。”

宗汉笑了笑。大哥还是过去的那个大哥啊,如同父亲依浩以前急起来时破口骂出的那样:“×你妈的,你三个心眼儿竟然给老子缺掉了两个啊。”老刘说过,大哥一开始也为那把剑伤神了许多日子,头发都一绺绺白了,整天唉声叹气夜不能寐。宗汉相信这不会有假,那样一把古剑,再傻的人也估算得出它大致的价值,绸缎厂的梭子得没日没夜飞奔多少次,才能抵得上它闪过的哪怕一小道寒光啊!但大哥的愁,其实不过是被一块石头打中的水面,即使再激烈,也仅是一些涟漪,一听说是假剑,大哥马上就如释重负了,心绪很快平复了下来,腹中念想的就不再是剑,而是操办婚事。

但宗汉动心的却不是婚事,他看到剑分明还在某个幽黑处隐约闪着光,光搅动着他的五脏六腑,令他难以安宁。假剑?天底下哪有那么巧的事，千万间广厦连绵不绝，却偏偏找到状元巷二十九号,然后把墙剖膛开肚了,又说只是假剑!

他已经从大哥那里把剑讨来了。即是假剑,借来一看又何妨?

他看得懂吗？不懂。长一尺余,宽也仅两三指,它太貌不惊人了,而剑身上凹凸起伏的菱形花纹有许多已经边缘模糊,用手指头拂去覆在其上的青苔般绿锈,仍看不到剑刃上闪出一丝的光。贴近鼻孔闻了闻,也没闻到丝毫土腥味。

如果吴子琛从墙里挖出来的确实是它，那么它究竟何时被埋进状元巷二十九号的？是明万历年间那个小名叫雨天的探花在建这幢房子时,还是后来其他什么人有意按那本《雨天笔记》所书,将剑私下埋进？是独以一把假剑取乐,还是仿狡兔三窟,真剑假剑混杂藏入？

这事细想起来竟是百般牵肠挂肚了，宗汉觉得它多少也有点儿像大烟,令他欲罢不能。

另外有个事他还没琢磨透:吴子琛对百沛的好,到底有多少真又有多少假?倒是百沛对吴子琛的好不遮不拦都明摆在那里,每天都贴着吴子琛走动,眼珠子也黏在她脸上,恨不得随时扑过去亲上一口。一个男人臣服于一个女人时，都会这般浑身骨头发酥发软吗？宗汉没有体会过,或者他永远也不可能体会到了。他现在急于做的一件事是,把百沛从吴子琛身边拉开一会儿。

三月初三是百沛的生日,丁淑云一大早煮了线面和太平蛋,全家每人一碗陪着百沛一起庆生。这是老式做法,宗汉记得从小但逢他们兄弟有人过生日,家里都是热腾腾的太平面齐刷刷摆开,然后父亲大声喊道:“长寿面祝长命百岁！”

丁淑云把面煮好摆开时,却找不到百沛和吴子琛了。

福州线面是用面粉手工拉成细线状的，盘成一团后晒干，水烧开后下锅，眨眼间就得捞上来，即捞还得即吃，否则面就胀开，糊成一团了。大哥急起来，命小伊和管家老刘出去找找。小伊转了一圈回来，说没看见。老刘也说没有。寿星缺席，按老规矩就谁也不能先下筷。眼见着那一碗碗线面越来越没有了成色，一根根原本细细的线面已经渐渐膨大几倍，拱出碗沿，这时才见百沛和吴子琛从外面脸红扑扑地进来，两人手中各捧着一束不知名的花。

"去哪里了？"大哥看着百沛发问，话里的不满却是砸向吴子琛的。

百沛说："到西门外摘花去了。看，漂亮吧！"

没有人说话，也没有人看花。百沛笑嘻嘻的仍没发现气氛的异常，倒是吴子琛先回过神来了，她微笑着紧走几步，到厅堂中央取下供桌上的花瓶，丢掉里头已经枯萎的花，换了清水，把手中的鲜花重新插上，放好，转身把百沛手中花拿过，也插入花瓶。整个过程她动作舒展、神态从容，仿佛在完成众望所归的一项仪式。

然后她对百沛说："生日快乐！"

百沛笑得嘴角都快裂开了，说："爹，今天是我生日哩！"

宗汉看到大哥悄悄嘘一口气，然后也勉强笑起。大哥说："是哩，我们都记得今天是你的生日，煮了太平面，来，快吃了吧。"

一碗面和两个太平蛋下肚后，百沛站起来就要走，被宗汉叫住了。宗汉说："百沛，过完生日，你真的就要动身去西洋了吗？"

百沛微微点了头。

宗汉看到他点头时快速瞥了一旁的吴子琛一眼。

宗汉说："那你得带我去工厂看看啊，不如我们现在就去，走，去吧。"

百沛手往旁一指，正要说话，被宗汉打断了。百沛肯定想叫上吴子琛，而宗汉却恰恰不需要吴子琛同行。他把手搁到百沛肩上，下了力气，几乎是把百沛强行往外推。边走他边回过头来说："大哥，我随百沛去工厂看看，一会儿就回来啊。"

大哥高兴起来，说："去，去好好儿看看啊！"

宗汉答："好，你放心吧！"说这话时，他嗓音非常脆亮，充满了明显的暗示性。他相信此时让所有人都认为从今往后他会留在家里承接过李家产业是有好处的，好处有二：一、可以掩饰他此行返家的动机；二、这样他才有机会看到吴子琛的下一步。

父亲依浩先买了丝厂再买了绸缎厂，现在丝厂已经被卖掉了，这没有出乎宗汉所料，倒是绸缎厂还能被支撑下来，是宗汉没有想到的。之前宗汉做过一万遍设想，他相信以大哥的能力与胆识，李家那些单薄的厂子，都不可能挨到今天。

今天厂子仍有模有样地在那里戳着，很远就听到机器的轰鸣声了，进去一看，房子比过去破旧了很多，却比当年父亲在世时更繁忙，更井然有序，一匹匹布摆在那里也更斑斓、更五颜六色。

原因管家老刘已经告诉过宗汉了，所以宗汉不奇怪。在这座城里，宫巷吴家只要轻轻捻动一下手指头，哪里就因此塌陷或者隆起都是眨眼间的事。从家里出来到工厂的路上，百沛也一直在夸吴子琛，说她如何为厂子操心，吴家又如何帮忙弄来了多少财路。宗汉一直安静听着，不时点头称是。这一点他没有丝毫伪装，他都信。他点头的样子充满了长辈的欣喜与欣慰，这倒是他故意做给百沛看的。他要让百沛在被欣赏与赞许中，情绪越来越高涨起来，而戒备则越来越少，直至全无。

然后，他就有可能渐渐抵达他想要知道的核心本质。

十

没想到阿强渡海来了。

那天在苗栗阿强和他一起被日本人带走，然后他一直到六年后才重见天日，而阿强却不到两年就出来了。日本人问你们有几人从檀香山来台湾？阿强说两个。日本人问你们本来还想炸什么地方？阿强说你们问他去。阿强后来对宗汉鼻涕眼泪交错着哭喊："我没办法啊，几天几夜吊在那里打，浸了水的皮鞭子，抽一下肉就绽开一片。不承认不行，不承认他们就是不放下来。只有认了，问什么都顺着他们的意思答……"

宗汉能原谅阿强"顺着他们的意思答"。人在那样生不如死的境地中，慌不择路地胡乱点头，只要经历过的人，都能明白。宗汉也被吊在架子上打，身上没一块肉是完好的，血奇红无比，不是一滴滴往下落，是一串串往下涌，淤积在地面，看上去那里像摊着一床大红花被。起先宗汉不承认，他如实说自己要下南洋，遇着风，船被刮到苗栗。他没打算停留，他还要再动身，挣钱是他唯一的目的，他不会拿炸药去炸日本人驻地，他没这个胆。但到后来，他脑子已经没有缝隙了，无数苍蝇嗡嗡嘤嘤挤在里头鸣叫，他只剩下点头的力气。他们逼他说出来，他唇已经山一样沉了，费了半天力气也只能挤出一个字："是。"

但他没有出卖阿强。他对阿强恼火的正是这个原因。

阿强跺着脚连连摆着手说："不是出卖，天地良心，那绝对不是出卖！"

阿强对日本人说，自己只是为还债才被宗汉强行拖上船的小随从,没上过学,一个字都不认识,就是在檀香山也只待在家里,哪里都没去过,所以除了闽南话,其他的任何话都不会说。其实阿强风里浪里行走中,几乎跟所有洋人都能叽里呱啦说上话,英语、日语、葡萄牙语、西班牙语、印尼语、马来语,他没有一样不拿手。关键时候,他向后一把退缩到角落,说自己只是小随从,还是被迫的,根本没见过世面,大字不识,凡事不知。他把自己撇得这清,却并无半字为宗汉解脱,那么便只剩下宗汉一个人站在浪尖上了,这不算出卖?

那时宗汉连杀阿强的心都有，但后来他还是把心头上这个结卸下了——仅是卸下了而已，同时也把曾经那份热乎的情谊一同卸下了,悻悻退到远处,隔山隔水地尽量不再往来。

其实连看都不愿再看一眼，那一眼总会夹杂太多的疼痛席卷而来。

但他最终还是撇不开阿强，阿强总在那里，影子似的左右相随。如果不是阿强,他已经死了,肯定走不出雾社山区的密林。他在苗栗狱中两年半,在新竹挖黄铁矿两年,剩下半年则被遣往南投雾社山区砍树。都是几百上千年的巨树啊,几个人都合抱不拢。一棵树倒下,避闪不及,一下压住了他的手臂,就是左手臂。都以为他已经死了,草草扔到草坡上。但他命大,竟活下来了,半夜被露水淋醒,抱着肉糊糊的左手臂四处躲闪。在马尾船政学堂,他学过如何看星辰辨别方向,可是他并不知哪个方向才是出路,终于还是迷了路,转来转去,竟又转进日本人的驻地。

那天,他抬眼一看到插在屋顶上的膏药旗,身子一歪就昏过去了。醒来时像是在一口井里,冷啊,浑身冰凉,抖个不停,眼前迷迷糊糊幽黑一团,脑袋一圈圈涨大。好一阵他才发现,原来是在以前所住的那个不能直行站立的低矮工棚里，四周没有人，空寂无声。他扯扯身子又要站起，一阵撕裂的痛从侧面猛扑过来，像有一把刀劈过，一下子又什么都不知道了。

再醒来已经在台北。日本人放了他，他被抬下山，抬进医院，那只已经烂掉的左手臂被齐齐截掉，不截命就保不住。

为他做这些的人又是阿强。阿强听说他病倒，跪地求了吴仁河。

日本人愿意听吴仁河的，而吴仁河此时也愿意接受阿强求这么一回。

从苗栗监狱里出去后，阿强没有再生出过重返南洋的心，他投到吴仁河门下，娶了吴家一个丫鬟当老婆，置了房，有了地产，转年又有了儿子，之后儿子女儿又接踵而至，日子意想不到地滋润起来。而房与地其实都是吴仁河给丫鬟的嫁妆。他还能怎么样？只能鞍前马后忠心奔跑，把以前风浪里炼出来的八面玲珑的劲头儿都贡献给新主子。

现在阿强又来了，不必问也知道是吴仁河让他来的。阿强不是福州人，但这里以前船来船往，遍地熟人，对每一条纵横交错的街道都了如指掌。他没有去状元巷二十九号，而是把宗汉叫到古三座汤池店泡温泉。

以前父亲依浩常说："我们命好啊，福州这座城是放在鼎上煮的，每天不停地煮出一堆热汤，随便凿个井，就咕噜噜冒出热气来了，冬天驱寒气，夏天除汗气，下去泡一泡，什么病邪都跑光。"除了赌，泡温泉以前一直是宗汉的另一个嗜好，但回福州后，因为那把剑，他倒是把这事给丢脑后了，阿强却没有忘。

城里大大小小的池汤店应该有七八十家吧，古三座这家不算最大的,但汤水够烫,好歹也算老店,唐末时井就凿开了。

宗汉一踏进门,伙计就哈着腰递过热茶、热毛巾和木屐。四处雾气荏苒,硫黄味淡淡弥散着。两人赤条条地下了大池子,一股锥心的烫马上从脚底往上寸寸拥去,浑身毛孔跟着就徐徐张开了,整个人便一圈圈扩展开来——真他妈的舒服,一种受刑般的舒服。宗汉想起进店前在门外看到的那副对联:“五凤朝阳生丽水,九龙经脉出金汤。”历朝历代这里已经浸泡过多少男人的躯体啊。躯体其实是类似的,一张张面孔则是各异的,而结伴来泡的人更是形形色色。

何时何地,可曾有哪两个人,也如宗汉和阿强这样在年少时曾亲密过,友爱过,严丝合缝地臭味相投过,却在已经相去千里之后还会各怀鬼胎地相携入池?

汤池旁一字排开摆放着几十把竹躺椅,泡一阵,上去躺一阵,这是福州人的传统。精明的店主人会马上差小工端上茶,修脚工也提着工具小跑过去。喝了茶,修了脚,身体也渐渐凉下来了,于是再移动身子,接着下池,泡到身子通红了再上来躺着,冒出一层汗了,汗与汤水混到一起,不分彼此。这样几次反复,日头也从东面慢慢挪向西面,一天的时光就没有了。

阿强是专门从台湾来陪他泡一泡温泉的吗?肯定不是。躺上竹椅时,阿强开始说街景。一走二十六年,说没想到福州街头居然像凝固住了,几乎一动不动,屋还是那屋,路还是那路。有起色的倒是电线布起来了,穿阴丹士林长衫的斯文人也多了一些。还有路边的那些榕树,春去冬来,它们也葱茏出应有的姿色了,长须曳地,枝干如伞,绿叶如墨……但说这些闲话是阿强的目的吗?也不可能是。

宗汉很有耐性,他跟自己说必须稳住,阿强既然来了,就必定另有所图，所图的究竟是什么呢？宗汉往旁瞥一眼。这几年阿强已与往昔不太一样了，像被充了气，渐渐胖出一堆肉，因此褪去一层黝黑，竟白胖了起来，亮出油光，这时候看起来就像一只热腾腾的包子，至于里头藏着什么馅儿，宗汉并不知道。

他曾经觉得阿强就像自己的影子，上辈子他们或许是一体之人，至这辈子才掰成两半，洒落尘世，本来隔绝在人海里，竟又幸运地相逢相知了。他们有太多相似之处了，举手投足、神情话语，有时甚至彼此仅一个眼神，也立即看懂对方所思所想，所谓凹凸相契，便是如此了。

当然这都是他们落难苗栗之前的事了，遭遇苗栗那一场横祸后，皮开肉绽，鲜血如注，一切就变了，不可复原。

公平地说，阿强更机灵聪慧几分的，这一点宗汉自己也承认。阿强有一双深凹的眼窝子，眼珠精亮地闪着，懂得说讨人欢喜的话，一笑，厚嘴唇就咧得很大，居然有丝丝憨厚相显露出来。一个绝不憨厚的人，却可以成功笑出纯正的憨厚状，并且让外人深信不疑，这是阿强最大的本事。当年跨海做生意，终年往返于万里波涛之上，把这边的货运去，那边的货运来，没有点儿逢场作戏的能耐和化险为夷的本事，是活不到今日的。与之相比，宗汉却做不到。宗汉不常笑，他喜欢闭拢嘴沉默，也说不出悦耳的话，反而嘴一张，常常有尖利刺耳的话直乎乎往外讲——当然这也是在从前，如今宗汉已经懂得让话在脑子里先绕几圈，再择些稳妥的慢慢说出去。

如果以前他们曾无话不谈，那么该说的话实在都已经说光了，因而现在每一句话都显出了涩，像一部缺油润泽的机器，吃力地转动，吱吱嘎嘎地响着。

从古三座汤池店出来时，阿强跟在他背后，像是突然记起似的，驱前一步，短促喂了一声，然后说："剑没找到吧？"

宗汉答："没有。"

阿强说："有消息吗？"

宗汉想了想，说起吴子琛和风火墙。这不是秘密了，墙挖开又砌上，有这么闹着玩儿的吗？市井间已经有一些议论，种种猜测混杂交错。外人可能还难以确认，吴家却是了如指掌的——宫巷的吴家与台湾的吴家，他们本就是一家人啊。

不料阿强却非常意外，长长"噢"了一声，眼睛瞪起来，盯着宗汉。"挖过了？在墙里？"

宗汉想，阿强会不会又在装傻呢？与装傻的人相比，他现在更喜欢那些装聪明的人，后者往往只是把脸打肿表现一下，伤的是自己，而前者则往往设下深不见底的坑，巧费心机要把别人带入陷阱。

别以为他不会装傻，他也会。他说："你看，他们吴家人已经挖过了，确实没有剑。"

阿强点点头，表示赞同似的。

宗汉觉得这样很好，无论如何先让阿强把这个消息带到台湾去，这不会是坏事。不料走几步阿强却说："喂，可能真的不在风火墙里。主子让我来找你，就是要告诉你，他刚得到可靠消息，那把青铜剑不在墙里……你们状元巷口不是有个石牌坊吗？剑就在那里头。"

阿强又说："主子吩咐了，牌坊在巷外，不比风火墙，得加倍小心啊。"

十一

如果没有记错，这条巷子早在西晋时就有了。晋永嘉年间中原人避战乱入闽，有一魏姓家族携大小家眷与诸多财宝仓皇而来，落户在此。那时这里还只是城外偏僻小巷，沼泽水道环绕，倒也有份幽静安宁。他们修宅建院，令巷子日渐显出模样，索性后来就被称作魏巷了。至宋时巷子有子弟高中状元，才改名状元巷，巷口处由福州当时吴姓知府捐建一牌坊，并亲书“状元巷”三个大字——宗汉记起父亲依浩说过的话，父亲说：“牌坊往那里一立，它就是巷子的眼睛，若没有它，这条巷子也就庸常了。”

也是听父亲说过，牌坊最初可能是以木构为主的，唐乾符五年十二月黄巢率十万大军过境福州，一把火烧去大半。第二年黄巢一离去，马上巷里人集资重建。之后宋、明、清三朝牌坊都被大火或台风毁过，毁一次修一次，屡毁屡修。而每一次牌坊毁，巷子里也必定有大事发生：哪家子弟科举意外高中或者家门突遭不幸，祸福不定。福谁不喜欢呢？可惜都只是小福，中个小秀才就到顶了，最终充其量混个苦巴巴的禀生，三餐勉强有温饱，而祸却总是弥天大祸：本来顺风顺水的仕途竟突然被革职、被发配、被杀头、被株连九族满门抄斩，或者本来一门福禄寿禧齐全，却突然没来由就家业惨败、人丁夭折……所以碰石牌坊在状元巷一直是个忌讳，逢年过节坊口处不时有人烧香摆供品，保佑牌坊平安。

宗汉的麻烦就在这里，如果石牌坊里果真有剑，唯有拆了方可拿得到，可石牌坊不是他的，甚至不是李家的，整条巷任何一户人家都觉得那是属于他们自己的，他该如何下手？

大哥或许是唯一可能被撬开的缝隙。

他开始把自己更多地横躺到罗汉床上，摆烟膏、拿烟枪的姿态故意夸张了几分，重重地吸，长长地吐。烟雾越腾越多时，大哥的眉头也就越皱越紧。

大哥在一旁坐下，半晌才说："老二，我看还是成亲了吧。"

宗汉不应，将身子进一步放松了，眯缝着眼，翻着眼白，一副万念俱灰的样子。

大哥说："小伊年纪已不小了，但与你一比较仍不算大，人也乖巧懂事，性情温婉。岁数相差大点儿其实是应该的，你看丁淑云也比我小将近二十岁，以后我老了，走不动了，她还正年壮，不是恰好可以作我拐杖照顾我？"

宗汉闭上眼，整个身子正飘呀飘，这个时刻真是惬意啊。

大哥说："你是没尝过女人的妙处啊，尝一尝就会乐不思蜀了。吃喝嫖赌毒，你贪的只是后面两样。小伊虽不是国色天香，但多水灵呀，一朵刚开放的花，上面还沾着湿漉漉的露水哩，气味正香。"

大哥顿一下，叹了口气："身体这东西最不可靠了，它说不管用也就不管用了。你不是当年了，如今也年近半百，好日子其实不会有太多了啊。我是你大哥啊，不帮一帮你，到阴间怎么有脸见爹？你听我的，趁现在身子骨还算结实，成了亲，抓紧生几个子女，老来也好有个依靠。点个头啊，你点个头就成了，其他的事我来办。你……到底怎么想呢？老二，点个头嘛！"

宗汉还是闭着眼一动不动，他得把戏份弄得更足一点儿。他知道大哥已经因此有了心病，愁苦着脸，一天天过来絮絮叨叨着，说的都是类似的话。他在肚子里暗笑，这样好，再这样酝酿一阵，戏就可以演下一出了。

几天后大哥又坐到罗汉床旁，把那意思从头再说一遍，声音颤颤的，几乎是哀求了。

宗汉把身子斜斜倚在靠背上，眯缝起眼看着大哥。此时他神清气爽，浑身格外通透，但他没有让这样的欢愉尽情表现出来，他的脸上还是适度布着忧愁，不太多，多就滥了，适度就好。

差不多了，现在可以跟大哥谈一谈了。

大哥说："今天我已经让老刘去乡下找个好木匠，先帮你打一套家具，床、柜、桌、橱、椅，你看看还有哪样需要？东西筹齐了，随时就可以操办婚礼。"

宗汉用舌尖舔舔唇，轻声说："大哥，让你费心了，这亲事我看还是算了……"说到这里，他声音突然软沓下去，几近哽咽。

大哥说："算了？为什么算了？一直问你，你一直不回答，我就当你默许了。老二啊，你可别再跟我拧着了，我现在是铁了心了，必须把这门亲事给你办成……你也知道大哥这人本事不大，你就顺从大哥一回不行吗？"

宗汉说："大哥，我不能害了人家啊。"

"害了？"大哥声音大起来，"害了是什么意思？自古男大当婚女大当嫁，这哪说得上谁害谁啊？从小就是那么机灵的一个人，在这件事上，你怎么却如此犯糊涂？"

宗汉低下头许久不语，手掌在衣襟上绞过来绞过去。

大哥果然不放心地走近来，在他肩臂上推了推。"怎么了老二？到底怎么了你得跟大哥说实话！"

宗汉没有马上说，他仰起脸时，成功地让眼眶里先储上了一层泪水。

大哥更慌了，问："怎么了，你到底怎么了？"

宗汉咬住唇良久，才缓缓地说："大哥，你是我大哥，只有你能帮一帮我……我在台湾时，不小心把一座不起眼的小房子给毁了。当天晚上就头痛欲裂，整个人在地上打滚，惨叫声把四邻家的狗都吓得躲起来。太惨了，大哥，痛得死的心都有了。不是痛一天，一直痛,每天不定时冷不丁肚心就像被什么揪住了,拧来拧去。到处求医问药都不见效,后来终于有个高人给我点拨了,是个瞎子,瞎子说……那小房子其实是座供奉东海龙王的庙,我毁了庙,所以被东海龙王怪罪了,要置我于死地,活活折磨至死……"

大哥急起来:"是啊是啊,庙怎么能随便拆啊!庙上的一砖一瓦都是神明的骨架和血液啊!"

宗汉说:"所以嘛……大哥我真的不能成亲,我这性命都在旦夕之间。那高人耗尽法力帮我解了穴,令疼痛暂且歇下,但并非根本,随时还会变本加厉卷土重来。高人说若想彻底破灾消难,只有一解……"

大哥急忙问:"怎么解?"

宗汉脸仰起,眼望到门外面。是个好天气,阳光明晃晃地密布着,瓦楞上几株青草被照得像是一队奔跑中的小人,有一股血气方刚的姿态。而天井上,大哥的一双小儿女千惠和万贵,正嘻嘻哈哈地玩儿着跳方格。

这是春天,风虽然还有点儿凉,却已经有慢慢温和起来的迹象了。"大哥,"他叫道,"你就别操心了,我自己的事,就让我自己去扛起来吧,不劳你再费神了。"

大哥说:"你说,快说,要怎么做才最终消灾?命最要紧了,花多少钱都没关系。"

宗汉说:"与钱无关。"

"那与什么有关?"

"与……算了,我说了也没用。"

"你快说!"

宗汉叹了口气,含在眼眶里的泪水这时候终于悠悠滚落下来。

“大哥,那瞎子从未到过福州,更没来过我们状元巷——他就是来过了,也什么都看不见,他是瞎子啊,可他居然知道状元巷口有一座石牌坊。他说那便是解物了……大哥,你看,是石牌坊啊,所以,我说您就别操心了,还是算了吧。”

大哥问:“石牌坊怎么解?”

宗汉说:“是啊, 石牌坊怎么解呢?那个高人给出的方子太损了,居然是拆了它。”

大哥大声问:“拆了?拆石牌坊?”

宗汉点点头,又叹口气:“这怎么可能呢?就是大哥答应,巷子里的其他人也不可能答应啊。算了大哥,这事我一直憋在心里,那么远回家一趟,就是想看一看你。这世上也只剩下你是我最亲的亲人了,看过你,我也就了却心事。命悬一线的人,还成什么亲啊,大哥!谢谢你了,你不必再为我操那个闲心,也别去害那个小伊姑娘了。”

大哥整个人往椅子上一软,坐下,马上又站起,然后再重重地坐下了。

十二

都说近朱者赤近墨者黑,无论阿强是朱还是墨,宗汉发现自己都已经不知不觉沾染几分了。他竟学着阿强那一套在大哥面前演起苦情戏,原来也非常有天分,一场场都像模像样丝丝入扣。大哥信了吗?应该信了。父亲依浩以前就说过,三个儿子里老大的脑子最不好用,连个弯都不会打。大哥本来就憨,再掺些亲情进去,就全没了分寸。另外,因为自小就随母亲吃斋信佛,大哥总是相信头上三尺有神明，所以一直规规矩矩不敢造次。

宗汉有几丝内疚，但也只一闪而过。

在台湾时，主子也曾打算像对待阿强那样，让他娶走吴家一个小丫鬟，并送上一些田产与房屋。屋子和地他要，但女人他没要。

雾社山上那棵树倒下时，他已经看见了，四周一片尖叫像爆竹一样炸开。大家都拔腿就跑，他也把斧子扔了，他也跑。福州是座湿润的城，树在那里并不是稀罕物，但福州的树如同这座城一样，是温和的、柔软的，没有锋芒的，即使是街头巷尾那些已经过千年愈百年的大榕树，也只是敦厚地撑着宽阔的枝丫，不凌厉，不张扬，谦逊文雅。从小到大，他以为那便是树的全部了，直至进入雾社山区以后，才蓦然一怔，才知道树原来还能如此浩荡巍峨地高且壮，仰头都望不到顶。舞动斧子一下下猛砍，他心是怵的。父亲依浩以前反复说过，山有神，树有灵。但是他不能不动手，日本人的鞭子和枪托就跟在背后。斧子每砍进树一次，他心里都会缩紧一下。他隐隐相信报应迟早要来，不料真的就来了。树庞大的躯体轰然倒下时，有着被烫伤的狗一样的疯狂，龇牙咧嘴，怒不可遏。他原本早已学会了如何躲避，可是那天他觉得自己明明是逆着树倒伏的方向跑动，可是那树却如同被施了魔，一直在头顶死死追着他呼啸、嘶喊，并且声响越来越大，地动山摇。

他拼尽全力抬眼一望，眼里全是树，绿叶和枝干汇成了一股凌乱波动的洪水，向他扑来，压来，涌来……终于把他淹没。

所有人都以为他命没有了，但他最终还是醒过来。失去的是左臂，左臂压在树干下，已经成一团烂肉。日本人也以为他死了，其实他只是不省人事。他被丢到一边的草坡上，半夜醒过来，在山里转来转去，竟又走回曾经的工棚，然后就到了台北医院。

阿强替他倒吸一口冷气，说万幸，一只胳膊换一条命。他自己原来也这么想，但后来却发现不仅一只胳膊没了，无人时他脱下裤子低头久久看着自己的裆，那里无疤无痕，没有任何伤口，可是它却软沓沓的，如同一根枯萎掉的丝瓜。

这种事怎么跟别人说？所以主子再三问，他都是缄默的。春尽秋来，花开花落，他孑然一身过了一年又一年，暗中指望有起死回生的某一天，却一直到现在都仍未见起色。他其实已经绝望了，看阿强一家其乐融融的样子就更绝望。阿强本来要跟他一起被日本人送往雾社山区砍树的，树倒下时也可能砸中的是阿强，可阿强没有受这些罪，阿强快活地做着男人做着父亲。只那么毫厘之差，却已经是千万里之别了。

唯一的幸运是主子一直待他不薄。

这些年他一直像阿强一样忠心为主子卖命，甚至比阿强下更大力气，冲到更前面。乙未年，日本人把兵派到中国台湾来时，还只是杂货店小伙计的主子冒死替他们开了城门，又领了路，那时主子才十六岁。无论如何那都是主子一生的转折点，因此一直被人指指点点，骂什么的都有。宗汉悄然问过自己，如果是他，他在那个关头会不会也那么豁出去赌一下？他不敢肯定。“宁为太平犬，不为乱世人”，这是主子的立世之道，他有时也有几分不屑，但看看主子因此红运连连，财源滚滚，福荫儿代，还是忍不住由衷暗羡。樟脑专售、盐专售，单这两项就让主子钵满盆满了，然后再拿到阿片的一部分经销权，大把大把的银子都往吴家哗哗流去了。

主子不是善人，但也不是恶人。这么多年，主子供他吃供他穿，锦衣玉食，俸薪从来优厚。他本来早可以成富人了，但因为那些大烟，他重新成为穷人。从台湾登船离岸时，他别说无半两积蓄，甚至欠下主子一大笔的债。但主子还是替他添置了一身好行头，还购了金项链、玉戒指，死活把他打扮出一副衣锦还乡的富贵相，然后再往兜里塞进一大沓钱，让他尽管花，大胆花，只要拿到剑，不仅债可以一笔勾销，从此还能高枕无忧地花天酒地，多少大烟都管够。

就是说他必须拿到剑，有了剑才有今后的一切。

至于女人，他得再想想。

以前主子只是泛泛指出可以送他一个小丫鬟，却没有实指具体的哪一个，因而女人的眉眼也就无法伸手可触地浮到眼前。这一次却不一样，这次大哥说就是小伊，水灵灵的笑模笑样的小伊。他返家后并没正眼打量过小伊，但大哥一说再说后，他终于寻机看了看，正因为多看了几眼，心里竟隐约动了一下。他没了男人之实，却不见得连男人之心也一起丧失了。以前宫里那些去势的宦官，不是有许多都仍纵情享受着狎妓养小之乐吗？他哩，他为什么不可以？

但这样做，他竭力捂了二十来年的秘密就得被揭开。此与彼，他要哪一样？

还有另一种可能，他拥女人入怀了，该女人与他携手共守秘密，并安然度日，无悔无怨——前提是什么呢？他很清楚，必须是钱，有了足够的钱，才能堵住小伊或者其他女人的嘴。所以他首先得有钱，钱是一切的根本。

他的钱现在都躲在那把剑的后面。

而那把剑，则藏在石牌坊里面。

状元巷长约一百来丈，住着大小不等的四五十户人家。大哥已经开始把巷子里一户一户人家的门敲开了，紧张与恐惧立即在整条状元巷弥漫开了。曾经鸿商巨儒毗邻的状元巷，如今倒是破败了，大多萎缩成小家小户，做着小本经营，过着紧巴日子。相比较而言,外迁来的李家居然成了大户,尤其是宫巷吴二小姐嫁进来后,顿时把李家的门面撑大了几倍,人人都知道大哥那张脸背后,有吴家的光泽在闪动,大哥的话因此也添了许多分量。

但是这次没有人听大哥的,他们不想听。“你弟弟是一条命,我们大家也是一条命!”这是他们最简洁的回答。每次大哥愁眉苦脸地从外面回来时,宗汉总及时以更愁更苦的脸迎上去,这样大哥就不至于泄气打退堂鼓。好脾气的人往往都有好耐性,大哥垂头丧气地坐下来,默默抽一筒水烟,叹几口气,又站起来,出去敲另一家门。

大哥的背也已经驼了,那背影与步态竟与父亲依浩如此相像。那一刻宗汉心紧了一下,想叫住大哥,但嘴刚张开,又连忙闭拢了。他没有其他法子了,只能依靠大哥了。拿包炸药将石牌坊一把炸掉倒是利落,但那必然是玉石俱焚,一声巨响之后,里头要是果真有剑,那剑也就体无完肤了。

并且,他敢那么大张旗鼓吗?如果这把江湖上无数高人已经苦苦寻觅了数朝数代的青铜剑,是被他一把炸开的,就是剑到手了,他也难保能够顺利携带着渡去台湾啊。只能忍着,只能让大哥继续跟巷子里的人磨嘴皮,他让大哥对那些人做出保证:牌坊拆下后,肯定会以原样重新修建起来,一分不走样,半寸不变形,它依然会像点睛之笔似的伫立在状元巷口,保佑今生,祈福来世。

十三

丁淑云居然来找宗汉。宗汉一时怔住,不知该怎么称呼她。回家这些日子,还从未喊过她。叫嫂子吗?可是之前宗汉喊嫂子的是另一个女人，那女人已经死了。可宗汉离家时那女人并未死，丁淑云也未进门。二十六年虽然漫长，但嫂子由那一个熟悉的人变成这一个陌生的，宗汉还是改不了口。

丁淑云好像明白了他内心的想法，浅浅一笑，说："叫我淑云就好。"

宗汉知道她其实比自己年轻，圆润的脸上还布着一层光泽。她长得不是特别好看，但有味道，高鼻深目，头发鬈曲，肤质也格外白皙透亮。那一刻，宗汉想到了小伊，小伊跟她长得确有几分相像。

丁淑云就是来说小伊之事的。丁淑云说："二叔得罪了，但我必须直说，你饶过小伊吧，你千万别……娶她。"

宗汉噎了一下。从第一次见面的那天起，他都只从这个女人的脸上看见恭谦、温顺、服从、唯唯诺诺，连大哥大约也一直这么认为，可是她却突然变换出另一种模样，直挺挺地站到跟前，脸上几乎是凛然的，并且以不容置疑的口气，毫不含糊说出自己的另一种看法。

"小伊不是金枝玉叶，不识多少字，也懂不太多的道理，但……"她往宗汉左边空袖子瞥了一眼，继续说，"她嫁你不合适！真的不合适！我是她姑，把她从泉州带出来，好歹得为她未来多想一想，要不回去我怎么向我哥我嫂交代？不行，我不能让她嫁给你！"因为话说得急，而且一句比一句嗓门儿大，她脸涨得通红，胸口一起一伏的。还要再说什么，突然背后咚的一声响，门被推开了，大哥站在那里。

"你干什么！"大哥喊了一声，大步跨进来。

大哥这副凶狠的样子，是宗汉陌生的。人海万千，大哥大概也只有在丁淑云面前，才敢如此耍出威风来。大哥居然也懂得耍威

剑问

风。丁淑云习惯性地缩了缩脑袋,后退两步,低下头。大哥过去揪住她胳膊往外拖。大哥说:“有你什么事,反了天了你。快走!”

丁淑云这时身子一扭,把大哥的手甩开了。她说:“我不同意小伊嫁给二叔。”

大哥眼一瞪,吼道:“你敢!给我快滚,这里没你胡说八道的地方,走!”

丁淑云身子又一扭,还是硬硬地说:“我不同意,小伊嫁二叔不合适!就是不合适!”

大哥估计是第一次碰到这种场面,慌慌地看了宗汉一眼,扑过去把丁淑云往外拖。丁淑云挣扎着,力气意想不到地大。两人就僵成一团,扯过来扯过去,脚旁的椅子、凳子接连被撞倒,噼噼啪啪响成一片。

宗汉咳了一声,一直到现在他都还未开过口。他走过去,拉住大哥的手,一下子扯开两人。他只剩下一只胳膊了,但这只胳膊挖过矿、砍过树,所以臂力犹存,腕力仍在。然后他看着丁淑云,脸上一丝笑意都没有。他说:“我没说我要娶小伊。”

他看到大哥和丁淑云俩人同时愣了一下。然后丁淑云嘴咧开了,几乎有破涕为笑的样子。她说:“那就太好了,你娶小伊就是不合适嘛!”

宗汉接着说:“但我也没说一定不娶小伊。”

“你……”丁淑云一下子脸又僵住了。

“石牌坊不拆,我尚不知今天死还是明天亡,哪管得了成亲娶老婆?把牌坊拆了,灾破了,那时再说娶还是不娶。”说这些话时,宗汉是看着丁淑云,语音却是飘向大哥的。已经又过了十几天,事情仍然没有眉目,他必须再推一推大哥。

大哥果真就蔫掉了，刚才进来时的张狂状一下子没了踪影。“老二,”大哥说,“会弄好的,肯定能弄好的……”说着说着,就没有了底气,声音一下子小下去。这或许是大哥活了五十来年碰到的最棘手的事了,大哥想救他,可是大哥是个没有办法的人。

两天后宗汉又见到阿强。阿强穿着青绸衫,扣一顶小礼帽,腿上却不合时宜地套着宽口裤,裤脚吊得高高的。

那次泡过温泉后,宗汉以为阿强已经返回台湾了,没想到竟没有,一直留在福州。住哪里？阿强没有说。阿强说他每天都会去状元巷转一圈,远远看着,没有走近。石牌坊还好好儿地立在那里,在远处就看得清楚,没必要走近。阿强问:“什么时候拆？”

宗汉隐隐有些不快。阿强在监督他吗？

当初是阿强把他引荐给主子，然后主子留下他。在主子的棋盘里,阿强不过是一枚与他身份相似的棋子,不是上下级关系,现在主子却把阿强从海那边派来,远远盯梢着他,指派他这样那样做事。

阿强猜透了他的心思,呵呵笑起,说:“主子说……主子怕你一个人忙不过来哩。”

阿强又说:“费那么多口舌干吗呢？拆了它便是。工匠我可以去找来,只要多给点儿钱,一句话,一群人就来了。你那一巷子的人,凭什么非得让他们都同意？”

宗汉说:“这个石牌坊不一样。”

阿强说:“锤子拿起来都一样！”

宗汉沉着脸,斜眼看着他。

阿强一冲动也会出昏招。剑不是阿强的，阿强只是奉主子之命来的。主子明明已经派出宗汉了,再横插出一个阿强,别的不说,单分赃的人就不免多出一个。宗汉说:“你没见这些天巷子里的人都在做什么?一听要拆石牌坊,已经白天黑夜派人捋着袖子在那里轮流守着了,一旦动工,他们会像祖坟被人挖了,一下子全拥出来,把巷口团团围住。其他本事没有,但一到这时候,他们一个个就成了武松,横竖跟你抗到底。恰好也闲得慌哩,拿这事折腾一气,就当取乐子了。所以不先把他们安抚下去,牌坊即使拆了,那剑呢?剑能在他们眼皮底下神不知鬼不觉地安全弄走?”他的口气已经很难听,话一句句都是从牙缝中挤出来的。

阿强马上嘻嘻笑起。这么多年,阿强对他一直有着百折不挠的好脾气。阿强说:“总之……反正不能老拖下去。拖着,消息迟早会走漏的,我们俩就吃不了兜着走了。”

宗汉站起就走。阿强置身事外,倒有了指指点点的权利了?去他妈的。

临走时他把阿强带来的一袋钱拎上。钱是主子的,他根本不必向阿强道一声谢。

十四

回家时,宗汉在西门兜那里停留了很久,不是他不走,是走不动了。

一个三四十岁的黑脸男人被五花大绑着从火药库那边押来,穿本白色粗布褂子,皂色宽腿裤,头发中分披散,消瘦,颧骨高挺,背上插一根两尺多高的押条,白地黑字,上面写着“共匪胡于明”,名字上打着大大的两道红叉。

这是要杀头吧?宗汉踮起脚想仔细看看这个将死的人脸上的

神情，身子马上不由自主地被看热闹的人群拱着，推着向前动起来，往西，再往西，一直到那座高大的屋脊飞翘的接官亭前才停住。一路上嗡嗡嗡的说话声霎时静下来，一个个都像被施了魔法，抻长着脖子，眼珠子定定的。

说是亭，其实是一座三进院落。宗汉记得父亲依浩说过，接官亭早在乾隆爷当朝时就建起了，上头官员走水路来闽，先把船停泊在洪山桥，然后用轿子接到亭里歇一歇，喝几口茶，再徐徐进城。现在不用再那样接官了，门外已经换了牌子，写着几个粗粗的黑字："警察分驻所"。

旁边站着一个年纪与自己相仿的男子，宗汉犹豫了一下，还是忍不住悄声问："到警察所里杀？"

那男子看他一眼，鼻孔里哼了一声，说："鸡角弄里杀！"

鸡角弄就在接官亭边上，地面铺着横条石板，宽约五六尺，长不过二十多米，弄子的尽头是片山坡地，绿茵茵地长满草，两棵荔枝树突兀而立。

人群已经都被拦在弄子的外面，那个叫胡于明的男人被推着往前走，看上去脚步倒还硬朗，人也没软下去。走到荔枝树下，枪响了，人群中"噢！"地一声闷响，辨不清是兴奋还是失望或者疼痛。

人群散去时宗汉才向状元巷走去，胸口那里像破出好几个洞，凉风一阵阵地呼呼而过。

在台湾时，他真没少看到日本人杀人，太利索了，锋利的长刀从胯上猛地一抽，再一挥，人头就滚落地上了——那是彼族杀此族，被侵被占了，亡国奴就是如此，喊天不应叫地不灵，没什么可说的，与此时所见终究不一样。

他不敢说出口的是，就在那个"共匪"枪声后扑倒在地的一刹那，他突然想起了老三宗启。大哥曾把老三捎回家的那封信找出来给他看过：混到队伍里了，扛着枪，脑袋别到裤腰带上。有过这封信之后，老三再也没有丝毫消息了。这意味着什么？意味着老三可能早就当了炮灰，葬身他乡……老三究竟混入的是哪方？要是与“共匪胡于明”是同道，那么是不是也似这般被绑着，背上插着押条，一阵乱枪，扑通倒下？

长长吁一口气，他没有再往下想。

家里大门紧闭着，他敲了敲，管家老刘才慌张地来开，然后俯在他耳边小声说：“吵起来了。”

是大哥与丁淑云吵了一架，据说主要大哥骂，丁淑云哭，但偶尔丁淑云也会尖声喊起，额上青筋都一根根浮起，嘴张得极大，像一只恼怒的老虎。这会儿屋子里已经平息了，但气氛还凝结着，人人走路都夹紧身子蹑手蹑脚，连千惠与万贵也都老实坐在厅堂上，不敢出声。

大哥气呼呼地把自己关在花厅里，宗汉去找他，大哥也没理，仍抱着水烟筒一口接一口地抽着。半晌才放下水烟筒，叹了口气。大哥说：“我正奇怪哩，这么多年，这女人何时敢跟我那样说话？我瞪一眼过去，她本来都要发抖的哩。现在却一下子胆子大了，大得撑破天了！”

宗汉点点头，他已经猜到几分了。

果然，大哥说：“还是她，吴家的那个二小姐！”

丁淑云的侄女，也是大哥的侄女，大哥无非想把这个寄居家中的侄女，嫁给自己的弟弟，关吴子琛什么事呢？吴子琛却有看法，她去问丁淑云：你这个当姑姑的真的不管小伊的死活了？丁淑云摇着头说也不愿小伊这样嫁掉，只是不知怎么办才好。吴子琛就说：“既然你也不愿意,那为什么不反抗?”北平燕京大学的女学生把“反抗”这个词也搬到家里来了,并且连为什么要反抗和怎么反抗,吴子琛也细细说了一通。丁淑云听进去了,有了吴子琛,她腰杆子也硬了三分,她居然真的“反抗”起来了。

她收拾了行李,不是替自己,而是替小伊。她让小伊走,立即回泉州去,永远都别再在状元巷二十九号出现。

但小伊最终没走成,她还未动身,大哥与丁淑云已经先吵起来了。大哥避过吴子琛,他投鼠仍然忌器,一肚子的气只能撒向丁淑云。丁淑云本来可以忍,从嫁进李家,她从来没有大声说过话,就是挨了骂,就是有委屈,也总是把头一低默默忍下了,不会有半句的申辩。但这会儿她大声顶撞,脸色铁青,手势也一下一下重重砍着。她居然也有鞭炮般猛烈炸起来的一天,浑身根根汗毛都刺一样耸起来,目露凶光,唾沫飞溅。这哪还是曾经的丁淑云?大哥摔了一只碗,砸了一把椅子,最后把天井上的一盆栽种着茉莉花的盆子也一脚踢飞了。还要再找下一个东西来解气时,吴子琛挡到他的跟前。

吴子琛说了三句话:

“爹您过分了!”

“爹,强扭的瓜不会甜。”

“爹,女人也是人,不是畜生!”

小伊也哭哭啼啼地过来,低着头,双手抓住衣角慌乱地绞着。她说:“您别生气,我不回去,我就留在这里。我喜欢福州,我不回去……”

大哥用手指节敲着茶几对宗汉说:“你看,人家小伊根本不想回泉州,就是那两个女人闹的!小伊不肯回去,那她是什么意思?她愿意嫁给你,做你老婆!正房哩,比她姑还强,有什么不可以?男人年纪大了,才懂得疼老婆。一进门就成心肝宝贝嘛,她不会不愿意。我看就是她了,利索点儿。”

顿一下,大哥似乎又有点儿犹豫,他身子前倾过来,问:“要是小伊实在不行,换一个也无妨,我再托人去寻。你看呢?”

宗汉笑笑,拖过一把椅子慢慢坐下。他觉得是不是小伊都不是最要紧的,要紧的是得先把吴子琛介入进来的用意好好想一想。单纯只是打抱不平吗?新派女子看不惯老式婚姻似乎也有道理,但……事情不会这么简单。婚姻这东西,可以这么看也可以那么看,吴子琛自己不是也把它当过儿戏?无非为了那把剑,就匆匆离开燕京大学,从北平返回福州,嫁进李家,然后说是与百沛恩恩爱爱了,愿永远比翼双飞,可谁知究竟是真是假。不是剑还没找到吗?不是说找到的不过是一把假剑吗?她也许还因此要继续把婚姻当一件外衣,华丽地披在身上迷惑人,事实上却另有图谋。

这样的人怎么还有脸把“婚姻”二字拿出来教训别人?

宗汉把椅子往大哥那边挪了挪,他先说起刚才在西门外所见。大哥脸色更幽暗了一层,点点头说:“我这心也一直这么悬着哩。老三怎么就不肯再来一封信呢?”

宗汉静静看着大哥片刻,才问:“百沛这老婆与丁淑云关系一向可好?”

大哥说:“丁淑云那个人,跟谁会坏呢?整天涎着脸讨好这个讨好那个。可百沛这老婆是谁都能讨好得上的吗?你也看到了,她几时在家?她……”

宗汉打断道:“厂里有那么多事吗?”

大哥手一甩,说:“没有!根本就不是厂里的事。”

“那是哪里的?”

大哥摇头,有些窘迫,显然不想谈这个话题,道:“既然吴子琛不常在家里,那么……她就是在家,也没见她们在一起聊什么呀。”

宗汉又问:“那她对小伊呢,格外关照吗?”

大哥说:“小伊那么没脑子——就是因为她没脑子,我才要你娶她的。你已经这样了,太精明的女子哪里架得住?没脑子反倒轻松了——呃,她倒是时常缠着吴子琛询问北平城里的新鲜事,但吴子琛的心思怎么会在她那里?格外关照谈不上。”

宗汉点点头,这些都没有超出他所料。有些女人一眼看上去就是一种路数的,连身上的气味都可以混淆,仿佛是用同一锅竹笼蒸出来的包子;而另一些,隔着千万里也看得见她们间的缝隙,那是天与地的距离,是人与树的差别,排斥与隔阂是天生的,即使忽然有亲密,往往也只是为了借力击打什么或者突破什么,戏台上的人物一般,因互有需要而临时黏合,转身又迢迢千里了。宗汉觉得可以跟大哥说实话了,再像三岔口似的玩儿,他们无法把两个人的力气拧起来。

“大哥,”他说,“你说上次找到的是一把假剑,那么真剑呢?”

“真剑?”大哥仰着脸困惑了一会儿,“你不是说,真剑或许他们已经拿走了,调个包弄来假的?是不是真的啊,老二?我这些天把你这意思放心里翻来覆去想了一下,唉,一想浑身的脉就摸不着了……算了,还是不想了吧。老二,你也别再想,想也白想了啊。”

宗汉说:“还有另一种可能……找出来的是假剑,而真剑呢?真剑还在,只是还没被找到而已。”

大哥一下子眼睛瞪圆了:“你是说剑还藏在我们家?”

宗汉说:“大哥,看来那把青铜剑你也是喜欢的。”

大哥手在茶几上拍了拍,说:“老二你说傻话了,谁能不喜欢呢？价值连城啊！”他往门外看看，压低了声音：“在哪里？你知道那把剑在哪里吗？”

宗汉端起桌上的一杯茶慢慢喝掉，右手举起，把左边空袖管捋了捋，才一顿一顿地说：“有可能……就在……巷子口的……石牌坊里。”

“石牌坊？那……”大哥看了他空袖管一眼，“那个得罪神明什么的，是瞎说？”

“是，不瞎说连你都不肯拆石牌坊。”

“怎么会在石牌坊里呢？原先明明说是在我们家风火墙里。”

“风火墙不是被找过了吗？没有。狡兔还有三窟哩，它在石牌坊里。”

“当真？”

宗汉点点头。主子那么神通广大，既然说剑就在石牌坊里，宗汉只能相信，却也未敢全信。但他知道这时候在大哥面前，就不能有半点儿迟疑，他说：“消息很可靠，肯定在里头。”

大哥嘴巴已经噘成鸡蛋状，一副如梦初醒的样子，又是惊吓又是兴奋。

十五

大哥现在把其他所有事都搁下了，一双脚像新换上的，原先进出都疲疲沓沓，一步步慢慢挪，突然却有了几分矫健，迈得又急又快，看上去几乎有欢喜状了。

但巷子里的人却并未有松动的迹象。

宗汉觉得还是他自己去吧。

从状元巷离去二十六年，再回来，已恍若隔世，许多面孔他都已经陌生。陌生肯定会成为一个阻碍，如今既然阻碍已经重重，又何妨再添一个？之前大哥总是独自前去，死活不让他同行。拆石牌坊的理由，大哥说着说着，一定会以悲与痛的表情腔调说到他那只空袖管，接着还要说到他的老光棍儿身份，所以大哥不愿他在旁边，大哥怕伤了他。只有大哥才会这样护着他疼着他。

可是这个大哥却偏偏总是办不成事。

巷子口左侧那个灰砖乌瓦大院是黄家的。清嘉庆年间据说曾出现一门六子弟接连高中的盛事，三举人，三进士，全城轰动，皇上也龙颜大悦，御赐了一块蓝地金字、外边框绘有双龙抢珠图案的匾额，上书“六子科甲”四个大字。匾一直到今天仍在院门外挂着，镏金的字已经发暗，边框也有破损，但气势仍在，派头不逊当年。倒是匾额下方的那道门已经略略歪斜，脱了漆，袒露着两指宽的缝隙，看上去多少透出几分好景不再的萎靡。

宗汉敲了门，里头没有反应。正要伸出手去推，肩膀处被人扳了一下。回头一看，是大哥。大哥说：“还是我来吧。”说着大哥就往里走，本来背已经微驼，见他向下又猛地一弓，整个人一下子又矮了大半截。

原来从厢房那走出一个人，说是人，其实是一堆肥肉，六七十岁，个子不过一扁担高，脸上的肉胖嘟嘟往下挂，穿件土灰色布长衫，袖口处已经起了毛边，前襟处东一块西一块沾着污斑。大哥讨好地叫道：“黄爷黄爷，您吃了吗？”

宗汉已经想不起这个被叫成黄爷的人究竟是谁了。这幢房子他并不陌生，先前从巷子口进出，每天能看到挂在大门外的那面匾额，知道这户人家从前曾风光过，仅此而已。至于这一家大小，也许打过照面，点头问候过，却并无交往，只隐约记得他们曾在南街末段开有一家黄记食杂店，专卖酱油、虾油以及酒糟、蟛蜞酱之类的，生意未必红火。

大哥说："得罪了黄爷，您看这不又来烦您了，您多担待着，帮我这个忙吧。"

黄爷不耐烦地扬扬手，眼往宗汉这边瞄一眼，说："就是他，你二弟？"

大哥连忙点头："是是是，就是他，他是李宗汉。"

黄爷又打量宗汉一眼，这会儿专看左边那只空袖管，因为眼神不好，特地趋前了几步，似乎觉得好玩儿，嘴角向上翘，一丝嘲讽的笑浮起，捏着嗓子说："这不挺好的吗？"

宗汉感到胸口那里咚的一声，他右手又习惯性地捋捋左袖管，这往往是他要发作一下的征兆。他说："你是黄爷是吧？你不愿拆石牌坊是吧？这条巷子叫状元巷，宋时就有。你祖上有状元吗？没有！你祖上嘉庆年间才搬到这里，眼巴巴地想附庸风雅沾状元的光，结果也不过考个破举人、酸进士，石牌坊跟你鸟关系！"

黄爷脸色大变，手指着宗汉，颤声说："你，你你……"

宗汉注意到他留着尖利的长指甲，呈杏黄色，像贴着一片片琥珀。

大哥已经慌了，疾走几步拦在宗汉面前。"回吧回吧，你先回吧！"

宗汉说："既然来了，不把话说完就回，不是太不给黄爷面子了吗？黄爷，你家怎么有股酸臭味？泔水舍不得倒掉，留着当水喝的吧？"

大哥过来推他，他往旁边躲。大哥就拽着他胳膊往门外拉。到大门口，大哥扭头喊："黄爷，得罪了黄爷，您大人大量！"

大哥一直把他推回到家里，已经累坏了，粗粗喘着气。歇会儿，大哥才说："不能这样的，我们要的是剑，你这样只会把那些人都惹火了，那还怎么能拿得到剑？你呀！"

宗汉肚子里咕噜了一声。大哥打了这么久的悲情牌，可是巷子里的人理他这个茬儿了吗？据说就是巷子口这户挂匾额的黄家领头约其他人抱团抵制，所以宗汉才打算换个套路试试。不过他也没太大把握，所以大哥一拉，他也就顺势下了台阶。

他还得再想想。

这一天又这样过去了。晚上大哥一直在花厅里默默抽烟，烟雾一绺绺从透雕的门窗间往外冒，直至深夜灯才熄。

第二天一大早大哥就急急出门。宗汉叫了一声，也要跟去。大哥拉下脸，厉声说："别，你就给我好好儿在家里待着，不要去！"

顿一下大哥提高了声音又说："你去了只会坏事！"

这时候的大哥几乎是陌生的，似乎一夜之间找到了好主意，并且有了相当的把握。然后大哥就大步跨出门。宗汉跟到门旁，看到大哥向巷口走去，到了挂匾额的黄家跟前，一抽身拐了进去。大哥还是去找那个黄爷。

返家时，大哥没说结果。

第二天大哥仍然不说。

第三天早饭后宗汉终于没憋住，还是问了："大哥，这事……"

"来，你来！"大哥像也正急着等人来问，招一招手，把宗汉领进花厅。进了门就反身关紧门，小声说："有进展了。"

宗汉问："什么样的……进展？"

"这样，"大哥把桌子上的几个茶杯啪啪啪摆开，手比比画画，仿佛在讲解一个高深莫测的内容,“黄、张、陈、林、王,这几户最难讲话的,现在都松口了。”

“为什么?”宗汉觉得这个突如其来的峰回路转多少有点儿可疑。

大哥抓起一只茶杯轻轻叩了叩,眼眶里射出罕见的光。“他们愿意啊,终于愿意了。太不容易了!”

“你到底做了什么?”宗汉越发不放心了。

大哥局促地笑了笑,转开脸。过了一会儿才说:“有钱能使鬼推磨这句还是管用的啊,老二!你看,他们这些人打心眼儿里其实也未必真相信石牌坊拆不得,无非就是拉个架势,你要这样,我偏要那样,不就是不想让你顺心做事吗?”

“然后呢?”宗汉追问道。

“然后?唉,然后很简单,我一说只要同意拆石牌坊,整条巷子每户人家都可得一百两银圆,马上就有半巷的人同意了。我再说如果因为拆石牌坊,而灾及哪户人家,就以这幢房子作赔……”

宗汉本来已经坐下,这会儿猛地站起。“钱呢?你哪有这么多钱?”

大哥说:“我可以先把绸缎厂卖掉。百沛要走了,你也未必留得下来。这厂子我反正已经管不动了,它迟早保不住,不如……卖了。”

“你把房子押上了?”

大哥好像也怔了一下,马上又轻松地甩甩手。“没事,有了那把青铜剑,我们整座福州城都买得下,哪在乎一幢房子?”

宗汉呆立着,丝丝倒吸着冷气。这还是他所认识的大哥吗?眨眼间大哥居然也成了一名要如此孤注一掷的赌徒,不仅要卖掉厂子,还要把这幢父亲依浩命根子似的房子也押进去。若是石牌坊里根本没有剑,那又该如何收拾?

他隐隐觉得该收手了,可是事到如今他收得住吗?他需要那把剑,必须拿到那把剑,所以无论如何只能顺势往下走了,一定是鱼死网破的话,也只能把大哥以及绸缎厂、房子一起拖累进去了。

他不是故意的。

十六

那些阿强从马尾找来的工匠已经抢先在巷子口搭起了棚子。棚子按阿强的吩咐搭盖,用松木支起框架,围上棕片,顶上铺上茅草,再把被褥之类搬进,就是夜间也不打算离开这里的意思。

而阿强自己却并未现身。

宗汉相信阿强其实就在附近,一双眼猎人似的看着这边。

已经说好,拆与重修石牌坊的一切,都无须宗汉操心,阿强除了请来工人,还将购来石料、木料重修。坊高八丈,从左至右叠着三道门,如果全是石头的倒还省事,但另有几段一人抱不拢的木柱子就有些费事了。一把剑不可能插入一块完整的石头里,却有可能像肉馅那样密密实实地被木柱裹进体内,浑然天成,不露痕迹,所以开工后,必定得一段段慢慢锯,一点点仔细找。十天半个月拆得完吗?动手拆石牌坊前,已经先仔细画出整座牌坊的结构图,然后卸下的一块块石与木,除开已被敲碎砸烂的,余下的也都逐一编号摆好,其目的就是重新修建时,能尽量按原样、用原料,恢复旧日模样,这是大哥跟巷子里的人拍胸脯答应下来的。

这些天宗汉常常站在石牌坊前,腰后弓,脖子后扭,头向上仰。某个时候牌坊似乎晃动了几下，随时要向他倒下，或者又恍惚把它看成一把大剑，直挺挺地向天上刺去。里头真的有剑吗？那本传说中的《雨天笔记》不是记载着剑是藏于二十九号房子里吗，怎么又移到了石牌坊里？

他现在多么想能够把那本《雨天笔记》拿到手，然后在无人处一页页慢慢翻动，逐行逐句细细研读，把那个深锁烟雾中的谜底独自找出来，使其昭然。

可是那本《雨天笔记》在哪里呢？

台湾的那个主子看到过它吗？如果没看过，又如何得到所谓的“可靠消息”？

很玄，至少有点儿玄。但他下意识里还是选择信任一下主子。那么多年，他眼睁睁看着主子翻手为云覆手为雨，连那么难缠的日本人都对他恭敬有加，就是再难的事，主子也总是能够一桩桩稳稳办妥，这样的一个能人立在那里，他哪还有不信的理由？就是有疑心，也还是让其一闪而过了。

天气真好，慢慢就有了点儿燥热的感觉。初春时从台湾返家，一晃竟也一个多月过去了啊。工人问他能开工了吗？他说再等等。早上他看了黄道吉日，今天诸事不宜，忌动土。另外，最为关键的是，大哥还未把那一百两银圆送到各个住户的手上。绸缎厂高价卖不出，低价又舍不得，所以大哥不是不想把钱送给那些人，大哥是没有钱。

宗汉跨进家门时，看到小伊正坐在天井台阶上晒太阳，双手托腮，眼光落在墙头上那些斜长出来的杂草上。她穿一套淡粉碎花的衣裤，袖口、裤管处都有精致滚边，一条大辫子从脑后垂下，发梢系着与衣裳相同色泽的绸带。此时明灿灿的光在她脸上已经镀了一层金片，齐眉的前刘海儿黑糊糊地覆在额上，把一对眼睛衬得分外醒目。她不美，但确实另有一种味道，像雾社山中遍地野生野长的那些花儿，虽叫不上名，却自在盎然，有股明媚的蓬勃从体内汩汩外溢。

“小伊。”他叫了声。

小伊侧脸一看，马上站起，转身要走。

如果她不这样，此时宗汉其实也并没有跟她再说第二句话的打算，但小伊居然如此不遮不拦地排斥，他便有几分恼了。他大步走过去，挡在小伊跟前，俯身盯住她。“小伊，你到底有多讨厌我？”

小伊勾着头，还是不看他，一只脚斜到一旁，用鞋尖在地上胡乱画着圈。

宗汉看到她脖子后有一颗淡淡的黑痣，衬在细白的皮肤上，像一只漂在水面上的小船。“小伊。”他再叫，“你是不想毁在我这个半老头儿手上是吧？要是我有钱呢？我有很多钱呢，金银财宝堆得跟山似的呢？”

小伊脸抬了抬，突然说：“有钱你娶天下哪个姑娘都可以……”

宗汉问：“这姑娘肯定不会是你吗？”

宗汉又问：“你真的觉得那一定不是你？”

小伊一下子又不说话了，头勾得更低。

宗汉眼角瞥到屏风那里，那里正有一个脑袋从后面探出来，是丁淑云。他没当一回事，权当没看到。其实他本来要走开，这下子却偏偏就不走了，反而往前跨一步。“小伊！”他又叫一声，几乎想伸手去摸一摸那颗黑痣。“我忘了告诉你，我也没看上你哩，小伊。”

小伊脸猛地仰起，幽黑的眼睛瞪得很大。

宗汉笑起，觉得有点儿好玩儿起来了。

小伊说:“你……刚才说……”

宗汉点点头说:“刚才没听清？刚才我说……嗬嗬，我没看上你。”

“骗人？”

宗汉说:“何须骗呢？你觉得我必定得看上你才好吗？”

小伊身子像一捆被绑住的稻子,哗的一下,那一圈扎紧的绳索被解开,整个肢体马上就蓬松了。“那……”她还是有点儿不敢相信。

宗汉说:“百沛老婆不是教你说强扭的瓜不会甜吗？”

宗汉又说:“百沛老婆不是还教你女人也是人不是畜生吗？”

顿一下宗汉接着说:“有百沛老婆在背后那么费心费力地教着你,你就是被我强行娶走,也不会心甘情愿的。”

小伊眨巴着眼,突然回过神来,问:“你是说嫂子？”

百沛的老婆被小伊叫成嫂子也没错。宗汉说:“燕京大学的女学生哩,那得是一肚子高不可攀的学问啊。你好好儿向她学,会学出一身大本事的。”

小伊眉一皱说:“你是说这事……噢,这事跟她没关系的。”

宗汉越来越和颜悦色,他问:“那跟谁有关系呢?你姑?你姑向她学了,然后再教你？三个女人真是一台戏啊！”

小伊说:“你不要冤枉嫂子,也别冤了我姑,她们……反正是我自己不愿意的,怨不得她们。”

“噢。”宗汉笑起,“如果我腰缠万贯,富可敌国,你也不愿意？”

小伊一扭头,整个人又猛地一紧,她终于看到屏风后的丁淑云了。“你……你们……”话一下子又很不利索。

宗汉也回头往屏风那里看了看,这次他把脑袋转得很用力,还大大咧个嘴。丁淑云吓了一跳,马上缩进头。宗汉嘿嘿乐了,心想毕竟仍是没见过世面的女人啊。如果是吴子琛会怎样呢？吴子琛可能会大步走过来，把小伊往旁一拉，黑着脸瞪着他，干脆再骂上几句。

小伊已经又把头勾下去了，但话还是硬硬地挤出来，她说："你有很多钱吗？有钱你干吗藏着掖着，还要让我姑父卖绸缎厂？你心眼儿怎么这么坏呢？"

宗汉说："你懂什么！"

小伊扭身想离开，走两步又停住，回头说："就是你，你一回来就把家里搞得乱糟糟的，到处鸡飞狗跳。有钱你就快拿出来，是你要拆石牌坊的，你都腰缠万贯了还不拿，你好意思吗？要不是我嫂子家那边肯出钱买厂，厂子就到别人手里了。"

宗汉一愣，以为自己听错了，问道："你是说绸缎厂已经卖了？"

小伊看他一眼，不答，只管往前走。

宗汉紧跟着，追问道："卖了？卖给宫巷吴家？"

小伊还是不答。她已经走近屏风了，丁淑云这时才从后面走出来，幽幽看着跟在后面的宗汉，嘴抿得紧紧的，脸色很难看。

十七

宗汉一把推开花厅的门，他一肚子的怒气都摆在脸上了。

他说："厂子卖掉了，为什么不告诉我？"

他又说："而且是卖给吴家，为什么你不事先跟我商量一下？"

这么多年，他在主子手下小心翼翼地混一口饭吃，其实已经把周身的棱角和火气渐渐磨掉熄下了，几乎不再用这种火暴的口气跟周围的人说话，只要不是逢场作戏所需，即使再怒火中烧，他也懂得将它们按捺在腹底深处，而不会外泄一二。口蜜腹剑虽不是一个好词，却并非人人都能熟练掌握，它需要内心强大的平衡力、自制力以及调节能力，而这些宗汉本来都已经被练就出来了。

但这会儿他没忍住。

大哥吓了一跳，猛地从椅子上站起，袖口刮到了桌角，茶杯茶壶跟着晃动，叮了当啷响。大哥说："你坐你坐，我慢慢跟你说。"

大哥先把茶倒了一杯递过来，然后说了这样一个道理：反正厂子得卖，与其卖别人，不如给吴家，好歹还是亲戚，眼皮底下还能看得见摸得着。以后若太想它了，非得去里头再看一看，大家这么熟，他们也不至于阻着拦着。

简单听起来是这个理，但大哥为什么不往深里再想一想？吴家，又是吴家！能够在福州城轻而易举呼风唤雨的吴家，已经在去年腊月把二女儿急急嫁进李家，全城人因此说得沸沸扬扬，没有谁不对此奇怪，然后转过一个年，才不过几个月的时间，李家就连仅剩的绸缎厂也被吴家端走了，这算什么？这还能高枕无忧地认为合情合理吗？

大哥说："之前我已经跟你说过要卖厂子的，我真没有瞒着你。"

宗汉把一杯茶仰头喝下，水太烫，一股热辣辣的痛从唇齿至嗓子再至腹中，似一把锯子一路割下去。"大哥，"他叫道，"是百沛老婆出面的吧？"

大哥犹豫了一下，说："那倒不是，是百沛先来跟我说的。我觉得也合适，确实这个厂要是落到一个从未打过照面的生人手里，我……还真的有点儿舍不得哩。给了子琛她爹，好歹跟子琛还有点儿关系，而跟子琛有关，也就与我们家百沛有关了……"

宗汉不再看大哥，他把目光移向窗台，那里饰有镂花，嵌着鼎、盆、壶等图案，都是父亲依浩当年倾囊置下的。父亲当年以一生辛辛苦苦的积蓄置下丝厂、绸缎厂和这幢房子，如今丝厂早已卖掉，绸缎厂又卖了，剩下一幢房子还生死未卜。大哥确实没瞒他，卖厂的事之前跟他说过，可是大哥并没有说是卖给吴家。

关键就在这里，卖别人宗汉可以接受，卖吴家他不得不多想。仍是巧合吗？吴家手伸向各处，产业已经多如牛毛，李家这个小小的绸缎厂怎么也不该入他们的眼啊。

他深吸了一口气，提醒自己恼火已经无济于事了，必须冷静，然后找出对策。

“钱到手了吗？卖了多少钱？”他问。

大哥说：“还没哩，刚说了要卖，还没卖成。不过快了……”

宗汉一下子打断道：“你是说厂子还未卖掉？”

大哥说：“没有，真没有哩，应该今明两天就成了……”

“不卖！”宗汉手在茶几上一拍，猛地站起。

“不卖？”大哥惊得张大嘴，里头正在打战的猩红舌头都裸露了出来。“为什么又不卖了呢，老二？不卖哪有钱给巷子里的人？好不容易我们才把那些人说动了啊……”

宗汉重新坐下，想了一会儿，脸一扬说：“你先去把话对吴子琛说白了，厂子我们不卖了，回头我再跟你细说为什么。你先去，快去！”

大哥悻悻的，在站与不站、走与不走间踟蹰着。

宗汉说：“你若不去，我便自己去找她了！”

大哥愣在那里一会儿，最后叹口气，背起手，慢慢踱出去。

宗汉在原地端坐片刻，站起，大步往外走。他去追大哥，或者说他要直接找吴子琛。厂子不是不卖了，但不能卖给吴家，这句话虽简单，但他还是担心大哥说得太囫囵，那样一旦人家装傻，仍把卖厂的事生米做成熟饭，那就不可收拾了。

吴子琛刚从外面回来，额上还起了一层薄汗，脸红扑扑的。看到宗汉走过来，她迎上一步，说："二叔，我正要找你。"

屋子里除了大哥还有百沛，百沛脸也涨红了，眼瞪着，而大哥则佝偻着身子，缩在一旁，一脸都是无奈。宗汉觉得没必要绕弯子了，索性直说："你是说厂子的事？"

这时百沛气冲冲地走过来，百沛说："二叔你误解子琛他们家里人了。"

宗汉笑了笑说："我不误解，我只是劝大哥先别卖了。厂子是我爹手上弄起来的，已经经营了这么多年，好歹还维持得了一家大小的饭碗，要是卖掉了，以后怎么办呢？大家只能喝西北风了啊。"

百沛说："当初说卖的人也是你！"

宗汉说："百沛你年纪轻轻的不要乱说话，要卖厂的人哪里是我啊？"

大哥连忙说："是我是我，百沛，是我要卖厂，不是你二叔……"

百沛打断他："爹你就别什么事都替别人兜着了，好端端一个厂，之前你也当命根子似的，突然却要卖，还把房子做抵押保巷子里的人没灾没难，这是你吗，爹？这二十多年我哪天见过你不把房子和厂子当回事的？小时候我在墙上抠个洞都会被你打个半死的，那个厂你也苦扒苦挨了这么久，背都操心驼了，你要肯卖，不早就卖了？"

大哥说："确实是我，我要卖掉它……"

宗汉向大哥摆了摆手，他担心大哥再往下说就漏了嘴。"大哥，不用解释，就算是我要卖，也由不得百沛说三道四。这厂子是我父亲留下的，大哥有份儿，我有份儿，其他的人，包括你百沛却未必。这个理懂吗？不懂的话再好好儿想一想，掂一掂。反正你就要去西洋了，这一行锦衣玉食的，也根本用不着家里花半分钱，你有吴家这个大靠山哩，是不是？吴家的钱堆在那里闲着也是闲着，刚好拿来供你吃好喝好，然后抽空再吟吟诗作作赋，你的好日子在后头哩百沛，李家这个厂子就不关你什么事了，你给我少插嘴！”

百沛急了，提高声音喊道：“二叔！”

显然百沛还要再往下说，但吴子琛开口了。吴子琛先是把百沛往旁扯了一下，然后她自己跨前一步，站在宗汉面前，昂着头。“二叔，”她叫道，“您所说的句句在理，这厂子是上一辈创下的，我们晚辈说什么都不合适。不卖了吧，我也觉得卖掉不妥，再不景气，好歹它也日日有银子收入，供一家大小温饱还是没有问题的。那就这样吧，不卖了。之前跟我爹所谈的一切，都可以一笔勾销，就当什么都没有发生过。厂子还是姓李，永远都姓李。至于爹您需要钱打点巷子里的人，我看也没有多难。一共多少呢？五六百两够吗？要是不够再添点儿，这笔钱我一会儿就可以回宫巷去取，最迟明天上午应该就可以拿到手了。算送也行，算借也可，都由二叔您来定。这样可以吗，二叔？”

宗汉一时没回过神来，他已经闯过那么大风浪，见过那么多世面，可是在这个突如其来的转折面前，他不得不承认，自己还是有点儿无措。

十八

吴子琛每天那么匆匆地究竟是忙什么？宗汉始终没有弄清。

另一件事宗汉也一直想弄明白：百沛和吴子琛究竟什么时候动身去西洋？原本说三月初三百沛过完生日，两人就要动身，可是生日早已过了一天又一天,却始终没见他们整理行装。问大哥,大哥摇头,然后马上把宗汉手臂揪住,不许他去问百沛。大哥不愿百沛走,拖一天是一天,怕宗汉一问,便被百沛理解成提醒或者催促。

但是有一天,宗汉最终还是问了。

百沛答:“子琛说迟些再走。”

百沛又说:“幸亏还没走哩, 没走子琛才能回娘家拿一笔钱来啊! ”

宗汉心里沉了一下。钱确实已经拿来了, 并且分给巷子里各户了。这事行进到此,宗汉心里一直没有踏实过,他本能地觉得错了,一开始就应该拒绝掉。

他想起海那边的主子。

他去找阿强。

他并不知阿强的住处,但之前已经约好,平时可以在古三座汤池店里碰面。他去了一次没见到,第二天第三天再去,才终于在雾气腾腾的大池中看到油腻腻地横躺在那里的阿强,正闭着眼,哼着小调。

算起来,阿强的年纪与大哥相仿,看上去却滋润无数,皮下充填着一泡一泡的肥肉,把他周身弄得丰饶富裕,闪着油光。倒是头发已经全白了,并且所剩无几,被水一沾湿,就紧紧贴住头皮,看上去整个脑袋恰似一只刚从地里刨出来的芋头。

关于台湾那个主子与福州宫巷吴家的关系,宗汉所知甚少,隐约听说是有过节的,至于过节多大,又为了什么,却并不知情。阿强知道吗?阿强比宗汉在主子身边多待了几年,那几年宗汉还在做苦力挖矿砍树时,阿强却已经大摇大摆进出台北吴家,开始了吃香喝辣的好日子,而阿强的老婆又自小进入吴家,先是在厨房当下人,慢慢长成了,有了几分机灵相,便被召入主子夫人房使唤。许多时候大户人家的丫鬟就像一件棉袄,而充填其中的棉花,则是主人一家所有的秘密。

果然,阿强很清楚。

阿强说主子在他父亲那一辈就赴台湾了,而之所以离乡背井,是因为贪心。那时吴家在福州还不是望族,那时吴仁海的父亲,也就是吴子琛的祖父只是南后街一家客栈的小老板,后与主子的父亲联手开糖厂,又办纸厂。厂子很快见起色,有了钱,正开心之际,主子的父亲却动了把厂子一口吞下的念头。恰好官府有熟人,主子父亲塞过一笔钱,想诬吴仁海的父亲有谋反企图,以便令其下狱。不料事情败露,慌乱之中只好连夜带着妻妾以及年幼的儿女,爬上了驶往台湾的船只。船过澎湖时,遇倭贼,劫尽身上所有银两与细软,等他们从沪尾八里岔上岸时,除了一身已经残破的衣衫外,再无分文。

那一年是光绪六年。

那一年主子只有两岁。

从两岁到十六岁,主子一直在那个岛上活得局促而艰难,先是父亲得瘴气毒症而死,接着母亲忧伤而亡,然后一个哥哥走失,一个妹妹被卖入青楼。要说不堪,已经无以复加了,直至光绪二十一年,日本人凭借前一年与大清交战取胜后签下的《马关条约》,将大兵一拨拨运抵台湾,民众坚拒,主子却独自潜行,开了城门又领了路,日子从那天起才轰然改观。

也就是说,台湾的吴家与福州宫巷的吴家,其实是有旧仇的。可是在面对一把青铜剑时,他们会不会前嫌尽弃,转而携手起来呢?这个疑虑宗汉没有说出来,但阿强却看透了。阿强说:"我来福州前，主子特地交代说要提防宫巷的吴家。你看这……你觉得呢？他们应该不太可能是一伙的吧？”

两岸吴家如果没有联手，那么他们都在找剑，就必定成为敌手了。宗汉听出来了，其实阿强也没把握。阿强比他岁数大，也比他脑子好使，那么如果连阿强都拿不定主意，下一步该怎么办呢？

他指的是要不要把吴家给的钱接过来。

阿强想了想说：“拿！先拿了钱，把石牌坊他妈的给拆了，只要剑在手，其他的我们就不管了。”

宗汉点点头，但他最后还是说：“容我再斟酌一下吧。”

他用两天的时间把事情的前后左右细想了一遍。把吴家的钱先拿了，怎么想都仍有几分不妥啊。吴家二女儿已经嫁进来成为李家媳妇了，这不假，可是当初那么匆忙荒唐的一嫁，原本就不是要天长地久，而是心机重重的啊，如今转过身轻易再甩出这么一大笔钱，借也行，送也可，天上突然掉下这样的馅饼，真的是无缘无故的吗？

他很想再找阿强聊一聊，心头结结实实垒着一块哩，像石头沉甸甸地挤在那里，但阿强显然已经没有耐性。离开家这么久，阿强急着返回台湾去。

或者说，阿强是急着把剑拿到手。

宗汉也急，没有不急的道理，但他怕有不测，觉得要找另外的法子。

如果台湾的主子肯把钱拿来呢？之前他居然脑子堵住了，没有往这方面想。金山银山腰缠万贯的人其实就是主子啊，拿些来打点状元巷的人，有什么难的？心里这么一亮，他一挺身从罗汉床上起来，就又出门找阿强了。时间有点儿紧，夜长总是梦太多，阿强问："你的意思是捎信到台湾，然后再从台湾捎来银子？这一来一往，多少日子都过去了啊！"

不是有电报吗？发封电报过去。阿强一听马上抛了抛手说："怎么发？好歹得有电缆啊！"

宗汉说："刘铭传当年不是修过一条沪尾到福州的海底电缆吗？"

阿强撇嘴说："都什么老皇历了啊，那条电缆四年前就已经被砍断了，你不知？"

宗汉真的不知，在台湾时他丝毫没有往福州通消息的打算，回到福州后原本以为要跟主子通了，但主子却让阿强尾随而来，阿强成了他与主子之间的衔接点，即使有再要紧的消息，也只能由阿强去传递了。

他突然心里浮起一个疑问：既然发不了电报，那主子所说的"可靠消息"，又是如何递给阿强的？

阿强说："捎信来的呗！"

"另外，"阿强又说了，"即使电缆没断，那电报能发吗？你忘了电报局是谁家开的了？你呀你呀！"

宗汉"噢"了一声，终于明白自己还是比阿强迟钝半步。办电报局的正是宫巷吴家，如果吴家两兄弟是同谋，宫巷的钱，也就是那边主子的钱，而如果两家是互不相干的对手，那么这样的电报即使发了，十有八九也不可能顺利抵达台湾。

宗汉去找大哥。这两日他让大哥别催他，大哥眼珠子都急得发直，但还是按捺着不发问。现在他终于开口，他说："大哥，那就把吴家的钱先拿着吧。给巷子里的人发了钱，让他们从石牌坊前撤了，我们就开工。"

大哥笑起，就往外走，边走边说："跟你说就这样吧，非得拖。我取钱去，你快招呼一下工人！"

宗汉站着不动。大哥太兴奋了，这让他越发不安。

一直到现在，他相信大哥都不太清楚他此行从台湾返回的真正目的。大哥以为他倦鸟思归了，然后抵家后听说了那把青铜剑，于是才动了拆巷口石牌坊的念头。

第一块石头从牌坊顶上被揭下来时，大哥像个口袋里偷藏了一块方糖的小孩儿那般，想笑又紧张得脸颊发抖。当晚大哥让丁淑云温来几壶老酒，把宗汉拖住，一口气喝了两个时辰。

酒是在巷口的工棚子里喝的。那几个泥水工围在另一处，也给他们备了酒，正喝到兴头儿上，嗓门儿奇大，竞相夸各种海口。而这一处，宗汉与大哥独自对饮。

打小宗汉就没有酒量，逢年过节，父亲依浩会煞有介事地在桌上摆出一圈酒盏，倒上自己酿的青红酒，一轮轮跟儿子们干杯。父亲其实也没有酒量，但喜欢这样的一种形式。被儿子一次次敬酒时，父亲咧着嘴，乐呵呵的像正被众臣膜拜的皇帝。每逢这时候，总是大哥风头最健，别人喝不了的，大哥都主动揽过来一饮而尽了。父亲在一旁看着，脸上浮动着不满、宽容与几丝似是而非的喜悦。平时父亲并不许大哥喝酒，终于过节了，大哥借机大饮，父亲也就不好说什么了。

这么多年过去，原来大哥对酒仍是贪婪的啊，仍是一仰头，就把一杯酒往嘴里倒得半滴不剩了，与当年几乎无异。人的许多嗜好，要说都是与性情密不可分，既已沾染上，就很难更改。倒是宗汉的赌，在二十六年前苗栗那一难之后，就从此丝毫不沾。那地狱般的六年苦役里，没有机会沾，待重见天日时，他一只胳膊已经没有。

大哥又把一杯酒递过，要跟他碰杯。他端起酒杯，顺势一碰，杯子发出脆亮的一声响。大哥问："老二，台湾有很多日本人吧？"

宗汉说："是，很多。"

"日本人长得跟我们一样吗？"

"一样。"

大哥不太相信："小时候，你还记得爹讲过吗？爹听长辈说倭寇都长得跟阎王似的，短腿短胳膊，青面，獠牙，凶神恶煞……以前倭寇上岸来在这一带杀过很多人啊，老福州人都说他们长相是鬼，不是人，没有一点儿人样，杀人又狠，眼都不眨，一刀一个，刀子又长又锋利……"

宗汉看着大哥，知道大哥在担心什么。他把酒给大哥重新斟上，端起杯子要碰杯，大哥却愣着，盯着酒杯出神。"老二，北边每天都有消息传来，说日本人怎么怎么的。东北、华北……前些天听说日本人也要在厦门那边弄什么大亚细亚协会了，一个日本大将专程去厦门，穿着长筒靴，把地踩得咚咚响，听得人心头直发颤！唉，你说他们会一点点向南边来吗？呃，会吗？"

宗汉抿一抿嘴，他答不上。

大哥叹口气说："真害怕过兵荒马乱的日子啊！你就留下来吧，不要再走了。要是打起来了，还是一家人在一起的好，免得都是牵挂啊。这几天我就特别想老三，我们家的老三，他要是在就好了啊！"

宗汉在肚子里应和了一句。黑沉沉的夜色下，人总更容易有离愁别绪。老三在就好了，父亲在更好，可是世事沧桑，已经物是人非了。

宗汉鼻子猛地就有些酸了。他看看外面，夜已深了，喝够酒的工人也已靠着那儿打起呼噜，便说："大哥，行了，我们也回吧。"

大哥却摆手说："你回你回，我不回了。"

宗汉不解地问："那你呢？"

大哥头伸过来，悄声说："我就在这里守着。万一呢？"

宗汉明白了，大哥是不放心剑。万一呢？确实有这个万一，不见得工人都可靠，也不见得没有人得到消息半夜潜来。宗汉说："那还是我在这儿吧，你回屋去睡。"

大哥马上挥起手说："我是大哥嘛，你回，你快回！"

已经有工人听到声音醒来，好奇地瞻望过来。宗汉便不再说什么，起身往巷子里走去，到屋里，喊了丁淑云，让她差人抱被褥出去。

十九

小伊问："二叔你是在找什么宝贝吗？"

宗汉看了她一眼。这是大哥提出让小伊跟他成亲这件事后，小伊第一次主动和他说话吧？他唇动了动，不答，心里忍不住还是咚的一声响。他觉得小伊不该问，小伊问的竟然是这个问题。

连小伊都已经看出他在找什么东西了吗？

小伊只是单纯地这么一问吗？

拆牌坊的过程很顺利。阿强做事从来不会含糊，从马尾镇上找来的那些工人没有一个不是能手。牌坊顶上的石块，是不容许直接敲碎往下推的，得用锥一点点凿成一个个小方块，然后放在一个吊篮上，徐徐下滑，放到地面。而木头无论是立柱还是横梁，都整段卸下，再用绳子吊住，慢慢放倒，先陈列一旁，待午饭、晚饭时间路人少了，才小心锯断——先横着锯成几截，然后依次立起来，一个个剖开。

小伊经常来，有时是送饭，有时则是专门跑出来的，倚在墙上或者门柱旁，瞪着大眼，一看就是一两个时辰。

有那么好看吗？宗汉有意无意一侧身，就横在石块木料间，把小伊的眼光给挡掉。倒是大哥觉得无碍，大哥说："小伊应该觉得自己迟早是你的人吧，所以就多来看几眼。她也就是看个稀奇哩，姑且让她看就是了，没事的。"

真是这样吗？一时之间宗汉也找不出反驳的理由。单一个小伊也许确实没事，但如果她是带着吴子琛的眼珠子出来看的，那就非同小可了。这么一想，宗汉还是不安起来。

吴子琛倒不常出现，从巷子口进出时偶尔会停下来，瞄几眼，随口说："这算是古物哩，二叔，拆了它真不免可惜了啊。"

宗汉哼哼两声，敷衍答过，心里却想：我家的风火墙也不妨算古物哩，你拆墙时怎么不觉得可惜呢？他扫了一眼散落地上的那些石木料，不知吴子琛究竟是心疼它们，还是另有他意？

阿强每天都到巷口，但他一直装成路人状，混在看热闹的人堆里探头探脑。要是巷口人少，他就不停留，若无其事地走过去，再走过来。虽然默不作声，宗汉还是从他眼里看到了焦虑。宗汉自己也焦虑，牌坊已经拆下过半，并没有剑。

大哥比谁都急，他已经在巷子口的工棚里住了六七天。累不是主要的，只要真能拿到那把青铜剑，大哥可以把余生都献给工棚也无怨无悔，可是一天一天老是在晨曦中铺开希望，然后夕阳西下后失望又徐徐降临，大哥的叹息就一声连一声地在夜里起伏着。

宗汉不知如何安慰大哥，望着余下的那半截牌坊，他只能在心里祈盼有好运气突如其来。第八天运气还未来，一块石头却突然扯断绳跌下，把一个路过的人脚指头砸中了。

偏偏这么巧，这个人竟是黄爷。

黄爷的一堆妻妾马上从家里鱼贯奔出，呼天抢地哭得像死了人。倒是黄爷自己很镇定，整个人蜷在地上，盯着大哥冷冷地说："你们看怎么办吧？"

大哥一时也慌了，搓着手转来转去，脸色煞白。"老二，老二，这可怎么办呢？"说着已经有哭腔拖出来了。

宗汉觉得万幸，砸的只是脚指头，若是脑袋，天就塌了。他说："先弄个车上医院吧。"

正说着，转身一看，家里那辆黄包车已经急匆匆从巷子里冲出来了，管家老刘跟在后面气喘吁吁地跑着，满脸是汗。宗汉招呼工人过来抬黄爷，黄爷不乐意，甩着手说："等等，先说说若是我有个三长两短，你们打算怎么办啊？"

大哥说："黄爷黄爷，您吉祥万福，不会有事！您……祖上都是积下大德的人哪……"

黄爷摆摆手，往自己的脚指了指说："本来是挺吉祥的，年年风调雨顺没病没灾，可是今天这不是已经撞上人鬼了吗？你瞧瞧，你自己亲自瞧一瞧！"

大哥躬下身子，连连作着揖。"黄爷黄爷，您……"

宗汉揪住大哥的胳膊把他往上一拉，说："行啦大哥，人家黄爷累了，就让他在地上多坐会儿吧。你看人家一身的膘哩，多放掉一点儿血，好歹以后行走还能利索点儿。"

"你这是什么话！"黄爷仰着头吼起，他一旁的几个妻妾跟着就猛地跳起，尖声骂着扑过去。

这时人群被拨开了，吴子琛走近来，先蹲下看了看，然后脸抬起，对黄爷一笑。"先上医院吧。"她细声说，"到医院看一看究竟伤到何种程度了，伤到筋治筋，伤到骨修骨，伤到……呵呵黄爷，如此瘫坐地上，于您这样身份的人，不是体面都减了几分吗？"

说到这里吴子琛站起，冲一旁的工人招了招手。"来，快把黄爷伺候上车。耽搁了时间，血流得太多，就元气大失。要是因此没了性命，你们担当得起吗？你们一个一个全都逃不了干系！"

所有的人都听出来了，后面的话她虽然脸仍冲着工人说的，一句一句却是丢给黄爷那几个妻妾的。她们一时也愣着，彼此看看。被挤到人群外的那几个工人便借机过来，或搬手或搬脚，费力地把黄爷弄上车。黄爷并不配合，呀呀叫着，似乎确实很疼。他的女眷回过神来，就用更尖厉的哭声应和着。

吴子琛硬着脸从她们中挤过，挥一挥手，让车夫快走。

大哥要随车子一同去花巷口教会医院，吴子琛说："不了，还是让百沛去吧。"

其实最后是百沛和吴子琛一同去的。

宗汉当时没有多想，但一阵忙乱终于安静下来后，他心里怦地动了一下。看到管家老刘站在那里，他招呼一声，问："石头砸下来时，你在巷子口？"

老刘摇头。

宗汉问："那你如何知道需要把人往医院里送？"

老刘说："我不知道要送医院。"

宗汉问："车子不是你从家里差人拉出来的吗？"

老刘醒悟过来，说："是少奶奶啊，她当时经过巷口，看到出事了，就让小伊回去喊我拉出黄包车。"

宗汉就不再说什么。小伊在场,他是记得的。石头落下时,小伊当时还失声大叫了一声。但他没见到吴子琛。吴子琛恰好经过了?经过时看到黄爷被伤着了就立即想到该去医院,于是让小伊跑回家让老刘弄出车?接着又是这个吴子琛拦下大哥,以百沛为借口,殷勤地把黄爷亲自往医院里送……

这里头一点儿蹊跷都没有吗?

他想去询问大哥,可是看了一眼大哥,又一下子打消了念头。

大哥正坐在石礅上大口喘着气,眼珠子木木地盯住远处,脸上已经没了人色。

宗汉走过去,叫了一声。大哥没有听见。宗汉提高声音再叫,大哥整个人一颤,像被烫了一下,猛地跳起来。待定神看清是宗汉,眼泪立即就滚落下来了,两手颤颤着往前伸。"老二……老二啊……这可如何是好啊老二……"

宗汉瞥一眼刚拆过半的石牌坊,又眯起眼四下打量了一番,没有看到阿强。事情真的有点儿棘手,有了这突如其来的一个变故,虽说不算大,但拆牌坊的事眼见着还是被耽搁下来了。

另外,大哥的担心也不是没有道理。大哥是拿二十九号房子做抵押保一巷子人无灾无祸的,如今黄爷脚被石头一砸,到底算灾还是算祸呢?

二十

福州人相信,风水这东西总是像泥鳅一样滑来滑去,就是用上吃奶的劲儿,也根本别想一辈子抓牢它。巷子口黄家被好风水砸中时,曾六子科甲过,旋即就一路下滑,滑到黄爷这一脉,虽娶下一妻三妾，一个接一个拼老命生出儿子，那笋一样长溜摆开的儿子们，却没有一个精通笔墨，反而接二连三全沾了嫖赌的嗜好，整天懒洋洋地袖着手，瞪眼看黄爷把钱多漏给哪个儿子，要是发现自己少了半个子儿，立马就大打出手。没了科举，读书做官这条路其实并没有跟着死去，一卷卷书本毕竟可以是一个个台阶，把人的眼界抬高，步履推远，气势攒盛。巷子里的人以前听这个黄爷恼怒起来时，总是恨恨地把儿子骂成一群猪，但现在，在他躺进医院里时，他的猪们却起作用了。

状元巷二十九号的大门被黄爷的五个儿子拿斧子给劈了。

他们手脚舞弄正欢时，宗汉提着菜刀就冲出去了，被大哥死死拦腰抱住。大哥颤声喊道："老二啊，你只剩一只胳膊了，哪里是他们的对手啊！"

百沛这时把菜刀夺过，才转个身，就被吴子琛一手拦下了。吴子琛说："不急，给他们一点点机会，这事必须这样！"

究竟怎样？连宗汉一时都没醒悟过来。他看着吴子琛，吴子琛却不看他。吴子琛谁也不看，眼只盯住大门的方向，嘴唇微微翕动，似在默默数数。片刻晃一下脑袋说："现在行了！"说着就往外走。她是天足，行走平稳，步态急促，匆匆几步就到了门头房那里了。

宗汉、大哥和百沛也连忙跟上。

短胖的黄爷，就像一个烧坏的陶器，倒是他的五个儿子个个都模样标致，个头儿也高挑许多。吴子琛立在他们跟前时，脸上是笑的。"辛苦你们了！"她说。

没有人料到吴子琛会这样说，百沛要上前去护住老婆，被宗汉一把拉住。这个动作宗汉其实也没有经过脑子，在那个瞬间，他只是觉得百沛不该过去，没有这个必要。

场面静了一会儿。那五人中年纪最大的那个，看样子是大儿子，有着黄爷类似的脑门儿和鼻眼，却清秀很多。他把斧头在手上掂了掂，歪着头说："我爹要是有个三长两短，我告诉你，你们家谁也别想活着走出这扇大门！"

吴子琛还是笑，笑两声突然脸一沉，厉声说："你爹被砸了一只脚，你们却劈坏了两扇门。听着，那坏了的脚已经在医院我们花钱治了，这两扇门呢？你们谁，哪一个，把钱掏出来修一修？"

边说着，吴子琛已经又往前跨了两步。"手痒想劈人是吧？可以，现在就来吧，先从我动手。斧头不是挺利的吗？在我脚上砸儿下看看，如何？"

百沛失声叫道："子琛……"

吴子琛转过身来看了一眼，说："看清了，那个人是我夫君。他好歹比你们的爹长得有人样，你们去把他的脚给卸下，抵上我们黄爷那只脚，能持平了吧？石牌坊真是神了，一块小石头把黄爷脚那么轻轻一砸，倒把你们这几个做儿子的砸出息了，敢提着斧头出来抖擞了。行啦，李家人都摆在眼前，要是李家的人不够你们劈，麻烦再去宫巷吴家，那里人多了去了。我会跟我爹先打个招呼，让他把吴家的门敞开，别劳你们再劈一场，多累手啊，是不是？"

宗汉瞥一眼大哥，大哥脸还是煞白的，哆哆嗦嗦地搓着手，眼珠子转来转去不知安放在哪里好。宗汉嘘了一口气，他知道大哥还没回过神来，便向前走去，站到黄爷大儿子边上，用脚轻轻踢了踢那斧头。"既然来了，也不弄把像样的家伙。我当年在台湾砍树时，斧头比这大一倍哩！"

又说："算啦，你们还是先回吧。要是你爹真死了，你们再来也不迟啊。"

"那不行！"黄家大儿子仍然梗着脖子嚷着，但声音已经明显软下去了，其他几个兄弟眼神也淡了，互相看一眼，手上的斧头都松松垮垮地向下垂着。

大哥这时急急小跑过来，给黄家人一个个作了揖，恭谦得就差下跪了，说："会好的，会好的，你们就放心回吧。"

黄家大儿子一下子又毛起来，说："要拆石牌坊的就是你！"

大哥说："是我是我。"

黄家大儿子把斧头往前一指说："我爹告诉过你，那是不能碰的，是你不听！"

大哥说："你爹是说过，说过。"

吴子琛过来，把伸到大哥鼻子底下的斧子推开。"你爹平时都是这么教你们的？你爹没跟你们说过跟长辈说话不能这么狂野无礼？祖上挣下的那块牌匾还在家门外挂着哩，你们也不怕辱没了它？"

黄家大儿子向后退两步，说："自古石牌坊动一次，这条巷子里就灾降一次……"

吴子琛打断他："这个不用你说，都知道了。"

"知道了你们还要去动，现在……"

"现在你爹脚被砸了是不？不就一只脚嘛，脚伤了，把它治好。而这门砸坏了，也得把它们修好。一物一物都是有自己性命的，知道这门已经在这里竖多少年了吗？它比你们科举及第的祖上都更早来到世上、立在状元巷。你们见过当年你们老黄家风光的日子吗？没有。它却见过了。连你们老黄家后来一代不如一代的委顿样都一一尽览。可是今天，它却死在你们的斧头下。行啦，都辛苦一阵了，里边请吧，先喝点儿茶暖暖嗓子，然后我们接着谈一谈门该怎么修，如何？”说到这里，吴子琛一侧身，做出一个“请”的动作。

宗汉连忙也顺势说：“快请快请！”

那几个提斧头的互相看看，没有往里走，反倒向后退去。黄家大儿子走到台阶外回过头又喊一句：“我们自己家有茶！喝过了，再来！这事反正没那么便宜！”

他们踪影都没了，大哥还站在那里瞻望，回过头又小声问道：“他们真的还会来吗？”

吴子琛已经在俯身查看门的破损处了，应道：“来了也不用怕。”

宗汉说：“是啊，他们还敢再怎么折腾？没什么可怕的，他们……”下面的话他突然收住了，他发觉自己在接吴子琛的腔。回头一想，其实刚才他一直与吴子琛是一鼻孔出气的，甚至互为应和，十分默契。返家这么久，这是第一次。对还是错呢？现在姑且按下不论了，至少携手对外时，吴家的这个二小姐进退有度，分寸到位，再一次让他高看了几眼。

确实不是个一般的女子啊。

二十一

一连几天宗汉都要去医院转转。大哥也要去，被宗汉劝住了。一个人就够了，多了没必要。况且已经有管家老刘了，老刘一直留在医院伺候着，偶尔家里还有其他用人去，提着人参老鸭汤或者什么，总之得给黄爷进进补。

闲躺着的黄爷，身上很快就又多出一堆肉，骨架子都快撑不住了，破布似的摊在床上。

其实没伤到筋,更没伤到骨,不过弄烂几块肉,流掉一些血,再那么惊吓一场,不至于有那么大动静。但黄爷还是让自己摆出要死要活的样子,哼哼不停,喊着痛,脸皱成一团,身子松开,动一下都得老刘用上吃奶的劲儿去搀。

一见宗汉来了,他会把自己弄得更风烛残年状,耷拉着眼皮,仿佛抬个眼的力气都没有了。

开始时宗汉会习惯性地问:“好点儿了吗?”后来就不问了,问也白问。黄爷原来也颇有戏子之本事哩,而且看上去已经铁了心要把这出戏演到极致。宗汉站在床边俯看了一会儿,也不多说,就往外走。

老刘这时总是心领神会地尾随出来。

“怎样?”宗汉问。

老刘摇头,一脸都是愁容。

“还弄不清他到底打的是什么主意?”

老刘还是摇头,想了想说:“我看无非是钱呗。”

宗汉问:“他开出价了?”

老刘又摇头。“他几个儿子一来,就把我支走了。然后他们就围在那里,跟黄爷低声说着,比比画画的,脸上都漾着喜气。还能要什么?他们那一大家子只剩个空架子了,单这五个虎狼似的儿子,多少银子都填不满胃口了啊。”

宗汉抚了抚自己的空袖管,暗嘘一口气。老刘说得不是没有道理,但事情可能并没有这么简单。大哥当初脑子一热,把二十九号房也赌进去了哩,宗汉担心的其实是这个。

“不会吧?那一点儿小伤……”老刘也迟疑了。

第二天黄爷几个儿子又找上门来,这一次他们没拿斧头,拿的是一张字据。宗汉接过瞥一眼，马上脑子嗡的一声，血往上灌。

但他脸上仍笑着。

黄爷的大儿子也笑，笑着指着那张字据说："看清了吧？白纸黑字哩。"

宗汉点点头，说："字没错。回头我们商量后会给你们个准信的，放心吧。"

黄爷的大儿子双拳一抱，朗声说："好，干脆！有你这句话那我们就先回了。走！"

直到把他们送出大门，宗汉脸上的笑才一下子脱落下来。反身跨进院子，他疾步往里走，待把第二进东厢房第三间的门重重连敲几下，才突然醒悟过来。

他居然来找吴子琛！

他转身想走，但门已经开了。"二叔！"吴子琛探出头叫道。

宗汉问："百沛呢？"其实上个时辰他明明已经看到百沛出门去了，这么问只是为了掩饰。

吴子琛说："厂里有事，百沛去去就回。二叔有什么吩咐吗？——稍候，我马上来。"

宗汉这才看到吴子琛从门缝里探出来的脑袋，头发是凌乱的，衣裳也不太整。她重新掩上门，一会儿再打开时，已经把头发梳理整齐了，但脸色仍是蜡黄的，眼皮也有些浮肿。宗汉这才想起吴子琛这两天生病了，说是受了风寒，百沛一直忙着抓药熬药，眉头打结。

宗汉没有跨进门，而是退到厅堂，坐到太师椅上等着。"好点儿了吗？"他问。

吴子琛在另一把太师椅上坐下，莞尔一笑，说："喝下药，昏睡了一场。现在清爽了。二叔何事呢？”

宗汉眼不看她，看着天井，缓缓把刚才黄爷几个儿子的事说了一遍。其实开口前他又有过犹豫，但最后还是说了。事情到了这个地步，这个家里能够一起担点儿事的，竟然也只剩下这个吴子琛了。

吴子琛半晌没开口，过了许久才问：“确实是爹的字？”

宗汉说：“是。”

吴子琛问：“之前您一点儿都不知道？”

宗汉说：“确实不知。”

吴子琛顿了片刻，叹口气，站起。“走吧，我们一起去问问。”说着就径自向外走去。

宗汉便也站起跟上。

石牌坊已经停拆了，工人都被赶走，是黄爷的几个儿子领着一帮人来赶的，连工棚也被连根拔起。但大哥一直留在那里，夜间大哥把被褥铺在不远处一户人家的屋檐下，怎么拉都不肯回家，就是宗汉或百沛来顶替也死活不放心。幸亏天已渐渐转暖，但雨季转眼就要来了，停工的这几天，宗汉每天都往古三座汤池店里跑，却都没找到阿强。他想让阿强把工人重新招回，可是阿强却没了踪影。

那些拆下来的木石无序散落着，大哥失神坐在一块青石上，双手撑在膝盖上，两颊凹陷。吴子琛在他跟前蹲下，轻声问：“爹，您回屋，我们商量个事行吗？”

大哥摇摇头，脸向上仰了仰。

石牌坊已经被拆下三分之二，上面陡峭的部分已经消失，剩下敦实的下半段仍怪异地戳在那里。其实只要再紧凑拆上五六天，应该也就能见分晓了，偏偏就出事了，偏偏就砸中了黄爷。宗汉觉得再问大哥那字据是否亲自写的已经没意义，他认得那字，不会有误。居然会出这样的昏招，简直匪夷所思！所以他还是问了，他想证实一下："你当真立了字据给黄爷？当真说若是招来任何不佞之灾都愿意以房子作赔？"

大哥转过脸，直勾勾看着宗汉。"他们说起了？老二啊，是真的……他们没有忘？他们……那会儿逼我写，不写就不让拆这个牌坊……我以为没事，不会有事……我以为……"边说边颤颤巍巍地举起手，似乎想抚一下头发，最后却软软垂下来，无力地吊在那里。

宗汉说："可是事情出了后，好歹你也得先跟我吱一声，吱一声我们也好防范啊。"

"老二……老二我这么多天一直揪心的就是这个字据啊老二，它在黄爷手上，我原指望他慈悲为怀，不惦着这事。砸个脚，算灾吗？呃，算灾吗？算吗……"说着大哥眼一眨，一颗混浊的泪从左眼外侧滚落了下来。

吴子琛站起来。"二叔，"她叫，"既是这样，就不能坐以待毙了。房子必须保住！"

大哥马上问："如何保？"

"二叔，"吴子琛看着宗汉，"您只需先稳住黄家这几个儿子。其余的，我来办吧。"

宗汉点点头，他没有多问，问是因为不放心，而现在他很清楚，在这件事上对吴子琛不放心显然是多余的。

第二天听到汽车喇叭在响，出来一看，巷子口正停着一辆漆黑的车头长得像猪八戒鼻子的福特汽车。福州城里有汽车的人家并不多，但所有人都知道，宫巷的吴家有。车门开了，先下车的果然是吴子琛的父亲吴仁海，然后是黄爷。两人有说有笑着并肩向那个门外挂在蓝地金字匾额的院子走去,似多年老友。

宗汉以为车里还有吴子琛,但车子已经空了。

远远看到有个人正气喘吁吁地往巷子口跑来，是管家老刘。在医院待几天,老刘瘦了,但脸上都是喜气。宗汉连忙迎上前,老刘一看到他就笑了。“他出院了。”

“他?”宗汉扭头往那黄氏院子看了一眼,“到底如何驯服的?”

老刘就摇头,说:“刚才吴老爷去时,不是一个人,是一群人。”

宗汉问:“都有谁?”

老刘说:“不知。大摇大摆、前呼后拥的,看那架势应该是官府的人。”

“然后呢?”

“然后吴老爷我把支出病房。隔一会儿，官府的人先走了,黄爷才把我招进去,说要出院回家。这不,他已经回了。哪有什么事呀,走得好好儿的……”

宗汉把手掌一竖,没让老刘往下讲。他脸仰着,望向远处。那里,一辆黄包车正向这里驶来,车上坐着的人是吴子琛。到他们跟前,吴子琛下了车,一笑,说:“二叔,没事了。”

宗汉微微点个头，还是忍不住把手往不远处黄家那个院子指了指,问:“使了什么法子?”

吴子琛还是一笑，晃了晃脑袋说:“软硬都有。我爹在这个城里反正有的是办法,您就别操这个心了。这牌坊您要是还想拆,就继续开工吧,多少也耽搁掉几天了。明天让工人来,您看行吗?”

宗汉不置可否扭过头,看着七零八落散了一地的石头与木料。

那些工人是阿强找来的,现在阿强不见了,而他却不知道任何一个工人的下落。

二十二

当天傍晚入暮后,天还没黑透,一串熟悉的声响就轰隆隆地传来了。宗汉一愣,以为听错了,侧过脸再聆听片刻,然后猛地转身快步向巷子口走去。他走得有点儿急,不觉间脚步竟已经有几分乱了。

果然是他们, 前几天散去的那几个工人, 竟又一下子都聚来了,正把被拆掉的工棚重新搭起。大哥搓着手,乐呵呵地转来转去,看见宗汉来了,紧着身子小跑过来连声说:“老二老二,你看他们这就回来了呀! ”

宗汉也高兴了一瞬,确实只有一瞬,然后他捋了捋空袖管,眉头就皱起来了。“是阿强把他们叫来的吧?”这话他本来要问,开口前又连忙咽下了。还能是别人吗?他不舒服的就在这里,这些天他找不到阿强,可阿强对一切却了如指掌。

拆了一半的石牌坊又继续开工了,工人却泄了气,不再有原先的劲头儿,疲软地磨磨蹭蹭,手脚都慢了几分。

宗汉又去了几次古三座汤池店,上午、下午甚至晚间。他不是来泡汤的,但也得花钱进店,然后脱光了衣衫,趿着木屐在雾气迷蒙的汤池间探着脑袋寻来寻去。脱了衣裳之后,每个男人都只剩下一坨肉一身骨,看上去是如此相似,区别只有肉多一点儿还是少些、是紧实一点儿还是松垮一些。

他们中没有阿强。

阿强把这件事撇下了吗?不可能。那么只能是有比青铜剑更重要的事吸引去了阿强,或者是关于这把剑,阿强另有了其他的消息?

宗汉拦下一个工人打听。本来这算是大忌，但现在已万不得已。当初是阿强带着主子的旨意渡海而来，告诉他剑就在石牌坊里，说得言之凿凿。老巷口神物般的石牌坊，宗汉明知不能下手，但他需要剑，他必须找到剑。现在石牌坊被拆成这样，剑却半丝踪影未见，剑呢？到底有没有剑？如果阿强在，他心里不会慌乱，因为阿强背后有主子，而主子，那便是一个无所不能的代名词啊。

可是阿强消失了，这个诡异的消失究竟意味着什么？

“阿强呢？”他问。

工人摇头。

“阿强住哪里？”他再问。

工人还是摇头。

“平时你们怎样才能见到阿强？”他又问。

工人头摇到一半，突然记起了什么，说：“噢，我前半晌还在巷子外看到阿强了。”

宗汉马上问：“巷子外哪里？”

工人说：“就是那家花仙阁呀。”

宗汉没有停顿，转身就小跑去。他从未去过花仙阁，但每天从它前面经过时，眼都不免往那里多瞄两眼，那里是青楼，几串红灯笼从屋檐垂下，有描眉涂粉的妖冶女子娇声浪气地拖腔拖调召唤着。

宗汉没有进门，甚至没有走近，他只是蜷起身子，在外面榕树下蹲着，然后目不转睛地盯住花仙阁的大门。阿强好女色，他竟然给忘了。在台湾那边，除了主子家丫鬟出身的那个老婆外，阿强的相好还星星点点四处密布。“女人啊，女人他妈的一个个都是销魂的狐狸精啊！”这句话阿强无数次对他说起过。每次一听，他就把脸转开了。这会儿,远远望着那几个慵懒地倚在门旁,对过往的男人比赛般搔首弄姿的风尘女子,他突然心里一愣。

阿强可以恣意纵情地在女人堆里翻云覆雨，他却不能。这些年他对阿强的排斥与疏远,有没有一部分是源于此呢?

他吸吸鼻子,把身子又往里缩了缩。如果有熟人经过,会对他此举做别样理解吧?想到此他苦笑了一下。这个世上知道他底细的没有任何人,那就恭请误解吧——对,姑且把他理解成一个有色心却缺色胆的懦弱家伙好了。这样,至少那个早在雾社山区时就离他而去的“色”,就仿佛还与他残留着一些关联。

一个时辰过去,他没等到阿强。

腿已经蹲麻了,他站起、蹲下,蹲下、站起,如此折腾几次,仍然没有见到阿强的影子。他叹了口气,决定不再等下去。脚动了,走出好几步之后他才意识到自己是向花仙阁而去的。门旁的那几个女子闲在那里，原本已经万般倦怠了，猛然间眼都往他身上聚拢过来,神情霎时活色生香。他停住脚,想后退,却已经来不及。在一阵浓郁的异香浪一样扑打来之际,几双风情的手也争相搭过来,拉扯住他的衣衫,将他往里拉去。

他双腿用力,扎下马步,脚指头也紧紧抠着。一扭身,他雷一样吼起:“我来找人！”

那几个女子怔了　下,松开手,转念又自以为是地认定他在调情,于是嘻嘻哈哈地重新扑过来。

正拉扯间,有人喊起:“松手,都他妈的给我松了手！”

宗汉抻长脖子一看,正是阿强。

阿强刚跨出花仙阁，旁边一个衣衫松垮的女子柳枝般柔软地贴住他身子,而他的手也仍在那女子的腰间扶着。

宗汉吸了口气。阿强果然在里头！阿强竟然在里头这么长时间！

阿强给那几个女人散了一点儿钱，打着哈哈离去。宗汉跟着，他的脚步不免有点儿踉跄了。走了几十丈外，经过陈记鱼丸店，异香飘来，阿强边拐进去，边扭头招呼宗汉一起来。“饿坏了！”阿强说，“那个地方吃饱了，肚子却饿坏了。”

宗汉提醒自己耐住性子，其实见到阿强他就已经松了口气。阿强在，至少证明剑还未寻到，仍可能就存于石牌坊之中。但这口气松下了，另一口火气却冒上来。他也要了一碗鱼丸，只吃下一粒，就没有了胃口。放下勺子，他等着，一直等到阿强把碗中硕大的四粒灰白色鱼丸逐一吞下去了，才缓缓问：“这些天你都在福州吗？”

阿强唇边还沾着一丝葱花，他用手一抹，才说：“是啊，都在的，都在。”

宗汉眼定定地看着他。那年从马尾码头登船赴南洋时，阿强也是瘦的，两人一样黑瘦，都眼微凹，颧骨微凸。可如今阿强这张脸却像被人充了气，变得浑圆起来，亮出油光。时光可以倒转吗？时光如果肯倒转二十六年，回到当初，回到青春年少的二十岁，他会不会重新跟着这个人再登上船赌一场命运？

虚与委蛇的话现在不必再说了，这个阿强已经不再是当初的阿强，他问：“石牌坊还往下拆吗？”

阿强马上夸张出惊诧的表情：“为什么不拆了？难道剑找到了吗？”

宗汉咳一声。二十六年前他对“世故”二字了解甚少，对世故的人更是一无所知。世故其实是一把隐藏在自私者腋下的刀，随时可能在双方还其乐融融间，它却已经悄然出鞘了。不是因为仇因为怨，而这样的出手往往更可怖，冤仇尚有提防之心，而世故者平素一张明媚的笑脸却蒙蔽了很多人眼睛。仅仅因为蝇头小利，虽笑意犹存，而刀锋却可能在不知不觉间已经迅速抵及对方了。

二十六年前阿强的刀也许还不够锋利，于是他们成了朋友。

但现在他们早已经不是了。现在他们其实连同谋都算不上，同谋在突然变故之前，必须共同担当与面对，可是这些天阿强却消失了，再出现时，背景是暧昧的花仙阁。“你都在福州，这些天可忙？”说这话时，宗汉相信自己脸上冷得可以结霜。他没必要把笑脸端给阿强。

阿强倒笑了，笑得神秘而暧昧，半晌才小声说：“他来了。”

他？宗汉在一刹那就反应过来了，这个“他”不会是其他人。他追问道：“他人呢？”

阿强挥了一下手说：“又回了。”

宗汉问：“回台湾？”

阿强点点头，站起就往外走。

宗汉没有再问，他其实是想问的。主子为什么突然回福州？两岁时主子就从福州城离去了，这么多年，主子动不动就跑日本，跑香港或者南洋，却从未听到他重返过故地，那么这一次是因为什么目的才渡海而来的？这里是他老家，宫巷有他堂哥吴仁海……宗汉听到自己心里咯噔了一声。宫巷、吴家、吴子琛……这些天吴子琛仿佛已经成为他的同盟，仿佛携起手同心同德一致对外了，但，这是真的吗？他自己知道不是。在骨子里他不可能放下介蒂。一个暧昧地嫁进李家来的燕京大学女学生，她的到来是为了剑，这一点宗汉怎么可能忘记。

还一个问题宗汉也无法释怀：主子到福州后，为什么不见他？

主子让他回来找剑，他来了，竭力去找了，可是主子从台湾抵福州时，却避开了他，只让阿强作陪。这其中有蹊跷吗？也许有，应该有，可是他无法从阿强那里找到答案。

回到巷子口时，远远就见工人都拢成一圈，低着头，一起专注看着什么。

他一惊，把衣摆往上一提，忙不迭奔跑起来。

是剑吗？剑找到了吗？

二十三

这是石牌坊梁坊上一根椭圆形木头，钵口粗，一人多长，一把锯子正斜斜地卡在里头，像被一只猛兽一口咬住了。

“怎么了？”宗汉问。

大哥正蹲在地上，抬头一见是他，就跳起。“老二……”

他手掌一竖，将大哥的话拦住了。大哥的脸色已经把该说的话都说出来了，那么红扑扑，眼眶里星星点点都是光。他招了招手说：“抬进去吧。”他手指的方向是状元巷二十九号。大哥躬着身子盯着他看一会儿，才连声对工人道：“快快，快把木头抬到我家去！”

如果剑确实就在这根木头里，怎么能在巷子口、在众目睽睽之下将它取出来呢？刚才大哥是糊涂了，好在现在终于明白了过来。

木头抬进花厅，大哥把工人打发走，然后关上门，看着宗汉。

“老二啊，刚才……刚才锯走了一半，突然就动不了了。真的动不了，我也拉了一下，不是木头，硬邦邦的，吱吱吱响。老二，我看它十有八九是……”

宗汉把大哥往旁轻轻推了推，蹲下，端详着木头。当年修这座牌坊时，工做得真精细啊，几乎每根木头都以麻布糊裱，福州人称之为“胎骨封固”，既防蛀又防腐，还防变形走样。这个效果显然完美达到了，这根木头外面的漆虽已经斑驳，露出了里头糊裱的那层麻布，整根木却是结实的，丝毫无损。原先卡在木头上的那把锯也跟着被抬进来了，宗汉先拉动一下，虽用上了大力，却是小心的，试探性的。大哥说得没错，果然吱的一声，是齿锯触及硬物的尖利声响，牙根顿时就浮了起来。经验告诉他，这把锯必定已经废了，不要紧，他不是空手跟进屋的，从巷子口进来前，他俯身从地上捡起一把新锯，就握在右手上。

他把卡在木头上的锯慢慢退出来，正要放入新锯，门响了。

“爹，爹！”是百沛。

大哥犹豫着要不要开门，宗汉扬了扬下巴让他去。门是透雕的，站在门外趴在那些镂空的雕花上往里头看，没有什么看不明白的。与其挡着，不如任其进来。让他来吧。

百沛一跨进门，宗汉就往他身后瞥了一眼。没有吴子琛。

“刚从厂子里回来？”宗汉先问了。

百沛说：“是。”

“刚才经过巷子口时听那些人在说道了？”

百沛说：“是，二叔……”

宗汉打断他：“他们都说什么了？”

大哥也插了一句：“是啊，都说什么了？”

百沛抬脚在木头上踢了踢，说：“他们说这里头可能藏着什么宝贝哩。二叔……”

宗汉问：“你相信吗？”

百沛扭头往外看了一眼，笑起道：“是剑吗，二叔？前些天子琛跟我说二叔在找剑，我还不信哩，原来是真的。真的是那把勾践的青铜剑吗，二叔？”

“你老婆真的说过？”宗汉盯着百沛。

百沛说：“子琛不是自己也找过剑吗？你们倒是异曲同工了。可是子琛以前明明听说剑是在我们家风火墙里，怎么却到了巷子口的石牌坊里去了？咦，我去把子琛喊来吧。”

“等等！”宗汉厉声喊起，“我看不必！”

已经往外走的百沛站住了，愣愣地看过来。

宗汉把锯掂了掂，走过去先把门重新关上，然后回到木头前蹲下。百沛是李家人，原本不必避开他，可百沛背后还有一个吴子琛，一切就不一样了。现在，事已至此，避与不避其实都一个样了。

他转到木头的另一位置。原先锯是横在木头上，现在他转到纵的位置上轻轻拉动几下，先让锯齿嵌进木头，然后自己握住锯的一头，让百沛把另一头握住。锯木头百沛是生手，但不要紧，宗汉主导着锯的走向，百沛只是搭点儿力帮个手。宗汉觉得这样也好，也唯有这样了。就算是赌一下吧，把百沛姑且拉进来，结局总比把他赶走，让他向吴子琛说三道四强。

大哥已经站也不是坐也不是了，嗓音都走样了，搓着手说：“小心点儿小心点儿，别伤着了……伤着了可怎么是好啊？”

大哥怕伤着的不是宗汉或者百沛，而是木头中的剑。

真的是剑吗？

宗汉拉动锯子。锯木头的活儿他并不陌生，在台湾雾社山区，他曾用日本产的锋利锯子跟一棵棵硕大的老树过不去，后来虽搁下这么多年，但锯子一握到手里，那个感觉就马上回来了。他拉得很慢，干过这个活儿的都知道，唯有快，才能借力，也才可能省力，可他此时就像踩着薄冰过河,他必须小心翼翼地摸索前行。

他瞥了百沛一眼,百沛很用力,可是所有的力气却只是耗在抵消锯子的正常运行上了。他说:“百沛你一旁歇着吧。”

百沛看他一眼,放了手。

屋里只剩下锯子与木头摩擦的声响,木屑味弥漫开,带着陈涩的霉味,微小的粉末被风吹动,轻轻腾起,盘旋几圈,又悄然落下。

宗汉没有让锯子一走到底,锯出大致的分寸,他就收了手,退出锯子,然后再换个位置重新开始。木头很快被拉出一道道锯痕,然后宗汉立起,在屋里巡视一遍,从茶几上拿过烟筒,将长长的烟嘴插进新锯出的缝隙里,往上一撬。

大哥失声叫起:“呀!”

百沛也同时叫了一句。

烟嘴已经弯了,像掰成两半的门环。宗汉手一松,烟筒丢到地上。他长长深吸一口气,才敢定睛往下看。木头中间凹出来一个小空心,空心上方有一道充填过的痕迹,不太明显,但只要细看就能看出木质纹路的异样。想必是先把木头镂出一截,然后再充填紧,封上油泥,外面裱糊上麻布,再一层层抹上大漆……多么用心的封存啊,仅仅为了让木头的中间,能够多出一段隐秘的空心。

而空心处,此时躺着一根幽黑的物件,拇指粗,一尺多长。

大哥俯到跟前伸手要取,却像被烫了一下,马上又收回来。“老二……”大哥拖出哭腔叫一声,牙齿咯吱咯吱地扣动着,手也在抖。

百沛问:“它就是勾践用过的青铜剑?”

宗汉手指头已经捏住木头里的那个物件,是硬的,非常硬。轻轻晃了晃,却纹丝不动,它已经与木头密实地黏在一起了。他看了大哥一眼,大哥正盯着那上面,眼珠子都快掉下来了。倒是百沛明白过来，百沛问："爹，您有小刀或者剪刀吗？"

大哥怔怔一想，说："有有有！"

大哥找到的是一把切烟丝的刀，已经钝了，但刀尖还在。百沛想帮忙，但宗汉把他挡开了。用刀尖一点儿一点儿把周围木头刮离的过程，宗汉其实已经一点点冷静下来。

不是剑，他相信不是剑。

果然，当把那东西从木头中抽出来时，它的形貌就完整呈现出来了。不过是一截锈掉的铁棍子——确实不是剑。

大哥一下子跌坐到椅子上，眼神空了。

百沛也叹口气，说："闹了半天，怎么不是啊，二叔！"

是啊，怎么不是呢？宗汉也很想问一问。他还想知道，既然不是剑，那么又是谁，在什么时候，把这样一根毫无用处的铁棍藏入石牌坊的横梁上，究竟是图什么？又暗示了什么？而阿强所说的，藏于石牌坊里的那把青铜剑，究竟指的就是它还是另有其他？

宗汉一时之间脑子也空了。他看着大哥，呢喃道："石牌坊……还要再拆吗？"

大哥一下子从椅子上跳起来，瞪着眼吼道："拆！往下拆！马上拆！"

宗汉叫到："大哥……"

大哥却已经一把拉开门大步向外走去了。

巷子口很快又传来锯木凿石的铿锵声。宗汉的心却已经凉下去了。

几天后石牌坊终于卸下最后一块石头，巷子口一下子开阔了，豁亮了，安静了。

可是没有剑，还是没有那把勾践的青铜剑。

[第三部]

左牌堵

一

李宗启看到那个黑衣人了,有十余丈的距离。他犹豫了一下,最后还是决定慎重点儿,他必须慎重。

十几天前他还在闽西的大山深处,老徐头把他叫去,掩上门,退下左右,只剩两个人独处。即使现在回想起来,宗启都仍记得自己当时的震惊。他离开家已经二十年了,二十年里他从未与人说过来处,任何人都没有,可是老徐头却突然提起。“福州状元巷二十九号是你老家?”话说得很轻,有着耳语般的亲切感,这在老徐头是极不正常的。然后老徐头突然一抬手,重重地在他肩上一拍,“妈的王八蛋!”虽然骂得很大声,但老徐头脸上却是难得地对他笑起。

老徐头说:“去,你马上回福州城一趟,马上走!”

第二天,宗启果真就动身了。

从闽西往东北面的福州城走去,四处是山,山像一堵堵高墙左右伫立,黑压压地挤压过来。到处湿漉漉的,雨已经接连下了几天几夜,是那种劈头盖脸蛮横无理的连天大雨,搅得天地没有一丝安宁。这会儿雨倒是歇下了,但还是很不甘,乌黑的云压得极低,随时打算往地面猛扑来似的。他走得很快，一双脚再也不是当年的娇嫩，上面已经沾满了泥，总是黝黑，总是皲裂，总是重重地把地踩得啪啪响。路过某条溪流时，他特地停下来，俯身看了看自己。二十年前，他是一个多么喜欢在镜子前逗留的青年，对自己的眉眼一直既千般爱恋又万分不满。眼太细长了，眼梢还微微向上，放在哪个女子脸上都必定透出几分名伶的娇媚风情，而作为男人，他怎么看都不免别扭。但也就是这双眼，因为有高挺的鼻子及曲折有致的嘴唇相搭配与映衬，在许多女人眼里却偏偏被认定有别样的灵秀，有意无意把目光搁到他脸上睃来巡去，他于是得意或者疑惑，回到家便久久对着镜子端详，任隐约的心事忽起忽落。

后来没有了，后来他离开家，离开那幢状元巷二十九号的家。二十年来，他的视野里几乎不再出现过镜子，他不需要它了，即使偶尔从它跟前经过，脚也从未停下来过，眼更不会斜过去。如同人各自有命一样，世间的万千物件也是命定的，刀枪属于纷争、车船属于行路，脆弱的镜子则属于闲适而温婉的日子。而他，那年，就在参政院推戴袁世凯为“中华帝国大皇帝”的那一天，他把台江下杭路荣记大糖行的少爷打翻在聚春园酒楼的地面上后，人生就猛地碎了，所有的闲适与温婉都一下子遁去，一向貌似中规中矩的老实少年从此消失，他再也不是曾经的那个李宗启。

后悔吗？有过，但很少，少是因为他不让自己有回望的时候。

如果回望，聚春园一地猩红的血就会扑面而来。如今他哪里还会再惧血与人命？抬眼低头间就是刀砍枪击一片人头，眼都不会眨一下。但二十年前却不一样，二十年前他还怯生生地羞涩，眼睁睁看着朱紫坊高家那个白净的爱穿青藕色绣裙的姑娘被荣记大糖行的少爷所占，却万般无奈，唯有暗自垂泪。哪里料到那天会在聚春园邂逅糖行少爷,该少爷如果独自一人倒也罢了,偏偏竟将烟花女搂住轻薄,嬉笑得那么欢愉放浪。很多事就是这样巧,就是命定的,既是命定的,便谁也无法逃脱了。火气一下子腾起来,那是他活了二十年最暴怒的一次,浑身都被一股突如其来的火灼透了,胸口猛地爆开,脑中却是空白的。他只记得自己像只豹,把整个人丢过去,一把就将人家打倒在地,居然仍不解恨,还要再下脚,脚下得那么重,那么狠,那么决然。

那时他真以为糖行少爷已经一命呜呼了,有一瞬他甚至轻微喜悦了一下,觉得捆住高家姑娘的绳索又蓦地解开了,那么高家姑娘便可以重新回转过身,向他多情奔来。可是一地的血和躺在血中五官变形的糖行少爷又给了他当头一棒。四周也有人在喊,说杀人要偿命了,要吃官司了。他一激灵,才想到一个字:逃。

他逃出城,逃离原先的日子,从那时到现在都不曾回转过。回转他怎么与父亲兄长面对?怎么与高家姑娘面对?事已至此,无论对错他都只能承担起来,闭起眼径自往前走。他原以为会一直这样下去,直至终老,不料有一天竟又突然回来了。

老徐头说状元巷二十九号,也就是他家,他的家有剑,不是一般的剑,竟然是越王勾践的青铜剑。越王勾践……青铜剑……他当即就被这几个字镇住了,以为听错了,瞪着眼,怔着,刹那间整座金狮山都摇摇晃晃地动起来。

状元巷二十九号不是祖屋,是父亲依浩靠从牙缝里一点一滴省出来的钱买下的,买的不过是一幢早已废弃的老房子,虽基座在,柱础在,却都早已萎败破旧,四处腐木朽柱摇摇欲坠,唯一结实完整的仅仅是那道马鞍形的风火墙。父亲依浩关起大门雇人架上梁、覆上瓦、抹上漆,没日没夜倒腾几个月,才令屋子重新有了生机。他目睹过父亲买屋的欣喜与修屋的兴奋，却从来不知房子里还有一把价值连城的剑，料想父亲依浩也肯定不知。

剑的具体位置在哪儿？老徐头摇头，但老徐头让他必须取来。

前几年这一带红军白军打得不可开交，然后红军走了，白军仍一波波清剿，四处风声鹤唳。纷迭的战事，让老徐头腰包越来越干瘪了起来。没有钱就弄不到枪招不来人，队伍一天天往下萎，眼见着就快撑不住了。

而有了剑就有了钱。

老徐头说："有人在福州城接应你，你去，马上去，立即给我动身。"

二

在城里接应他的人叫老六，黑衣、矮个儿、消瘦、右耳郭长一个黄豆大的小肉瘤，这都是老徐头描述给他的，他不认识。之前他从没听说过老徐头在福州城内有什么朋友，也从未闻过老六的名字。细想，当然也没有太意外。老徐头上了六十岁之后，现出了许多暮气，举止迟缓了，眼神也滞了几分，更要命的是全身上下都是病。但早些年在江湖上横飞时，却是与各路豪杰都过往甚密，呼得了风唤得了雨。究竟是谁把剑的消息透露给老徐头的？宗启想，这个问题总有一天他要问一问的，但不是现在。现在问也白问，老徐头不会说。

老徐头只告诉他一切听老六的，老六会给他指令。

所以，他必须先与老六见上面。

一直以来他其实都极不善于，也不乐于看老徐头的眼色，老徐头似乎也没指望过。金狮山陡峭而险峻，整座山像一把孤剑气呼呼地插在天地间，四处是寒光料峭的悬崖，唯剩一条隐秘小道蜿蜒盘旋，下山可以气势如虎，攻山却寸步难行。倚仗着这个山形地势，老徐头在这一带呼风有力，唤雨铿锵，更被手下神一样匍匐膜拜。只有到宗启这里，老徐头不由自主地萎缩了几分。天底下老徐头只惧一个豆瓣，而宗启恰巧是豆瓣带上山来的丈夫。

二十年前他双脚还娇气地踩不住上山的斜道，有大半程是被豆瓣横在肩上扛上去的，而如今他一双大脚早已能把地踩得啪啪响，每一步都带出一股有力的风声。

他终于可以回福州城了。

离开这么多年，偌大一座城其实并没有太大变化。仓山从前是洋人喜欢住的地方，高大浓密的樟树、榕树之下，到处可见式样类似的砖砌洋楼。从其中穿过，过了万寿桥和石板路羊肠般细长的茶亭街，就到了商铺林立的南街了。吸吸鼻子，他闻到鱼丸、肉燕、炒白粿、佛跳墙等等食物混杂在一起的香味了。

这样的味道提醒他，他终于回来了，真的回来了。

远远可看到屏山顶上那幢灰白色的庞大结实的镇海楼的一角，那是他小时候最喜欢的地方。小时候父亲依浩每年都会携着他兄弟仨人一起登高，然后向南眺望，整座城一片黑压压的飞檐翘角与青白色的曲线山墙就尽收眼底了。父亲说："你们找，找一找状元巷，找一找状元巷二十九号我们的家。"家在那群高墙大瓦间是泯然的，他或者大哥宗林、二哥宗汉总是眼珠子忙乱转动却茫然不知所终，但父亲却一眼就落到自家屋顶上了，父亲咳一声，手一抬一指，说："那那那，那不就是我们家了吗？"父亲话语间的无限得意与满足原来是与镇海楼的一砖一瓦严丝合缝了啊。只那么一瞬间，在远远看到镇海楼飞翘起来的屋角的一瞬间，宗启耳朵就猛地震颤了，父亲的声音那么清晰地传来。那那那，那不就是我们家了吗？他一下子觉得胸口那里像被谁重重擂打了一下，疼，很锐利的疼。他晃动一下身子，深深吸口气，双脚用上力气站稳了。

他的家就在离镇海楼不过三四里路的那堆烟火人家里，可是他不能径自往那儿走，他得先去鼓楼。

鼓楼是老六出现的地方，这是老徐头叮嘱过的，但老徐头并没有说老六出现的时间，晨？晚？午？哪月哪日？他以为这该是个复杂的过程，不料刚进了城，一来到鼓楼，就看到一个黑衣人了。

确实消瘦，确实矮小，但隔着十八丈远时，他还是停了下来。

虽已入春了，但一连几天大雨浇透后，天又不禁重新凉下来了。乍暖还寒时候最难将息，鼓楼前分明并不仅一个黑衣人，那里稀疏站着走动着的男子各个都穿着或新或旧的黑衣小褂，双手插在兜里，缩着脖子。福州这座南方小城，又能有几个男人不是消瘦矮小的呢？脖子一缩，就更矮更小了。

老徐头大意了，如果老徐头直接把老六住址告知他，他进了城，直接登门仔细叩问，一切就简单明了了，而他当时因为走得急切与突然，竟也忘了向老徐头多问一句了。

鼓楼，黑衣人，耳朵后的小肉瘤，让他白白多费这些神有什么必要呢？是啊，什么必要？他竟然一路上都没有多想，一路上他思绪都在跌宕，回家了，时隔这么多年，居然可以回家一趟，他不是兴奋，只是觉得好端端的平路一下子虚浮起来了，整个人都又轻又飘了，步子都不免乱了几分。

直至此时，此时他站在福州城的鼓楼前，那个问号才像蛇一样悄悄蹿了上来。

福州的鼓楼也在城北面，拱形的门，高两层，砌着砖，架着梁。

并不是个好日子，上面正赫然挂着一盏白灯笼，不用别人告诉，宗启也知道是洪水来了。前些日子一直下雨，几天几夜没有消停过，天地混浊到一起，那时他还在闽西大山里，在老徐头家里给他们当着倒插门女婿。他是老徐头的女婿，他的老婆是老徐头的独生女豆瓣，难道老徐头对他也不信任？

不信任为什么还要将他派来？仅仅因为状元巷二十九号那座房子是他的家？他的家有剑，剑是勾践遗留下来的价值连城的青铜剑，于是老徐头放心不下，特地弄出个神秘的黑衣人老六？

他撇撇嘴，抬脚往前走，走得目不斜视，却用眼角左右睃巡。他早已有这个本事，两眼眶里似乎都不仅一只黑珠子，连后脑勺儿那儿都目有余光。在闽西连绵的大山里多少次低头走着走着，突然一抬手一枪射出，就将躲在树上打黑枪的家伙击落；或者两军对垒时，也可以左一枪右一枪化险为夷，哪里都不是死角。老徐头就喜欢这样的他，这样的他与老徐头年轻时何其相似。

现在他得用这样的好眼神找到耳郭上有一个黄豆大小肉瘤的黑衣人老六。

他穿过那道拱形门，走了一次，反过来又走了一次，再一次。

起风了，天也渐渐暗下来。快入夜了，那些闲站或瞎逛的人次第离去，越来越少，可是他仍然没有看到哪个人耳郭上有一个肉瘤。

他没有找到老六。老六不在鼓楼，至少在他离开福州城二十年后重新返回的这一天没有出现在鼓楼。他暗叹一口气，不免开始安慰自己，他想这应该并不稀奇，一路上他走得飞快，日夜未歇，从闽西到福州城的路程就被他生生缩短了。那个老六如果按正常速度掐算他的行程，就得过几日才能到鼓楼前等着他吧。

那么他该怎么办呢？他想起豆瓣的话，豆瓣说："要是一时半会儿没见到老六，别傻等着，先回家去！"

是的，在这座城市他并不是举目无亲，他在这里出生，在这里长大，这里是他的家，他可以先回家，回状元巷二十九号的那个家。

三

这一路上他其实只是在这个瞬间才想起豆瓣，豆瓣是老徐头的独生女，他的老婆。

第一次见到豆瓣时，他并不知那是个女人，扣着斗笠，罩着黑衫，骨骼粗大，面庞宽阔，嘴一咧就现出一排焦黄大牙。时间有点儿远了，二十年前，在他从福州城逃出去的路上。他那时魂都散了，脚仿佛不是自己的了，他控制不了它们，每一步迈出去都不知下落，哪里都没有方向哪里都是方向，见桥过桥，见河登船。腰包是瘪的，总共只有那些打算在聚春园里喝几口廉价米酒的碎银两，父亲依浩总是恨不得把每一块铜板掰成几瓣花，钱进了腰包后，都成了三寸小脚女人，怎么都难以再大步跨出来，所以没两天，他就身无分文了。他忍住饿还是走，漫无尽头的路像一根怪兽的大舌头明晃晃伸在前方，他必须走，只有走。其实并不是多么害怕自己如何身陷不测，真能以他一命抵掉一切倒也简单。没有人知道，朱紫坊高家那个白净的爱穿青藕色绣裙的姑娘一与荣记糖行少爷定亲，他死的心就已经萌出。眼前乌黑，一下子全暗掉了，看不见活下去的一丝亮光啊。但他腹底深处还是害怕，怕父亲依浩伤心，怕给一家大小添太多麻烦。

哪知最终惹下的是更大的麻烦。

三拳两脚之下，荣记糖行少爷居然就被打成那样，肉体之躯脆弱至此，实在是他那时所没有料到的。他一下子想到了父亲依浩，想到状元巷二十九号里的那些家人。他得走，走得远远的。除了不敢与父亲及兄长面对外，他还认为冤应该有头债应该有主，只要自己一消失，消失得无影无踪，这一桩血案就断了头，从此消停下去，不牵涉他人。

难道还有把他家人抓去抵罪之理？哪一处都没有这样的王法啊。

十几日后他走到一处小村时，已是衣衫褴褛，发乱如草，东一绺西一缕无序披散下来，把他污黑的脸遮去大半。他坐在村口榕树下歇息，正茫然四望，旁边很快也坐下另一个人，扣着斗笠，粗粗呼着气。

"大哥，"那个人突然开口，"大哥你这是要去哪里发财啊？"

宗启记得很清楚，那个瞬间像有人用刀尖在他背上猛地划过，他整个人一紧，往上跳起。本能地他想跑，不料袖子已经被那个人一把揪住了。那个人说："大哥，坐下。大哥，来，你先坐下来吃点儿东西吧。"

他扭过头看到那个人正用另一只手从怀里掏出一串光饼，香味溢开了，香味像一张网把他从头到脚罩住。他瘦得只剩下一把骨头，眼窝往里凹，颧骨往外凸。他已经三天没有咽下一粒粮食了，腹中不是饿，是痛，一根根肠子仿佛被绞到一起，互相狠命地拉扯着，纠缠着。突然有人说到"吃"字，还来不及细想，腿一软，他一下子就蹲坐下去了。

那人说："大哥，我昨天在前面那个村子遇到过你哩。"

宗启想不起昨天经过哪个村子，这一带所有的村子他都是陌生的。

那人又说:“大哥我刚才在那座乌木廊桥上看了你很久哩,桥墩是鸡喙形状的,桥屋也像鸡的翅膀,是一层层向上翘起的,它的名字就叫金鸡桥,你还记得吗?”

宗启记起这座桥,刚下过雨,桥下水像受了委屈哗哗呜叫着,流得气势汹汹。但他想不起在桥上遇见过谁,更不知道谁曾盯着他看了很久。

“大哥你吃吧,你快吃。”

宗启低头看看已经到自己手中的光饼,饼面微黄微焦,是那种恰巧可以把香脆徐徐散发出来的焦,上面布满诱惑。这原本就是他喜欢之物,父亲依浩从前告诉过他们三兄弟,光饼的由来与明朝抗倭大将戚继光有关,为了急行军便利,戚继光让人把饼做成拳头大小的一块块,中间用绳子串起,让将士挂在脖子上,腹饥时低头咬一口,三餐吃饭都不必歇息休止,福州人后来就把这种饼称作光饼。他记得当时大哥二哥都悄悄咂咂嘴,想必都和他一样暗羡起戚家军的口福了。父亲平日里根本舍不得多买,最多每人一块,与一串挂脖子上相比,真有沧海一粟之感。

但突然之间,一个陌生人坐到他旁边,在他饥肠辘辘之时,竟递过来一串。其实脑子里还是有拒绝的念头,他想管住自己的嘴,可是嘴已经不听使唤了。

一串光饼共有六块。六块光饼都下肚后他眼珠子终于有力气转动了,然后开始打量那个人。那个人刚才一直静静看着他吃,嘴角向上微翘,有几分笑意,笑中含怜惜又似嘲讽。宗启脸蓦地红了。之前他是福建官立中等工业学堂预科班学生,之前他一直没有越过任何雷池半步的经历,之前他一直谨慎、规矩而且力求文雅,何

剑问

曾想到竟会有把陌生人递过的光饼一把接过，风卷残云般扫进嘴里的一天？他再次站起，后退两步，仓皇地作个揖，脸已经涨得更红了。“谢大哥！”他刚说出这一句，那人已经站起，猛地笑了，嘴张成一个幽幽的大洞，一股臭气伴着唾沫急急喷出。

宗启不免愣住，细细支起耳朵。他第一次听到这样的笑，笑得急促而粗陋，声音却没有男人通常应有的底气和宽阔。

是个女人？

正迟疑间，那个人笑得头往后重重一仰，硕大的斗笠掀翻滚落，果然就露出一头乌发，虽没有钗没有簪，也无半丝女红的装点，但眉宇间分明有几丝女儿态游动。大眼，塌鼻，唇线起伏生动，眉心间一颗黄豆大的黑痣。

宗启问：“你是……”

那人不答，头微歪，眼斜斜看过来，臂交叉在腹前。

宗启开始后悔刚才的贪嘴了，隐约的不祥感丝丝往上冒。他说：“谢大……姐……在下这就告辞了……”

他确实觉得必须走，尽快离开这个人。

但刚转过身跨过一步，一条腿就直直横到他跟前了，是那个人。那个人站着不动，还是双臂交叉腹前，只是把右腿往前伸出，树桩般坚硬的腿，有钵口那么粗，触上去有石头的质感。宗启往旁闪一下，但他闪一步，那腿就跟近一步，像是与他的腿黏住了，怎么推都纹丝不动。

“大姐……您？”宗启不免有些慌乱了。

“要走？”那人终于开口。

宗启迟疑一下，还是点了点头。

“真要走？”那个人把横出来的腿收回，似要放过宗启，却突然身子一扭，拦到宗启跟前。“你知道这是哪里吗？”她说，“你告诉我这是哪里我就放你走。”

宗启唇闭紧。他真不知此地为何处，哪里敢轻易开口。他垂下头左右看看，猛地一转身就往后跑。肚里刚填进光饼，虽分量还远远不足，但毕竟已经往他双腿注入力气了。他没有回头，直着眼珠子拼命迈动双腿，只觉得两耳呼呼有风，暮色在身子两旁一寸寸撕碎。待终于喘不上气时，他才让自己脚步缓下来。

扭头看，后面是空的，他松了一口气。

这是一个怎样的际遇呢？他那时还是模糊的，只隐约有怪异感，却不知这其实是命运中一个结结实实的扣子，在他无措与潦倒时，不由分说地出现了。他无法逃遁。

入夜后，他刚在一处人家茅草屋檐下蜷起身子，打算歇息一下，猛一抬头，就惊得蹦跳了起来。他看见了一道阴影，只那么闪一下就到了跟前。他身子一提，又要跑，胳膊却像被铁钳箍住了。是那个人，那个人把他紧紧捏住。

茅草屋里住着人，想必听到屋后的动静，点上了灯，有了响声。

宗启感到那个人箍住他胳膊的手加了劲儿，往前一拽，他就被拖动了，踉踉跄跄跟着往远处跑。没有星光，月亮也隐到云里，对面的人只看得见大概。那顶大斗笠在黑影里晃动，悄无声息，像一场诡异的梦。

但在这个静谧的夜里，那个人的说话声是清晰的，那个人说：“走！”语调短促而不容置疑，箍在他胳膊上的手一直没有松开。

宗启不时抖动手，试图从她掌中争脱，却一动不动。他便也就越来越丧了气，索性由了她，在黑漆漆的野地里茫然向前。

许多日子后宗启才知道，这个叫豆瓣的女人已经跟踪他好几天了，起初只是好奇。他从聚春园离去时，还是一身蟹青色长衫，袖口本白，上面却赫然布着斑斑血迹与污泥，不似江湖上行走的人，而几分邋遢之下，分明又有儒雅之气上下横溢。

豆瓣问："你几岁了？"

宗启说："二十。"

豆瓣笑起，说："很好。姑娘今年二十五了还未嫁哩，就是你了！"

豆瓣又说："听清了吗？总之就是你了！"

就是那天夜里宗启被豆瓣带往金狮山，那时老徐头的队伍正驻扎山头。

那时那一带山林不见红军，也没有白军，有枪有刀的队伍却东一股西一股。他们中，没有哪一个有老徐头威风。第二天豆瓣就是那样一手揪着宗启的胳膊走入老徐头的屋子里，脚重重地落下，在地上砸出咚咚的声响，宛若擂鼓。

老徐头正坐在太师椅上含着长烟枪吸得起劲儿，刚开始以为豆瓣抓回别个队伍的探子，眼眯起，斜斜地看着。豆瓣把宗启拖过来，立在老徐头面前，说："爹你听着，我要嫁给他，就是这个家伙！"

当时在场的人不仅老徐头一个，老徐头的几个左右大将也在场，他们正谈论一件什么事，嗓门儿很大，哇哇地响着。豆瓣这么一说，只觉得整个屋子一暗，所有人眼睛都直了，包括宗启在内。宗启之前没明白"就是你了"是什么意思，往最坏处想也只是以为自己会被剥掉皮割掉肉，大不了一死，他心已横下了，孰料不是死，那个人竟然要嫁——这跟死有什么区别呢？甚至不如死。但那时他没有吱声，下意识地他觉得自己必须安静，以静制动。

这时老徐头挥了挥手说："歇一歇去吧，下山这么多天了，你也累了。”

豆瓣马上答:“不累,这会儿我劲儿足得快飞起来了,爹!”

老徐头脸已经拉下来,眉头锁住,嘴里含着烟,却不吸。那几个大将都识相地闭拢嘴,木木地站着,偶尔彼此瞥一眼,目光一交集,马上又闪开了。这场面当然是难看的。老徐头从椅子上站起,把铜质烟杆从嘴上抽下。老徐头说:“我不需要这样的女婿!”

豆瓣上前一步,手仍揪着宗启,宗启身子趔趄了一下。豆瓣说:“爹,成亲的人不是你,是我!我需要这样的丈夫!”

老徐头把握在手里的烟杆往茶几上重重一摔。

“你他妈的给我闭嘴!”老徐头吼起,“一看就是手提不起二两肉的废物,怎么能进我徐家的门?”

豆瓣不理他,昂着脑袋,拿出比她父亲更大的嗓门儿喊道:“太迟了,我已经被他睡了!不让我跟他成亲,我就离了此处,随他浪迹天涯,永不返回!”

宗启记得那一刻自己的腿又软了下,差点儿晕过去。

他没有睡豆瓣,天地作证,他永远不会有一丝睡豆瓣这样女人的企图!他嘴咧得很大,几乎想把整个舌头呕吐掉。他瞥了豆瓣和老徐头一眼,他相信自己的眼神先是像闪电,然后迅速就成了惊鹿。他看到什么?看到“睡”这个字眼儿砸下来时,老徐头和那几个大将一下子都成了干柴焦木,弥天的大火随时可能被点燃,然后将他迅速焚毁,尸骨无存。

恐惧终于还是在他腹中开始横冲直撞了。

豆瓣说被他睡过了,当着这么多黑脸大汉的面说,这显然是一出让老徐头没有退路的毒招。而且豆瓣还说要离了此处,要浪迹天涯去,要永不返回,这更是要了老徐头的命。他后来知道,老徐头只有这一个女儿。

接下来宗启娶下豆瓣就自然而然了。他果真和豆瓣入了洞房，成了老徐头的女婿。二十年来他每天都在脱胎与换骨，身子骨一寸寸茁壮又慢慢地一寸寸枯萎，而豆瓣则一直是个称职的老婆，肚皮潮水似的频繁起起落落，六个儿子三个女儿次第坠地，直至终于生不动为止。

只要不往福州方向眺望，宗启对眼前的日子就渐渐少了不满。心早已起了一层茧，春露秋水都不再让他眼光迷离。可是突然之间，老徐头居然要他返福州去取剑，剑就在状元巷二十九号他的老家。这件事之前其实连豆瓣都一无所知。他没有按老徐头的吩咐谁也别说，他得对豆瓣说。二十年来只要从山上离去，哪怕只有半里路，他也不能不对豆瓣说得清晰明了。豆瓣必须知道，不知道她会把整座山掀翻，还会顺手拎过某儿某女往死里打。豆瓣不是宗启心底的痛，儿女其实也不是，但毕竟他不愿听到他们的哭声。所以他必须如实说，无所谓的，她又不是外人，她是老徐头的女儿。

豆瓣当时就像被烫了一下，木着身子呆立片刻，然后转身冲出门外。一会儿她从老徐头那里回来，脸上蒙着异样的光，两眼一直幽幽地看着他，然后头一低，取下挂在身上的一枚正阳绿的如意扣，踮起脚挂到宗启的脖子上，说："去吧去吧，你去吧。"

第二天宗启就动身了。

四

远远看到状元巷了，巷是老巷，巷口那一脉曲线山墙虽墙面不再精白粉嫩，黑瓦也蒙上一层墨绿色青苔，但其形其状，只需瞥一眼,宗启就知道自己到家了。

只是某个瞬间他还是恍惚了一下。

牌坊居然被拆,木石料堆了一地,凌乱的木石间似乎还存有体温,而折断分离处也创口犹存。宗启走过去,提起脚抵住一块石头,轻轻揉动几下。一座在这里已经伫立那么久的老牌坊,怎么说拆也就拆了呢?

抬眼朝巷子深处望去,他看到一个熟悉的身影,猛然间嗓子就哽住了。大哥啊,他的大哥李宗林!还是过去那个消瘦修长的身架子,只是佝偻了,满头白发,步态蹒跚。

大哥正往巷子口走来。

他深吸一口气,踉跄着迎上去,两眼直直地盯着大哥的脸,可大哥的目光却没有与他对接上。大哥眼落到别处,眉头锁着,一脸都是愁绪。

大哥迎面走来了。

大哥擦肩而过了。

他一转身,猛地大喊一声:“大哥!”

大哥没有反应,继续往前赶路,但几步之后,突然立住,愣愣扭过头。

他再喊道:“大哥……”

大哥揉揉眼睛,又揉揉。大哥往前走一步,又收住脚,往左右看看。“你……”大哥喃喃道。

他连忙说:“大哥,我是宗启啊,老三宗启!”

“宗启?”大哥整个人晃了一下,呵着嘴瞪大眼看过来,半晌用手掌拍拍自己脸颊。“我……不是在做梦吧?呃,是梦吗?”

他紧走两步,站在大哥面前。“大哥,你仔细看看,我真的是老三李宗启啊！”

大哥重重眨着眼，那眼已经是通红了，湿漉漉地红，然后两颗硕大的泪就凶狠地滚出眼眶。“老三！老三啊！真的是老三啊！”大哥一把将他双臂捏住，重重地前后摇晃，又再向左右摇晃。

他抖动着身子，双唇也在抖。他终于也没忍住，泪哗哗往下洒落，一整张脸眨眼间已如同刚从水里捞上来的，横七竖八淌着水光。多少年了，他在刀枪缝隙中行走，心早被锤打得比铁还冰冷坚硬，忘记了落泪的滋味。他以为自己眼中已经完全干涸，不再有泪。

竟然还有！

几个过路的人围拢来，好奇地看着，问这问那。宗启看看他们，都似曾相识，又不辨具体。大哥已经喜滋滋地说开了，大哥说：“这是我家老三，宗启啊，认得吗？还认得吗？他走了二十年啊，这不又回来了。他回来了，他是我们家宗启啊……”

那些人噢了一声，都很吃惊。有人说：“真认不出来了，叫谁能认得啊？”

宗启恭谦地微笑着，冲那人点点头。其实他不喜欢这样，这场面几乎有耍猴卖膏药的味道了，但他没有发作，他不想扫了大哥的兴。大哥确实高兴啊，脸上闪出一层亮晶晶的油光，与刚才宛若两个完全不同的人。

而他与二十年前相比，又何尝不是判若两人？

二十年前，他不过是福建官立中等工业学堂预科班的学生，文弱得一阵风都可能被刮倒，而现在，他腰是圆的，背是阔的，胳膊上隆着结结实实的肉，面膛黑红并且皮质粗糙。人家认不得他，应是正常的。再有好奇更是正常的。那年他为了朱紫坊高家那个白净的爱穿青藕色绣裙的姑娘，一把将台江下杭路荣记大糖行少爷打倒在地之事,应该很多人都记得吧? 又有桃色又有血腥,多么刺激人神经啊,即使平日已经淡漠了,但只要主人公立到眼前,就必定一切重现脑海。

有人问:“这么多年都在哪里发财啊?”

是啊,在哪里发财啊? 这个问题显然连大哥都有兴趣,大哥正睁大眼直直地看过来。

宗启还是笑着,但不答。他记得曾往家里捎过话,说自己在闽西,混队伍了,让父亲别担心。只有一次,之后他觉得就不必了。他不如大哥厚道,不如二哥机灵,父亲从来也没有太指望过他,太常往家里递消息他认为反而会搅扰了他们。被牵被挂也多么不是滋味啊,单一股内疚之情就让人难以承担。就当他已经死了吧,一次次子弹从脑门儿边呼啸而过时,他其实也以为自己随时可能死去。但他命大,活下来了,活到现在。

现在他站在状元巷的巷口,二十年的时光一会儿膨胀成一汪大洋,转瞬又缩成一张薄薄的纸。他看大哥,眼光柔软得像两块街头叫卖的麦芽糖,二十年里他都没有如此看人了。“大哥,”他叫道,“大哥我们回家吧!”

大哥如梦初醒地拍拍自己的腿,说:“走,走,回家,老二也回来了哩,老二在家里,我们走!”

宗启已经跨出去的腿猛地收拢了,他很意外。当年他离家前,二哥并不在。二哥早就从马尾船政学堂后学堂突然离去,不知所终。犹记得父亲当时的痛不欲生,都老泪纵横了,几天滴水不沾。一个被寄予太大希求的人,总会带来加倍的疼痛。他在闽西深山时,最庆幸的就是这点。父亲对他无所谓,所以他就可以无所谓地走。尽管他相信某一瞬间父亲也会难过或者惋惜,但最终仍会放下的。

放下就好，一放下彼此都省了牵挂与担忧。

他不知道原来二哥已经回来了。“二哥他好吗？”问完这话他猛地笑起，他发现自己居然使用起二十年前的学生腔了。这确实很奇妙，在闽西金狮山，大口喝酒大声骂人早已成为他生活常态，嗓门儿糙得地动山摇，突然一踏上旧地，连说话的声音与腔调也猛地重返当年了。

大哥摇了摇头，半晌才说：“他不久前刚回。”

“噢？”宗启怔了一下。

大哥说：“回来就把这座石牌坊给拆了。”

“为什么？”宗启还是愣着。

大哥叹口气说：“他……他的一只胳膊没了。”

五

宗启没想到父亲已经过世十五年了，也就是说，他在闽西大山里杀人如麻之时，他的父亲依浩在这幢房子里咽下了最后一口气。父亲存在他脑子里的其实仍是当年的模样，但细算一下，如果活着，父亲今年也逾九十岁了。一个九十多岁的老人，面对失而复得的儿子，该是一番怎样的欣喜与感慨啊。

他注意到，二丨九号房的人门新修过，抹了桐漆，看似光滑，却还是清晰可见几处伤痕。门之坚硬是宗启小时候格外不解之处，曾用小刀往上面戳，用上吃奶的劲儿也没有把木头捅出一个洞来，却被父亲发现，差点儿没把他打残过去。铁丝木，这是父亲说的，那么坚固的铁丝木大门，却有了那么深的伤痕，这该是多么重的外力所致啊。

一跨进门,宗启马上就闻到父亲的气味了,微微汗馊,淡淡烟气。

然后他就看到父亲正肃穆地在厅堂屏风上俯视着，是一幅画像,画着老年时两眼微凹、颧骨高耸的清瘦父亲——仍是他所记得的那副模样。

而厅堂旁左厢房里的罗汉床上,正斜躺着二哥李宗汉。

二哥几乎没变,这是指骨架与轮廓,但二哥一从床上站起来,宗启马上看到他左边那个空荡荡的袖子。袖子一空,二哥整个人也就变了形。

当时宗启是跟在大哥背后进的门,大哥太喜悦了,忙不迭地失声喊道:“老二老二快看,老三回来了,老三啊,我们老三也回家来了啊！”

左厢房的门敞着，二哥本来拿着一杆白铜长烟枪，正对着灯盏,慢慢地吸着烟,吸一口耸一下肩膀,再把脖子往里缩,迷迷糊糊,听到大哥一喊,愣了一下,猛地从床上跳起来,跨出厢房的门槛,又往前紧走几步。风过,风把他空荡荡的袖管刮动,令他有种凌空而起的姿态。

宗启站在厅堂口宽阔的青石条上,“二哥！”他叫了一声,本来想说点儿什么,却一下子哽住了。他看到二哥唇动着,仅剩下的那只胳膊竭力往前伸。宗启跑过去,腿跨得呼呼有声,这么多年它们在山野林地里被反复锤打过了，豹一样有力迅捷。他冲到二哥跟前,一把将那只伸向他的胳膊紧紧拉住。

“二哥……”宗启再喊一声。

二哥的眼也是湿的,二哥说:“真的……是老三。老三啊！上次见你是什么时候？上回见你……上回你还是个孩子哩……”

大哥说:“你离家那年,宗启十五岁都不到哩!”

二哥说:“是啊是啊,二十六年了啊!”

宗启点着头,心里默算了一下。他记得大哥比自己大十岁,二哥大六岁,那么今年大哥该逾五十,而二哥也四十六七岁了。他低下头,看到自己抓住的是二哥的右手。目光从右面慢慢往左面移,那个空袖子刺目地冲进眼眶。他其实很想问,但眼还是马上跳开了。刚才在回家的路上,大哥已经告诉过他,二哥是从台湾归来的,二哥不久前刚刚抵家。二哥的一只胳膊没了,但二哥没有说为什么没有的。一只胳膊啊,又不是一根筷子或者一根头发,这漫长的日子里二哥究竟经历了什么?

宗启后来想,在第一眼见到二哥那只空袖子时,他心里其实就咚地响了一声,只是当时那个场面情绪太浓烈了,很快将其覆盖。久别重逢的万般滋味一下子都涌起了,他眼中有泪,二哥也有,大哥更是难以自禁,并且厅堂里很快就挤满了人,除了大哥的家室外,还有管家老刘以及诸位用人。闹腾的声响热乎乎地烘着,像正在过节。

这才是家啊,家的红火感觉!

那天接下去就一直没有停歇的时候,大哥带他们先对着父亲厅堂上的画像跪下了,全家大大小小一起跪,然后兄弟仨人去了西门外的洪塘,父亲就葬在那里。烧香、上供品、焚纸钱、祭拜,一圈青砖和一抔黄土把父子隔在阴阳两界。宗启猛然觉得旁边的颤动,侧脸一看,二哥右手撑在地上,勾着头,整张脸已经扭得七零八落。

二哥在忍着,但撕心裂肺的悲恸还是磅礴而出。

跪在二哥另一侧的大哥伸过手想安抚一下,二哥却因此更难以自禁,终于呜咽出声。

宗启怔怔地收回视线，对自己有点儿不满。相对于二哥天崩地裂的激烈情绪,他平静得几乎匪夷所思,仿佛黄土之下的人与他无关,仿佛那只是二哥的父亲而非他的。他眨动眼皮,想多少挤点儿伤感来与现场匹配,却仍然未遂。父亲看得见这一切吗?宗启从来没像现在这样,希望鬼魂亡灵之类的说法是虚假的,否则父亲在冥冥之中看到同是从远处归来的儿子,竟有如此天壤之别的表现,该对他生出多少不满啊。

从小到大,他一直试图令父亲把疼爱多匀一点儿到自己身上,但父亲匀过来的却总是种种不痛快。他不知道自己究竟错在哪里,只能承认自己与父亲生来就不是凹凸契合的，或许前世就互有冤债。但他从来没有怨恨过父亲,世事沧桑,他无非觉得生来死去都不再是件撕心裂肺的大事。跨进家门时,他希望见到父亲,但父亲已经过世了,他也就接受了,就是这样。

二哥离家的时间比他更早六年，回来时不过比他少了一只胳膊,为什么却比他多出如此横溢的痛苦,有其他原因吗?

下山时,趁二哥去草丛里解手,大哥俯到宗启耳边说:“以后要对老二好点儿。”

宗启点点头,马上又问:“怎么啦?”

大哥抿抿嘴问:“你成亲了吗?”

宗启答:“嗯。”

大哥说:“几儿几女?”

宗启说:“三女六子。”

大哥短促笑起,手在他肩上拍拍,像是赞赏,旋即又叹了口气说:“我们老二还未成亲哩！这么老了,都快半百的人了,竟然还是光棍一个！”

宗启有点儿意外,问:“为什么?”

大哥摇摇头。

这时二哥正从草丛里钻出来,左边那只空袖子被荆棘扯住了,他俯身小心拨弄着。

大哥脸仍贴在宗启肩膀上,小声说:“孤身一人,手又废了,这个老二,唉……他要拆巷口那座石牌坊,我也只好一家家跟整巷的人作揖赔不是……”

宗启打断他:“为什么要拆石牌坊?”

大哥说:“唉,一言难尽啊!他在台湾那边把一座东海龙王的庙给拆了,瞎子给他算过命,说如果不回家把巷口的石牌坊拆了重建,他小命就保不住,所以……你回家了就好,一起帮帮他啊,你听清了?”

宗启没有答,他聚起眼神盯住大哥。大哥眼珠子转来转去,有几分不好意思地笑起,说:“当然不是因为这个,呃……你也不是外人,说了也无妨——老二从台湾回来,是为了找一把剑……”

“剑?”

大哥瞥一眼正往这里走来的二哥,短促地叹口气,压低了声音说:“是啊,他听人说石牌坊里有剑,可是石牌坊拆了,却没有。”

六

以前在福建官立中等工业学堂预科班上学时,每次从状元巷家中去学堂,都要穿过朱紫坊,而朱紫坊高家那个白净的爱穿青藕色绣裙的姑娘,则时常斜靠门旁低眉小笑。那时尚青涩懵懂的宗启犹豫再三,终于相信那笑是送给他的,便也把青春少年的秋波羞涩地回赠给她。如果不是他愚钝反应慢,令高家姑娘的芳心迟迟无法许出,或许就不至于横插进台江下杭路荣记糖行大少爷定亲之事了。

返家的第二天,宗启一大早就独自出了门,顺着那条曾走过无数遍的旧路,在薄雾中踯躅而行。他不知道自己为什么非要去朱紫坊不可,经过高家那座院子时,他放慢了脚步。门是虚掩的,里头有烟火气徐徐飘出,而牌堵上一串写着“高”字的灯笼,证明主人未改,仍姓高。

可是再也没有那个爱穿青藕色绣裙的姑娘,画一样倚在门口石框上了。

她中等个子,肩头削得窄窄的,尖下巴,笑起来眼角往下一弯,便成了两道半月形,几丝妩媚几分羞涩,而嘴角那两个黄豆大的小酒窝则若隐若现,令宗启一次次想起某句唐诗或者宋词。

她最终嫁进荣记糖行了吗?

她过得好吗?

二十年可不是个短时间,他以为自己心里已经被其他世事堵得满满,不再有她的位置。可是不觉间竟又踏上朱紫坊。还是那条青石板路,路旁也仍是与往昔没有二致的白墙灰瓦、曲线山墙。雕栏玉砌应犹在,只是朱颜改。

返回状元巷时,他在巷口停下。

石牌坊原来是二哥拆的!二哥从台湾吊着一只空袖管回到福州,竟然也是为了找剑,那把勾践的青铜剑。

“哎!”有人喊他,是小伊。

泉州女子小伊长得小模小样的,一头鬈曲的头发,一脸都是暖人的笑。昨天到家时,会不会正是因为见了她,朱紫坊高家姑娘才在他心底蓦地重现了?他冲小伊点点头。小伊挎着竹篮,正从巷子里头走出。“去哪儿？”没话找话，宗启随口问。

小伊头一歪笑道：“云姑让我去南街买油条、豆腐给你们吃哩。”

宗启还是点点头。小伊嘴里的云姑，是他昨天才打上照面的嫂子——大哥的继室丁淑云，一个温婉贤淑的老实女人。男人一生总是有意无意对某种类型的女人格外动容吧？大哥的原配原与丁淑云性情十分相近。母亲死得早，在宗启不到五岁时就离世了，因此他对女人的依恋是从大嫂那张宽阔圆润的大脸盘开始的。丁淑云脸虽小一圈，眉眼也非街头常见的那种扁平模样，但其步态，其神情，竟仿佛是死去的大嫂的再生。

宗启心里一动，趋前两步，说：“小伊，我随你一起去吧。”

“你？”小伊很意外，咯咯笑起。

宗启说：“都快把福州街市的样子忘干净了哩，你带我去看看吧。”

小伊说：“行哩行哩。不过二叔你回家不要告诉我云姑噢，她要是以为是我拖上你，该骂我不懂事了。”

宗启说：“你没拖我，是我自己要去的。走吧，别怕，你姑又不会骂人。”

小伊停下来，很认真地看着他。“云姑不骂你们，她不敢骂；我嘛，她横竖骂得可欢了——用闽南话骂，你们听不懂。”说到这里，好像被一件什么开心事逗着了，竟又笑起。

“你……几岁了？”宗启突然对这个有兴趣。

小伊说：“十七了。”

宗启在心里算了一下，他最大的女儿也差不多这么大了。二十年前他离了福州，被豆瓣所劫，去了金狮山，进了洞房，却并非马上就与豆瓣共眠。他没说理由，却一定不屈从。豆瓣睡床上，他就蜷在床前踏板上；豆瓣抢先横到踏板上，他就和衣坐到椅子上。豆瓣没有哭，也不闹，而是静静地迁就着。夜间对峙得再僵硬，天一亮，豆瓣也仍是笑眯眯的，烟视媚行，演无尽恩爱给人看。外人也许都信了，但老徐头没信。老徐头有一天把他独自叫去，审视许久，突然问："你嫌弃我女儿？"宗启摇头。老徐头点上烟慢慢抽着，然后把长烟筒往地上一摔，骂起："我×你十八代祖宗的，你给我滚行不行？现在！马上！我让人送你下山，你走得远远，别再让……"话还没说完，门被霍地推开，豆瓣大步跨进来。豆瓣说："爹，把我一起送下山吧，就现在，马上。不送你就是猪狗变的！"

宗启后来想，再横的人都还是要被其他人所克，算天意吧。老徐头那天一见豆瓣进来，整个人就像一盆本来烧得正旺的炭，霎时被浇上一桶水，转眼就委顿了，灰头土脸。豆瓣还不罢休，追问道："送吗？爹就叫人送吗？不送我们就走了，不陪您了，您自己快活吧。"

见老徐头仍不吭声，豆瓣拉起宗启就往外走，回到自己的巢。

那天晚上豆瓣坐在宗启对面说了一晚上话，豆瓣说："我不逼你，你一辈子不愿意拿走我身子，我也一辈子为你把身子好好儿守着。"

宗启有点儿困了，眼皮开始打架。

豆瓣不让他睡，摇摇他肩膀，说："你听清了吗？一辈子。"

屋里只点一处小油灯，罩子已经污黑发黄，摇曳的灯苗晃晃悠悠的几欲熄灭。夜是静谧的，风在窗外掠过，有不知名的虫子窸窸窣窣鸣叫。豆瓣凝神了片刻，像是在侧耳听窗外的动静。一会儿又缓缓地开口："其实一辈子也没有长得看不到头，你来金狮山多久了？快两年了吧？呃，你说你说，是不是快两年了？”她声音像水，柔软地流着，却有一股执着向前的坚定。

宗启只好点头。

豆瓣很满意地撅嘴一笑说：“两年多快啊，山头的叶子只枯一次绿一次，花儿也只开一次谢一次，也就过去了，眨眼间的事哩。所以，你别急，别躁，好好儿在山上待着，有吃有喝，不冷不热，然后你老了，腿脚不灵了，终于走不动了，还有我哩。我那时还会好好儿伺候你，待你如大爷。你觉得这样不好吗？要是哪里真的不够好，你跟我说，不必有顾虑，你说了，我就改了。你说一处，我改一处，说三处，改三处……这样改着改着，我们就老了，一辈子也就过去了。是不是这样？我说得有错吗？”

宗启发现豆瓣在拨他的手，他把搁在桌子上的手往回收了收。

豆瓣没有再拨他，豆瓣一笑，把头放到桌子上。宗启以为她想继续往下说话，不料只是转眼间，就有鼾声起。豆瓣已经趴在桌上睡过去了。

第二天第三天，豆瓣还是老样子，白天鸟一样欢快进出，吱吱有声，天黑下来后，则端把椅子坐到宗启对面，点着灯，微笑着，缓缓说着话，安静得像猫。

这样说到第十天，宗启觉得脑袋已经山一样沉。看到豆瓣又趴到桌上睡着了，他站起身，跨到床前，横躺下去。豆瓣竟也立即醒了，跟过来，也躺下。宗启想翻身起来，身体却不听使唤。他睡了，从此就一直睡在这张床上。

第二年，第一个女儿出生。

只要有一个，就必然有一串，三个女儿六个儿子次第摆在那里。他一个都不管，也无须他来管，老徐头手下有的是人，豆瓣也不许他管。豆瓣说你歇着别累着了。

所以，除了多出几个会喊他爹的小小人，他不觉得日子与以前有异，反过来那些小东西也不黏他，都眨巴着陌生的双眼远远躲开他。他记不得任何一个儿女的生日，甚至大名，甚至年纪……

他只依稀记得，大女儿和小伊年纪相仿，个头儿却高大许多，发育得很好，有着她母亲一样的大眼睛和塌鼻梁，但从来不沾女红，上下都裹得像个男人，能刀善射，奔跑急速，嗓门儿粗大，酒量惊人，枪法神准。

她会笑吗？笑起来是什么样子的？他竟然一点儿都想不起来了。

那一瞬，他心里冒出几丝内疚来——以前从来没有过，这是第一次。

七

执意要随小伊到南后街走一趟，宗启是另有打算的。从南后街返回时，他已经弄清了两件事：一是大哥之子李百沛婚事的大致经过；二是二哥宗汉拆石牌坊的前前后后。

二哥的事小伊其实不太清楚，但怎么招工匠，怎么拆牌坊，然后牌坊拆完后工人又怎么一下子散去，大致还能说明白。

她说明白了，宗启也就明白了。不明白的只是原本要马上重建，却没有。

“三叔，真的有剑吗？”小伊问。

宗启反问：“你说呢？”

小伊嘻嘻笑起：“我觉得这剑真能躲啊，眨眼要见到了，眨眼又不见了。三叔，为什么房子、厂子，还有那么美的石牌坊竟都不如一把剑要紧呢？剑能当饭吃当房住？二叔本来也还有个人样，石牌坊一拆完，他却成那样子了。他就是因为剑没找到吧？”

宗启想了想，觉得还是应该叮嘱一下，他说：“小伊，你现在住这里，也算我们家的人，不论剑有没有，嘴都要把紧点儿，不能对外人说道啊。”

小伊连连摆手说：“没有没有，三叔，我不会说的。我从泉州来后，总是听到他们说剑——没有人跟我说，是我自己东一句西一句听来的。听了就听了，我连云姑都不谈起，只是不知为什么今天却和三叔您说了这些。”

看她脸一下子涨得通红，宗启有点儿不忍，笑道：“我是自家人，没关系。”

小伊松弛了点儿，脸色慢慢还原。过一会儿又兴高采烈了，悄声问：“三叔，听说那是一把春秋时的剑。春秋是什么时候？离现在很远吗？”

宗启淡淡地答：“很远。”

小伊不依不饶：“到底多远呢？”

宗启已经不想再谈这事了，敷衍道：“够你活上几十回吧。”

“真的？”小伊很兴奋，“原来是那么久以前的东西啊。那么久以前的东西算什么宝贝啊？送我都不要哩。”

两人已经从南后街拐回，远远就看到二哥正站在巷子口，背着手，盯着地上那堆凌乱的石头，木料看着。

宗启拉了小伊衣袖一下，悄声说：“不要跟任何人说，我刚才问了你那些事。”

小伊很吃惊地扭过头问：“为什么啊？”

宗启声音硬起来：“反正不要说！”

小伊吐吐舌头，走进巷口时，径自闪身返家。宗启注意到她经过二哥时，脸是素着的，并没打招呼，甚至连眼都没望过去。宗启倒是停下来，在二哥边上站着。二哥显然没睡好，眼眶下方乌黑着，鼓鼓地隆起半圆，像一只球剖开后，分别挂在那里，而眼睑也是肿的，眼白则不白，有血丝布在上面。因为一路上刚看过小伊眼四周熨帖平坦如初破壳鸡蛋的皮肉，转身再看二哥的，就愈发看出憔悴与破败了。二哥真的老了。

二哥的眼光在小伊背影上追了一小阵，才回过头问："你帮她买东西？"

宗启说："只是跟着她去了一趟南后街看看。"

二哥马上问："南后街你还能忘了怎么走？"

宗启一怔，二哥话里隐约有刺啊。但还不待他回过神，二哥马上咧嘴笑起，又拍拍他肩说："走吧，回去吃点儿东西，真饿了。"

两人进巷口时，宗启在二哥左边，贴着空袖管。他很小心地紧着身子走动，手还是不时会与那只软绵绵的空袖子触碰一下，又一下。宗启垂着眼睑往那边瞥，心里不禁毛起来。晃动的空袖管仿佛是一只独立的生灵，比如蛇，正活色生香地首尾游走……

"老三，"二哥叫道，"回来就不走了吧？"

宗启一笑，反问道："二哥呢？"

二哥不答。

宗启说："二哥不走我也不走。"

二哥还是不答。

两人已经走到家门口，小伊正坐在门前石凳上，见他们走来，低下头揪住衣角绞动。

宗启随口问："小伊，吃了吗？"

小伊头也不抬，小声答："吃了。"

跨进门时，宗启又回头看了小伊一眼。刚才去南后街时一路上眉飞色舞的人是她，现在这般沉寂不语也是她，这个小女孩似存有什么心事哩。

大哥已经坐在八仙桌前等着他们了。大哥说："小伊叫了这么久，你们才回啊。"

宗启一怔，小伊并没出去唤他们回来吃早饭，小伊只是坐在门外的石凳上揪着自己的衣角发呆。他看了二哥一眼，二哥若无其事，已经坐下，抓起筷子端起碗。宗启也慢慢坐下，头却往上仰起。幽黑的屋顶刚刚被大雨淋了几天，潮湿的水汽仍密密囤积在瓦片、椽木及梁柱间，像某个幽灵的气息徐徐吐着。这个家已不是先前那个家了，宗启想，先前无论如何家里人彼此都是敞亮的，父亲依浩疼爱大哥、器重二哥，都明明白白摆在那里，不遮不掩。即使有唇齿相磕的不谐，也绝不会有隔山隔水之感。

他突然有点儿想老徐头了。靠一把杀猪刀起家的老徐头，腹中根本藏不下三句暗话。"一看就是手提不起二两肉的废物"，宗启被豆瓣拖上金狮山时，老徐头抬眼一望，就劈头盖脸丢过这样一句。老徐头这是骂他哩，老徐头后来也不停地骂，但最终老徐头不骂了，因为再也无话可骂。在江湖横走几十年，老徐头在那一带如麻的土匪堆里泥鳅般自如地左穿右梭，没有比别人更凶狠的拳头和更敏捷的身手，就不可能有立足之地，更不可能出人头地，即使现在岁数大了，身体一日不如一日，但余威犹存，咳一声都仍能令人寒战。

宗启未必接受老徐头这个人，却可以接受老徐头对废物居高临下的不屑。如此乱世，老徐头一毫一厘都是靠枪杆子打出来的，眼里哪容得下废物？只是宗启把枪刀端起来下狠劲儿苦练时，并不是为了能不当废物，也没有迎合谁的打算，那时他的目的只有一个，就是逃。

连绵的大山，无尽的密林，以及出没诡秘的土匪群，没有一身好武艺，哪能有闯出去的一天呢？

是豆瓣把枪放到宗启手上的。豆瓣说："你练吧，你肯练，就没有我教不会的！"

豆瓣又说："练好了，看我爹还会小瞧你不！"

宗启没有想到自己读书悟性不高，枪刀一上手，竟像是早已相知几辈子的好兄弟。豆瓣很高兴，豆瓣表达高兴的方式居然是手一挥，猛地往旁一砍，如果恰好旁边有小松树或小杉树，只听咔的一声，立马就一截两断了。如果她更高兴，比如宗启举枪射中了停歇枝头的麻雀，豆瓣会喊叫一声再一蹬腿，就把脚边的石头踢得四分五裂。

宗启想到以前从书中看到的一句很香软的形容：手把手教。豆瓣可以挥得动二三十斤重的大刀，可以闭着眼枪一举射中十几丈开外的任何一个人或一件物，豆瓣耍起拳数十人都未必近得了身。有一次他在山崖边脚一滑，整个人就往下栽倒，以为必死无疑了，却猛地又从下坠变成上飘——豆瓣在那个瞬间，几乎以飞的姿势跨过来，一把将他揪住，单手就捞了起来。

如果一双手提不起二两肉，宗启知道自己连从豆瓣手指头中逃出都是做梦。

第一个女儿开始咿呀学语时，宗启的腿臂已经与豆瓣一般粗壮了。等到第二个、第三个孩子接连降生，宗启相信自己已经大致可以与豆瓣交手了。豆瓣一次次躺在床上一摊污水一摊血水地辛苦生产时,他本来可以寻机溜出金狮山,但他却没有走。

老徐头居然开始把队伍交给他拉出去了,老徐头乐呵呵地说:“妈的,我怎么就没料到你这个废物也能脱胎换骨成这样啊。还是我女儿有眼力啊!算老子走狗屎运吧,捡来这么个女婿!”

此时的老徐头已经不是当初的老徐头了,时不时就喘了,天地间所有的气都不够他吸似的。病一发作,就剩半条命,嗓子咕噜咕噜地沤着浓痰,仿佛那里有只风箱,仿佛那里有口井蓄满了永不干涸的痰,夜里都无法躺下,只能用大枕头垫在背上,半倚在床头。人在光阴面前真是微若草芥啊,从如日中天到命若游丝,不过是眨眼之间的事。

宗启第一次带队伍出山是跟东面老虎寨的土匪交火,没太大理由,仅仅因为老虎寨的人看走眼,错把金狮山抢来的大米半途劫走了。很顺利,米回来了,枪多了三十六条,人还被押回二十个。返金狮山时,老徐头和豆瓣远远就在山脚下等着了。宗启倒吸了口冷气,蓦地又在腹底暗笑了几声。他早明白这是一次考验,队伍里老徐头绝对不至于不伏下盯紧他的眼睛和枪口。这种小伎俩玩儿得没意思,但他还是赢了。

这是一个很好的开端。之后与保安团、独立团、混成旅、北伐军、暴动队,甚至与张鼎丞的红军营以及从江西入闽的朱、毛红四军都有或大或小的过招,他去了,大开大阖一场或者使上四两拨千斤的巧劲儿,总之都不赖,挺漂亮的。短兵相接,命悬一线,然后柳暗花明甚至大获全胜的乐趣令宗启大为着迷,他发现了另一个自己。原来老老实实、中规中矩只是一个外壳,内里居然还深藏着暴烈的、激越的、胆大妄为的另一人。那个人在连绵跌宕的枪炮声中被渐渐唤醒。

他成了与往日完全不同的李宗启。心如枯槁，然后绝地重生，一辈子恰似条被一截两段的蚯蚓，没有死，活下来了，分别属于两个完全不同的地方和不同的人。他本来以为余生也就如此了，不会有改变的一天，不料却突然让他回福州。

从闽西大山深处往外走时，他其实有过往后不再重返的念头。二十年，也够了。已经跨过四十岁这道坎了，暮气将起，总有一天他会像老徐头一样病体缠身，扛不动枪，拿不动刀的。他可以回家了，回家找剑。一把剑而已，老徐头稀罕，他不见得稀罕。把剑拿到，交给老徐头，也算对这二十年有个交代，然后他就留下来，留在状元巷二十九号。

可是这个家却不是曾经那个面目了，至少不再适合已经在山野之中无拘放纵惯了的他。那么怎么办呢，难道他的双脚最终还得再踏进闽西那片红土地？

这时小伊跑进来，边跑边喊："外面有人找你。"

大哥问："究竟找谁？"

小伊把手往宗启跟前一指，说："你！"

宗启很意外。离家二十年，刚回来，竟立即有人找上门？他问："谁呀？"

小伊说："不认识。是个女的，她说自己姓高。"

八

果然是朱紫坊原先那个白净的爱穿青藕色绣裙的高家姑娘。不是宗启认出她，是她自己说出来的。她说："还记得我吗，我是高青桑。"

青桑？这两个字宗启从来没有开口叫过，但他知道，一直没有忘记。“高……”宗启语塞了，“高……姑娘……”他仍只能这么叫。他的眼珠子有点儿发直。原先那个有着窄窄香肩的俏丽女子，已经没有了曾经的圆润，像一片在屋檐上吊挂太久的旧肉，看不到一丝水光山色，仅剩一层焦黑干枯的外壳，皮皱巴巴地覆在嶙峋的骨架上，齐刷刷向下耷拉，眼则往里深凹，眉骨如两座小丘突兀地隆起。但她抹着很厚的粉与胭脂，显然还是生手，脂色没有均匀化开，粉也涩涩地此一处彼一处结着团。

宗启猛地觉得曾经的那个人和那个岁月，都一下子退走了，那么无端，那么决然，连根都一起拔掉了。

大哥二哥都跟出来。二哥不明就里，大哥却很快回过神来。大哥说：“快请快请，高……姑娘到家里坐坐吧。”

高姑娘一点儿都没客气，抬腿就往里走，仿佛这一刻早就该到来。

宗启跟在背后，他注意到高姑娘穿的不再是青藕色绣裙，而是浅紫色湖绉短袄，同色长裤，上下素净，不绣花，不嵌滚边。但高姑娘捏在指间的白地丝手帕却绣满了胭脂红的梅花，乍一看，宛若捧着一束盛开的梅花。

大哥把他们迎进花厅后，就拉着二哥退出去了，还把门也悄然带上。门一暗，高姑娘就开口了，她说的第一句话是：“二十年了，你终于回来了！”

第二句话：“你害了我二十年！”

第三句话：“我下辈子还会黏上你——报仇！”

宗启把大哥放在茶几上的烟筒抓过来，点上，一口口慢慢吸着，然后吐出烟雾，把屋子罩得迷迷蒙蒙，泛出暧昧。脑中有点儿乱，他得清理一下。眼前这个女人，二十年前还是个爱穿青藕色绣裙的小女孩，有一双笑眯眯的半月眼，喜欢倚在家门口那个宽阔的石板上看着东来西往的人。他就是被她看进眼里的无数人之一，无数人之中，她却仅把他看进心里，一次次含羞带怯地把自己的芳心暗抛过来。是他愚钝，也胆小，待他终于明白过来，却已经迟了，台江下杭路荣记大糖行的少爷出现了。她反抗了，但没抗过去，定下亲。他无可奈何，吞下所有的苦，打算认了。直至有一天，在聚春园里把荣记大糖行少爷打倒在地，下了几拳，又加了几脚，然后他就走了，一走二十年……

该怎样评述这二十年呢？宗启把烟筒放回茶几，他想就从问一问她都是怎么过来的开始谈起吧，总之得说点儿什么啊。但还不等他开口，却见对面的女人已经眼一红，霎时间就梨花带雨了，先是小泣，接着用手帕捂住嘴号啕，身子一颤一颤地抖动。太瘦了，骨头一根根醒目地从衣衫下突兀地顶起，像藏着一只只不安分的小动物。

宗启脑门儿上冒出一层汗。多少年了，他都没有这么近地目睹过女人的眼泪。豆瓣是不哭的，老徐头跟他说过，豆瓣小时候就跟别人不同，如果有悲，她只会仰天长叫，发出狼一样的声响，眼却是干的。女人倒是有点儿泪才算正常，但宗启觉得高姑娘并没有太多哭给他看的理由，她是台江下杭路荣记糖行少爷的女人，逼她嫁的人不是他。如果是被人欺了，想借用一下他的拳脚，倒也无妨，光是哭，就让他坐立不安了。

他试探地问："家里好吗？"

"不好！"

"你丈夫孩子好吗？"

"不好！——我没有孩子，一个都没生过。我现在也没丈夫了，嫁过去后他接连不断败财或者生病，就怪上我了，说我是克他的灾星。我早就被他休回娘家了，而他也早就再娶了一个又一个了……”说到这里，高姑娘像打起摆子，整个人都抖起来，两只眼成了两个泉眼，汩汩往外冒出水。

这么瘦的人，竟可以有这么多的泪！

宗启暗嘘一口气，他开始猜测高姑娘此行的目的了。让他再把荣记糖行少爷重打一顿？让他重新把她娶进家门？另外，还有一个更疑惑之处他没弄明白：她怎么知道他回来了？

但宗启没有马上开口问。现在不能问，现在甚至他不能主动说话，更不能做些什么——无论说什么反正都不合适，而一旦做出任何抚慰性的动作，那便意味着一扇门的开启，并且将没有任何退路。总之他得稳住，他得等，等她慢慢喘过气来，慢慢平静下来。

一会儿之后，高姑娘果然渐渐平息下来了，身子支在桌子上，手托腮，幽幽地看着他。

“你有妻室了吗？”她问。

宗启心怦怦跳着，但他很清醒，没有一丝犹豫，很肯定地说：“有。”

高姑娘又问：“你有子女了吗？”

宗启说：“有。”

高姑娘再问：“你打算娶小吗？”

宗启说：“不打算。”

高姑娘轻轻噢了一声，仍噙在眼眶里的泪又重新滚落下来。她俯下脸，用手帕慢慢抹着。脸上的妆已经花了，一撮红一撮黄一撮白，这从来都是女人最不堪的时候，但高姑娘看上去倒不像要急于掩饰容貌，她那样一下一下地仔细抹着自己，像是在字斟句酌地做某种决定。宗启看到她双手撑桌缓缓站了起来,还是有泪,但突然笑了一下。宗启一惊,也猛地站起。高姑娘又笑一声,就往外走。她走得很快,几乎有飘动之感,眨眼间就到了门旁。宗启一侧身拦在她前面,宗启问:“你……不再坐坐?”

高姑娘不看他,眼望向远方的某处。

宗启不敢碰她,但手做出拉她的动作。他说:“不急,再坐会儿。”

高姑娘摇头,说:“二十年都化成灰烬了,再坐会儿又有何益?”

宗启觉得这话倒是在理,他其实也不是多愿意与她同坐,但他隐约有些担心,他不知道高姑娘会不会有什么极端的举动——不是对他,而是对她自己。

“再坐坐,二十年了,多聊一聊。”这话他说得都有点儿磕巴了。

高姑娘把脸转过来,盯着他,嘴嚅动了许久,才说出来:“我老了。二十年前我正花容月貌,所以敢天天站在家门口,现在这副骷髅相就不敢了。但不看,我能干什么呢?我只好趴在门后面,透过那道小小的缝隙往外打量……早上,就是早上我看到你了。你像二十年前那样走过我家门口,脸侧过来,步子慢下来,眼里有光闪出来。我以为自己眼花了,不可能是你。我返回屋,打扮一番,然后一路寻来,寻到你家,竟果真是你,是你李宗启啊!你回来了,可是你……二十年前你肯为我去打人去杀人,所以……可是你却让我白等了……”

宗启叹口气。他第一次跟高姑娘站这么近,第一次闻到她嘴里呵出来的气息,第一次听她说这么多话,这些第一次如果往前移二十年,一切都不一样了,他就不可能从福州城离去,不可能在路上碰到豆瓣,不可能去金狮山,不可能变成今天这副样子。“高姑娘……”他打算说点儿什么了。

但高姑娘手一举，把他打断了。高姑娘说：“不用你安慰，二十年我都活下来了，以后也会好好儿活。”说到这里她用手拢了拢脑后的发髻，又拨了拨那绺垂下来的前刘海儿，“你也好好儿的，你好了……我也就好。”

高姑娘伸手拉门，门一开只听咕咚一声滚进一个人，是小伊。

小伊羞红着脸从地上一骨碌爬起，舌头一吐，飞快跑走。

高姑娘笑了笑说：“这女子倒是不错。”

她抬身往外走，身子已不似刚才那般拘谨僵硬，一步步反倒透出几分韵致来了。

宗启把她送出门，又送出巷口，接着虽有犹豫，但还是索性再往下送，一直送进朱紫坊。一路上两人都不再说话，互相也不看对方。高姑娘穿着粉色棉布平底鞋，脚步很轻，偶尔踩了某块已经松动的青石板，才会突兀地咚的一声，那声音竟有几分幽远的回响。

九

宗启问：“你偷听？”

小伊嘴一撅，咯咯笑起。“你就是为了她逃了二十年？她……”

宗启脸已经黑下来了，小伊连忙收了话，扭身走开。

天仍是阴的，到处乌蒙蒙，看样子雨随时还会变本加厉地再来。如果在金狮山，这时候只要外头无事，便只管蒙头昏睡，睡够了起来，豆瓣已经把饭菜煮好，把酒温热，连碗筷都一一摆放整齐。老徐头一直看不得豆瓣对他这么好，但豆瓣偏要这样。老徐头说：“我以前那个连放出来的屁都能辣死人的女儿哪里去了？”豆瓣头一甩，硬硬地答："死了。"也就是说，以前的豆瓣不是这样子的，豆瓣变了，但只对宗启一个人变，换了别人，哪怕是她父亲老徐头，豆瓣还是一样尖利地说话、火暴地做事，半丝余地都没有。"我上辈子肯定对不住你，扒了你祖坟、杀了你亲爹，所以这辈子老天爷让我来还债。"豆瓣跟他这么说时，还用肩在他胳膊上蹭了蹭，走开几步，又回头笑了笑。

无论豆瓣笑与不笑，对宗启而言其实都没有太多意义。二十年了，他一张脸总是幽暗地绷着，即使有笑，也断不会送给豆瓣。他何曾有正眼打量过豆瓣的时候呢？眼光一飘就掠过了，落到别处。但是很奇怪，回到福州的这两天，他反而一次次没来由地想起豆瓣的好来。

甚至某一瞬，他还心一动，生出抬脚回金狮山的念头。

当然不是现在，现在他得先找到老六，然后找到剑。

初上金狮山时，他在老徐头眼中与废物无异，从废物至后来的庞然大物，这中间耗尽漫长的二十年光阴。他始终不恨老徐头，没有老徐头最初投来尖刀般的一道道轻蔑目光，他不会憋着一口气跟在豆瓣背后发狠学枪学刀学拳，然后一点点脱胎一点点换骨，一点点让老徐头刮目相看。豆瓣惊喜于他的悟性，而老徐头则惊诧于他的可塑性。让他从闽西到福州找剑，不仅仅因为剑藏于他家中，更在于老徐头相信自己身边没有第二个人能够比他更胜任。

不用说，他自己也这么认为。

无论真心还是假意，老徐头都曾与在闽西土地上红火过的红军来往甚多，红白两方打起来时，老徐头偶尔也会拉着队伍助一助阵。那一块地界上，没有人比老徐头更熟悉每一块石头和每一根草木了，他可以领路，可以出谋，可以见机刀枪上阵。红军从来没有亏待他，一场场胜战之后，枪、弹、药、粮就紧随而至了，老徐头图的就是它们。至于整编入伍，没门儿；许以高官厚禄，老徐头眼珠子也不会动一下。不入赤，却也不拒赤，这就是老徐头的狡猾之处。

到金狮山找老徐头的那个人姓路，白嫩，胡楂儿淡淡地浮在腮帮子上，一笑起来鼻子就一耸一耸地抖动，而鼻梁上则架着圆形的黑框眼镜。正因为这个黑框眼镜，大家都叫他路四眼。

没有人说得清路四眼究竟什么身份，有说是红四军哪个纵队的政委，有说是县苏维埃主席。老徐头给过路四眼白绸衫，但路四眼不要。每次来他都穿同一件皂色粗布褂子，冬天里头加件薄棉袄，夏天则仅剩件松松垮垮的单衫，而褂子的口袋里总随身带着几包给老徐头的药，都是大小不一的白色新式药片，有时也会顺路采几种草药，一服服配好，让人按时煎熬。若碰到老徐头突然发病，病得危急，一得到金狮山捎来的消息，哪怕是漆黑的雨夜，天地间刮着尖利的风，路四眼也会立马赶来。走到山上时，或者脸冻得乌青，或者整个人像刚从水里捞出来，衣衫湿漉漉地贴紧身子，横七竖八地皱着。

豆瓣不止一次说过："这个四眼不坏，眼神很正。"所谓眼神，其实无法实实在在攥在手里，这时候的豆瓣又一下子回到她女人的身份上。只有女人才会凭借眼神判断一个人是正还是歪的。

老徐头从来当面不肯夸人，但路四眼一走，老徐头目送他的眼神还是透出少见的柔软。

早先路四眼到金狮山只与老徐头打交道，宗启一直避着他，后来不避了，三杯两盏淡酒之下竟越聊越多。原来路四眼三十岁出头，但未婚，曾是中央国立医学院学生，上海人，家境也殷实，书读着读着，有一天却突然奔到南边来了，成了红军，先到江西，又来闽西。再混熟一点儿，知道路四眼父亲在上海有一家大纱厂，原指望他继承家业，但他不愿意；做学生时路四眼最喜欢穿着“方趾牌”皮鞋吧唧吧唧到处显摆，但现在只要有苏维埃妇女纳的千层底布鞋穿也很高兴；逢过年过节路四眼上山一定带红纸和笔墨，进了门就奔桌子旁，对联一副接一副写，写了就逼老徐头让人把山上所有屋舍门外都贴上。

红彤彤的对联让金狮山一下子有了世俗气息。总是在这个时候，宗启会想起福州，想起状元巷二十九号老家。

他是误打误撞来到闽西的，路四眼却不是，路四眼自个儿迢迢千里辗转奔来，整日乐呵呵的像是来挖金山银矿的。他不知道自己究竟从何时起开始盼着路四眼的到来，路四眼来了，也越来越多和他对坐闲谈，从前的学校生活、上海的风花雪月、古诗古词以及打仗时遭遇的种种离奇，都可以纵情瞎说。

只要老徐头还有一口气，金狮山的老大就不会是别人，但老大这个头衔其实也可能是空架子，供在那里摆摆样子，上下都知道，金狮山的实际掌门人已经渐渐变成了李宗启。

那天如果不是宗启坚持，老徐头不会同意让一百余人扛起枪随路四眼去松毛岭。

那天是中秋节的前两天，阳光已经稀薄了，却比夏日更锐利而精亮，明晃晃地融在山川草木之中，看不出半丝凶兆。其实风声已经很不好，一边大兵压境围剿，一边竭尽全力不被围剿，来来去去已经闹腾了几年，但以往都没这次煞有介事。已经输过几轮的白军看来真红了眼，几十万大兵压境，枪好、弹足，还有一门门结实的大炮。而红军，单看上下那一身破衣烂衫就知道已经拮据到什么地步了。

老徐头就是因此不愿再掺和进去的，老徐头说："看来不妙！"

但宗启却不让步，他说："走，我去！"

松毛岭往东是连城县，往西是长汀县，而长汀再往西，就是江西瑞金——红军最大的巢。宗启没有瞎了眼，他也知道"看来不妙"，白军源源不断拥来，已经漫山遍野，他们要攻下的不仅仅是一座松毛岭，而是西面的瑞金。而红军有多少人守在岭上？宗启问了路四眼，路四眼闪烁其词地说："不多……噢，也不少……"

宗启后来知道，所谓的"也不少"其实只有三万多，包括各地临时拉来的枪杆子，包括金狮山这一百余人。

最终宗启没有去成松毛岭，他只走到松毛岭山脚下的钟屋村，然后就趴在豆瓣的背上，鲜血淋漓地被背回金狮山。如果去了，他必定也与那一百余人一起葬身山上。七天七夜啊，天上飞机地上大炮，山都被削去厚厚的一层，血肉之躯如何能侥幸存活下来？而他因为没有上山，结果活了下来，那一百余个被他执意从金狮山带走的兄弟却一个个倒下了。他们都是能独当一面的老手，在老徐头身边锤打多年，有了他们，老徐头才能在这一带呼风唤雨，他们一死，金狮山就元气大伤了。

老徐头没有因为这件事责备谩骂过半句，而宗启也一次都没有开口向老徐头致歉过。沉默，整座金狮山都死一般寂静。后来老徐头带人去了趟松毛岭，扛回似是而非的一堆残肢断臂，都垒在一起，在半山上挖个大坑埋了。

金狮山半山腰上就无端多出一个大土包。暗红色的土被四周如墨的绿树青草挤挤挨挨簇拥着，远远望去，像一块还未结疤的伤口。

再后来宗启也去了松毛岭。

已经过去三个多月了，一到山脚下，马上身子一趔趄，似有两只蛇从地上一跃扑来，钻进鼻孔。半晌他才回过神来，是臭，太臭了。山上的路已经支离破碎，甚至看不到一小块光滑的地面，都是坑，大大小小地参差连绵。往山上攀去时，一棵棵松树都枝头下垂，不小心稍一触碰，马上嗡的一声，一串乌幽幽的绿头苍蝇就炸开了，四下散起，而松枝则如释重负地往上猛地弹起，悠悠晃动。

宗启鼻翼两边痒痒的，似有虫子爬过。用手一抹，掌心湿了。这么多年，他以为自己眼眶早已干涸得龟裂，却竟然还能有泪，一串串地滚落，止也止不住。

豆瓣就在身边，是豆瓣陪着他来的。豆瓣说："回吧，别再上去了，上面尸骨还横七竖八着，没人收拾哩。"

豆瓣又说："死的人太多了。"

他马上逼问："多少？"

豆瓣迟疑着，半晌才答："当地人说，死了一两万人。"

七天七夜，一两万人性命就没了。

正是枪炮大作之时，红军大部队从钟屋村出发了，先去了汀州城，然后继续向西，再向西，一直向西。路四眼呢？是死在松毛岭上，还是跟着走了？宗启突然有了冲动，他想攀到山上，一处处扒开找一找，看看是否有路四眼。

当然最终他没去成，豆瓣不可能让他去。

那天他再也没说过话。

接下去近一个月，他也什么话都不想说。

睡觉、喝酒，再睡觉，每天他所能做的无非是这些。偶尔他会跨出家门，缓缓向半山腰走去，走到那座大土包前，坐下，勾着头，点着烟，大口吸着，等天黑透了，再缓缓回去。

每一次，他都听到大土包下面，那一百多位兄弟嘈杂的诅咒声一句接一句传来。

虽然没有去松毛岭，虽然活下来了，但宗启觉得自己其实也死过一回了。

老徐头让他去找剑，他二话不说就答应了，他很愿意去。一直以来他不是一直翘首等待着离去的日子吗？那天如果顺利去松毛岭了，他有可能同那一百多个金狮山兄弟一样，早就肢体残缺地死在山上，但也可能侥幸活下来，随着路四眼的队伍离去，然后呢，此时该身处何方？

红军走了，松毛岭上枪炮还炸成一团时，红军大部队就从钟屋村走了，走了一天，走了两天，走了三天……松毛岭整整七天不要命地死扛，原来就是为了让大部队能走得远一点儿，更远一点儿。有消息零星传来，说真的远了，越来越远，往西去，往北去，死了很多人，这一带跟着走的人一片片倒下去，或者残了，或者尸骨难存，一路颠沛，吃尽苦头，但部队终于还是在几个月前到了陕北那一带。陕北在哪里？总之是遥不可及的北方，以前从书本中得知那里冬天雪花漫天，秋天干旱少雨，然后还有什么？他想不起来了。

他不知道该为自己能够继续活在金狮山庆幸还是懊恼。

但他仍然想离开。

现在终于可以离去了，而且是老徐头开口让他离去。

之前宗启一直以为父亲依浩和二哥宗汉是世上最精明的人，但与老徐头一比，都成了小巫。“小”体现在格局上，蝇头小利通常可以牵动父亲甚至二哥的眼珠子，但老徐头却不会。长得黑瘦矮小的老徐头微驼着背、眯缝着眼，却能大开大合地看穿人心深处。如果父亲和二哥算得上人精的话，老徐头则是妖。若是以前，宗启也许会拒绝找剑,而现在不会了。葬在半山腰大土包之下的那些残肢断臂,把宗启身上的傲气击垮了,对死去的这一百余人和金狮山上所有活着的人,宗启都有愧疚。

骄傲的人不好调遣,而有愧的人,却可以让他向西他更西,让他向东他更东。

偏偏剑所在之处就是这个人的老家,偏偏这个人无论勇和谋都可圈可点。

离开金狮山时,宗启确实跟老徐头说了大话:“只要真有剑,就一定找到带回!”连老徐头可能都意外了,这么多年他从来不这么说话。他是个不承诺的人,万千心事都咬碎在心底,更不会用如此嘹亮的嗓门儿大声说出来。那时他不是信口开河,天见可怜,只有找到剑,他才能赎一赎自己的罪孽啊。

鼓楼他又去过几次,上午、下午、傍晚,时间不定,时间长短也不定,可是都没有见到老六。那里每天都一如既往聚着很多闲人,叽叽喳喳说着什么,声音不大,脸色阴沉,眼神诡异。凑近一听,说的都是北面的事:皇上在满洲国改年号“康德”了,张少帅的东北军被老蒋派到陕甘剿共去了,东北冒出一支抗日联军了……

发现人群里多出一个陌生的宗启,那些人连忙闭了嘴,眼都直直盯过来,现出几分惧怕。宗启连忙冲他们笑笑,转了个话题,他问:“有谁知道老六吗?”

他们互相看看,眼中是茫然的。然后答:“没有这个人!”

“耳朵这里长着一个肉瘤。”宗启进一步比画着。

“没有这个人!”回答得愈加肯定了。

他从鼓楼往状元巷走去时,就有点儿丧气。家里有剑,这一点似乎已经无疑,否则吴子琛从北平来、二哥从台湾来,哪能如此凑巧呢？但是风火墙吴子琛找过了，没有，巷子口石牌坊二哥找过了，也没有。那么剑呢，剑在哪里？老徐头说只有老六能够告诉他，可是他找不到老六。

十

二哥居然吸大烟，这是宗启没有想到的。金狮山上也有人吸它，但他从来不碰。当年在福建官立中等工业学堂预科班上学时，他是学生除烟团成员，要除的就是鸦片。可是他现在不能劝二哥，劝显然不会有用，有用大哥早就劝住了，轮不到他。

说起来他对二哥一直是疏远而戒备的。二哥能左右手打算盘，他不会；二哥瞥一眼账本就报得出准确数字，他却得吭哧吭哧算出一身汗，还常常有错。他与大哥不同，一个家庭的长子长孙因为被赋予其他意义，往往独立于兄弟姐妹之外，被更多地宽容与宽恕，而他却不能。他的存在仿佛就是为了衬托二哥的聪明有脑子，对此二哥自己就特别受用，常常鼻子哼哼地瞥着他，令他无地自容。

那年二哥突然走了，无影无踪，他跟家人一样也满腹忧伤，恐惧与牵挂一浪浪扑来，但不可否认，某个瞬间他心里还是暗暗长嘘了一口气。他没有恨过二哥，最多有微微的嫉妒与不甘，心里却非常清楚自己与二哥不是一路人，从来都不是，现在更不是。

一听说二哥回来是为了找剑，他心就一沉。

二哥跟他不一样，二哥没有案底，可是二十六年间竟然也从未回来过，突然从台湾渡海而来，并且先他一步，拆了巷子口的石牌坊。大哥说剑没有找到，小伊也说没有。但真的没有吗？

每次进出巷子口时，他都会停下来，眼光在一地的碎石乱木上睃巡几遍。二十年了，他竟然怎么也想不起从前石牌坊完好无损时是什么模样！只依稀记得很高大，也很宽阔，除此以外，再没有半星影子。他是个健忘的人吗？应该是，又不像是。

他现在特别希望有人能够解答一下，那把剑明明传说匿于状元巷二十九号家中，为什么竟然又有关于石牌坊的另一种传闻？究竟还有没有第三种、第四种甚至无数种可能呢？

真相只有老六能告诉他。

一连几天他都没法睡好。第二进西厢房的第三间，这是他从小就住过的房子，走了二十年，房子依然空着，床、桌、柜都是当年旧物，仿佛他一天都不曾离去过。回家了，终于回家了，他以为自己可以倒头酣睡几天，荣辱皆忘，一身轻松，不料第一个夜晚就无法入眠，脑子里万千面锣鼓擂动，轰隆隆巨响。

在福州城里，他最亲的人只剩下这个大哥了，大哥也没把他当外人，他一回来就告诉他二哥胳膊断了一只，二哥从台湾回来是为了找剑。而他能够把自己此次回家的目的如实告诉大哥吗？不能。要防的人不是大哥，但大哥也是二哥的兄长，大哥背后还有一个特殊的人，那就是百沛的妻子吴子琛。

返家以来他还没见过百沛，也没见过百沛新娶的老婆吴子琛。大哥说百沛去杭州进货了，百沛的老婆则回宫巷娘家去了。以前绸缎厂丝线自己产，卖掉丝厂后只能向别人进货。福州城里也有丝厂，货的质比杭州低几成，价却高几倍，自己跑一趟虽要花些盘缠，终究还是合算的。

二十年前宗启离家时，大哥的儿子李百沛才两岁，走路蹒跚，说话奶声奶气。再回来，大哥说百沛已经结婚了，娶的是宫巷吴家的二小姐吴子琛。大哥指着家中门窗廊柱上贴着的那些已经有些褪色的红对联,说:“那是她写的,她的字。”听得出大哥口气是复杂的,几分忧虑中分明又夹着几分炫耀。看那字,好字啊,几乎寻不见半点儿女子的柔弱之势,一撇一捺都颇有气象,暗藏机锋,劲道扑面。这样的女子,偏偏还是宫巷吴家的女儿,她怎么可能嫁进状元巷二十九号呢?这个问号他一开始就在脑子里浮动了。这是一座如此在意门第的城市,富家小姐不是不可以下嫁寒门书生,但必须理由充分。大哥之子百沛有惊天之才吗?大哥说:“会做几首小诗罢了。”有潘安之貌吗?大哥说:“相貌与你年轻时相仿。”既是如此,便有蹊跷了。主动让媒人登门求婚,主动承接婚庆所需一切财物,然后匆匆把女儿送进洞房,腰包肥厚贵为全城首富的吴家,从来趾高气扬正眼都不肯看别人一下,如此卑躬嫁女,必定另有所图。

果然,后来听小伊一说来龙去脉,他就明白了。剑,一把价值连城的青铜剑,把燕京大学的女学生从遥远的北平吸引到状元巷二十九号的李家来了。挖开风火墙后,没有找到剑,所以她没有走,仍然留下。如同二哥,二哥拆掉巷子口的石牌坊,也不见剑,所以二哥也不走,终日横在那张罗汉床上吸着大烟。

那么剑在哪里呢?他没有可以商讨的人,无论如何,还是要等着老六的出现。

大哥已经对他天天跑鼓楼生出疑心了,大哥问:“你有事?”

宗启一时找不出更好的理由,搪塞道:“没事,就是……见一见人。”

大哥问:“见谁?”

宗启说:“高家那个……就是那个高姑娘。”

虽是应付性的回答,说的却并非全假。前两天在鼓楼,他果真碰到高姑娘了,还是描了眉化了妆,很浓的粉很艳的唇,手里仍捏着绣花手帕，一见到他，便羞涩地一扭身，似要闪开，但宗启还是一眼就看明白了，她其实是尾随他而来的。

“你在找人？”她幽幽地问。

宗启还未答，她就又开口了：“你这是……来找我的吗？”

宗启知道自己这时不能含糊，便说：“不是你！”

高姑娘立即像被烫了一下，头霍地抬起，幽怨地看过来，问：“那你在找谁？难道你还有……还有……你真的还有另外的相好？”

宗启说：“不是相好。”

高姑娘愣了片刻，猛然陡地嚷起：“别想骗我！哼，看你急的，急着找人，眼珠子都快滚下来了，不是相好？不是相好能急切成这样吗？人家不理你了吧？你终于也尝到人家不理你的苦了吧？你明明跟我说不打算娶小，可是为什么你却瞒着我眼巴巴地等着另一个女人？她是谁？你得跟我说实话。你不跟我说实话，我天天来这里守着！”

高姑娘果然说到做到，宗启再去时，离鼓楼还有一里地，就听到背后的动静。他没有回头，想也知道那个人是谁。胸口那里有些堵，他弄不清是烦躁还是恼怒，但他提醒自己忆起二十年前在朱紫坊，在高家大院门外，那些肝肠被揪得一颤一颤的场面，他得忍着。

还是没看到右耳郭长一个黄豆大的小肉瘤的黑衣人，还是没有老六。他伫立了一会儿，返身要走时，高姑娘拦在面前。“你不能这样子！”她眼里竟然含着泪了。

宗启叹口气。扭头望去，鼓楼那里这会儿空荡荡的，没有一个人影。

高姑娘说：“你看你，为她这么痛苦。她到底是个什么样的女人啊！”

宗启摊了摊手,一侧身,大步走开了。该说的话他觉得已经说完了,再重复一遍已经没有意思。二十年前他欠下她什么了吗?没有。他没有伤害过她,反而为了替她抱个不平,出手把荣记糖行的少爷打翻在地,因此付出远离家乡、在金狮山过二十年颠沛流离生活的代价。即使有罪,他也已经自我惩罚了,都两清了。

他问心无愧。

临近状元巷时,管家老刘远远就迎上来了。"快,你老婆来了!"

"老婆?"宗启不解。

老刘焦急地比划着:"脸很大,嘴更大,鼻子塌塌的,个子很壮哩。这里,眉心这里有一颗黄豆大的痣。她自己说的,是你老婆。老爷看来者不善,怕有诈,急坏了……"

宗启把老刘往旁一推,小跑起来。他没有想到豆瓣竟然也来福州了,并且找到这里!

十一

民国二十三年秋天带着一百多人离开金狮山去松毛岭前,宗启没有跟豆瓣道别。

红军在闽西"看来不妙"的说法那时已经持续一阵子了,而且局势越来越不好。不断被围剿,一次接一次,掰着指头算了算,这应该是第五次了。就是一块裹着几层铁的硬疙瘩,也禁不起如此轮番锤打啊,而且这次最不得了,人马越来越多。

路四眼又到金狮山了。外人没有谁能像路四眼这样自如地上得了山,刚一站定,路四眼把自己脚往上一抬,然后哈哈笑起,手在大腿上一拍,指着老徐头说:"又费掉一双草鞋了,老徐头你快赔给我！”

路四眼不是来走亲戚的，他其实心里一直打着算盘，想把金狮山上的人马都收编到红军队伍里去。这里各个都有好身手哩，枪法相差不会在毫厘之间，但老徐头不愿意。其他事老徐头对路四眼宽一宽松一松都无妨，要人马，那等于要老徐头的命。老徐头说，老子落草几十年了，天当房地当床，天庭地府都没放眼里，你们想弄个笼头套过来？去你妈的！但偶尔一些小仗，却可能有大利时，老徐头也会手一抬，放出一些兄弟随路四眼下去帮阵，帮也不是白帮，或粮或枪弹布匹，一点儿亏都不能吃。

这次路四眼一开口说要带些人去松毛岭，老徐头却拒绝了。老徐头说，松毛岭不妙，守不住，不能去。

最后宗启却一口答应了下来。

宗启答应是因为他另有想法。

“红军要走了吗？”他当时问路四眼。

路四眼没有答，警觉地看着他。

他接着问：“都在猜测，红军看来要走。是真的吗？”

路四眼还是不答。

他急了，一把揪住路四眼的肩膀说：“你可以不答，你只要点个头。你点头了，说明就是真的，那我可以马上带上一些人马跟你去松毛岭！”

路四眼本来一直若无其事地笑呵呵着，这会儿不笑了，沉着脸，凝神半晌，轻轻地、迅速地点了点头。

宗启又问：“往哪里去？西面、北面还是南面？要走多远？走多久？”

路四眼摇了摇头，眼望到远处去了。

半个时辰后，宗启带着一百余人，拿着家伙急匆匆向松毛岭赶去了。路四眼让他们先到松毛岭山脚下的钟屋村，待各路队伍集合齐了，再按指令上山守着。但是他们前脚刚进村，后脚豆瓣也赶到了。从认识的第一天起，豆瓣没有对宗启黑过脸，这次却例外。豆瓣虎着脸站在门槛上，身板硬邦邦的，眼把屋里人扫了一圈，然后跳下门槛，几步就跨到宗启跟前，粗着嗓门儿说："给我回去。"

宗启白过一眼，充耳不闻。

豆瓣脚一跺，吼起来："给我回去！"

周围的人都愣了，呆呆看过来。他们都是老徐头的手下，没有人敢惹豆瓣。宗启知道场面有点儿难看了，自己再不出手，就下不了台了。他迎前一步，问："你想怎样？"

豆瓣一下子软下来，居然眼眶都湿了。她说："你想走？"

宗启一惊。他是想走，他想借着松毛岭这一仗，然后跟着红军走，这个念头他谁也没说过，豆瓣却知道了。

豆瓣说："你真的想走？想抛下我，抛下一堆儿女走得远远的，再也不回来了？"

宗启抿紧嘴。这么多年他一直想离开金狮山，却一直未遂，现在机会来了。行军、打仗，这已经是他很在行的活儿，并且有那么多人结伴同行，包括总是笑眯眯的路四眼在内，他相信那该是有趣的，壮观的，波澜壮阔的。他不是为了抛弃谁，只是想离开，却未想过将来的某一天还会不会再回来。

豆瓣说："你能不走吗？你……别走！"

宗启眼光看向别处。他在找路四眼，把他们带到钟屋村后，路四眼就被人急匆匆叫走了，似有什么大事。路四眼说他去去就回来，却一直没回来。

豆瓣把手臂猛地一挥,拖出哭腔喊道:“你这个丧尽天良的,给我回去!”

宗启头一扭,还是不打算理会她。

从金狮山来这里的路上,他已经跟路四眼私下说好了,这一仗打下来之后,就把他领进红军,他要随队伍一起离开,走得远远的。路四眼很高兴,一口答应了下来。事已至此,已是箭在弦上了,他不能反悔。何况仗就要开打了,已经不时有零星枪炮声传来,他现在回金狮山,等于失信于人,等于临阵脱逃,等于背信弃义,他不会这么做。

这么多年,他一直在豆瓣面前可以无拘无束地为所欲为,他已经习惯那样的放肆,他以为豆瓣也已经习惯,没有想到这一次却不一样。在他转身的一瞬间,只觉得腰间一紧,别在那里的枪已经到了豆瓣手中。紧接着枪响了,一股巨大的狠力从背后猛撞一下,再一下,左腿一麻,接着右腿再一麻,然后整个人就往前扑过去了。这个过程电光石火,在场几乎没有人回过神来,宗启已经倒在地上了。

静默片刻后豆瓣慢慢蹲下,剪开他的裤管,从兜里掏出一包药撒上,再从衣衫上撕下一块布包扎好。有人过来要帮忙,还没靠近,就被豆瓣厉声喝住了。豆瓣说:“不用管他,你们准备上松毛岭!”

然后宗启就到了豆瓣的背上。

宗启很清楚究竟发生了什么,但他一直闭着眼,不拒绝,不反抗,不说半句话。豆瓣的狠方圆百里无人不晓,一旦豆瓣出手了,就大局已定,她可以鱼死网破,也可以玉石俱焚,愈反抗她愈玩儿命。

从钟屋村返金狮山得翻一座座山、跨一道道坡,宗启都一直在豆瓣的背上。豆瓣把他拽得紧紧的,走得大步流星,几乎在跑。身后子弹的呼啸声与炸弹的爆裂声很快就交织而起了，浓密得震耳欲聋，而头顶则不时轰隆隆地掠过飞机。

有生以来，这是宗启第一次见到这个叫飞机的怪物。

七天后，当老徐头派去松毛岭打探的人回来说了那边的情形，宗启一下子就抓起周围所能抓到的所有东西往地上狠狠砸去。他还躺在床上，豆瓣向他开了那两枪都击中了要害，却没有伤到要害，豆瓣只是阻止他，不让他走，更不让他死，却把他置于不仁不义的境地。豆瓣不觉得对死去的那一百余个金狮山兄弟有愧，他却不能没有。

豆瓣又变回到原先的那个豆瓣，无论他如何使性子发脾气，吼叫、谩骂，豆瓣都是笑眯眯地听着，不回嘴，不辩解，不顶撞，反而怕他口干舌燥，特地去端来一杯水，双手托着，温和地看着他。那天出现在钟屋村的豆瓣，昙花一样在宗启面前龇牙咧嘴地凶狠绽放一下，转眼又无影无踪了。十几天后，当解掉绷带，新愈合的伤口像两个羞答答的小女孩，粉嫩嫩地露了出来，宗启终于在心里长叹一声："这是怎样的一个女人啊！"

豆瓣的第一枪击中他左腿外侧，第二枪击中右腿外侧，非常整齐，像用尺子准确丈量过的。他用手在伤痕处捏了捏，找到子弹头行走过的路线：就贴着骨头的边缘，丝毫不差地擦过。如果各自再往里偏一点点，就可能伤着骨头了，而一旦击中的是大腿内侧，无疑宗启将不等回到金狮山，就早因失血过多而一命呜呼了。

他上一辈子欠了她，或者是她上一辈子欠了他吗？

回福州来找剑，是这二十年来他第一次远远离开她，明明是她父亲老徐头委派的，可是她竟还是撇下一群子女从金狮山追来了。

宗启跨进门时，果然看到了豆瓣，她正坐在大哥的对面，抿着嘴倾听着,不住柔顺地点着头。居然红衣红衫红鞋,绾着整齐的发髻,髻上插一束粉红的杜鹃花,甚至抹着口红,却因手法不娴熟而边缘参差,现出凌乱与无序。一见他,豆瓣腾地站起,马上又收了步子,将双掌叠起,搁腹部前,款款行了个礼,小声道:“我来了。”

大哥也从椅子上站起,迎上几步说:“老三,她说是你……”

宗启对大哥点点头，眼光还留在豆瓣身上。他从没料到豆瓣也会有在外人面前装贤淑充温婉的一天，太陌生了，几乎认不出来。

第二进西厢的第三间，也就是宗启住的这间屋子是不安电灯的。电灯这玩意儿,在二十年前宗启离家前,状元巷还没有电线拉进来,整座城也仅是那些个腰包富得流油的达官贵人才享用得起。父亲依浩总是讥笑那些非得把晚上也弄得跟白天一模一样的人,他说夜与昼,该黑得黑,该白就必须白,如同男人和女人,弄成一样那不是乱了套吗?宗启不知道家中是在什么时候也拉上了电灯,但属于他的这间屋一直没有。他不在家,凭什么要白白多花钱买电线和灯泡哩?倒是前几天大哥想让宫巷吴家开的电气公司派工人来,被宗启阻止了。难道要长住下去吗?他觉得未必。那么有油灯就行,够了,至少先对付着。

晚上一跨进这间屋子,刚点上油灯,关好门,豆瓣就猛扑过来,一把抱住了他,撩开他衣领,拉出那枚翡翠如意扣,对着光亮处看了看,两只胳膊就顺势箍到他脖子上,头重重地抵住他前胸,牙咬着他衣裳。半晌,她说:“它……还在啊!”

宗启掰开她的手,开始脱衣服。她上下看着宗启,又把身子黏过来。她说:“我以为你……我就知道没有找到剑,你不会消失,你不会丢掉这枚如意扣!”

宗启一反身，一只胳膊把她夹起，重重一抛，豆瓣就到了床上。宗启心里轻轻笑了一下，他知道能够这么轻易把豆瓣举起，是因为豆瓣在配合他。

十二

那天夜里宗启没有说起老六的事，豆瓣也没问。

豆瓣倒是说起了路四眼。

路四眼没有随大部队一起走，居然留在闽西。那次路四眼也上了松毛岭，被打中了，身上七处枪眼，肚子还炸出一个窟窿，差点儿被当成死人，靠一口气，被人抬下来，但也废掉了，养了一年多才缓过劲儿来，然后竟然又独自上了金狮山。

“他来找你。”豆瓣说。

宗启心里咯噔了一下。

红军大部队走了，却并没走尽，这从四处不断传来白军在哪里哪里清剿的消息中可知。只是一年多来，再没见过有哪个红军方面的人去过金狮山。宗启以为他们不会再出现，没想到路四眼竟然又去了。路四眼没有死，活着！宗启悄然嘘出一口气，他没想到，自己会为路四眼还活着如此高兴，真的高兴，整个肚子都轻轻颤动了一下。

第二天早上醒来后，他发现旁边是空的。豆瓣呢，她去了哪儿？

一会儿豆瓣推门进来，走到床边站住了，歪头俯身看过来。“没想到你家这么大。”她说。

“没想到你家里人这么多。”她又说。

往旁边走两步，她突然想起什么似的，又返回，问：“那个姓吴的，你大哥的儿媳妇，她是从北平来的？”

宗启从床上坐起，伸了个懒腰。事不宜迟，既然豆瓣已经来了，那他就得跟她谈一谈剑了。豆瓣这一趟仅仅是为了来看一看他？他不相信。

他咂咂嘴，开始从吴子琛说到风火墙，再从二哥说到石牌坊。他使用的是平淡低缓的语调，若无其事又事不关己似的，却见豆瓣已经张大了嘴，眼珠子都直了。她说：“那……”后面的话她明显是咽下去了。她为什么要咽下去呢？宗启挪到床沿，趿上鞋，穿起衣服。开始低头系扣子时，他冷不丁问道：“真的有老六这个人吗？”

豆瓣似乎没听见，出去端来一盆热水，绞好毛巾递过来。在金狮山时她每天都这么做，金狮山是她家，而这里却是宗启的家，她仍然做得理所当然。等宗启擦过脸，把毛巾丢回木盆时，豆瓣才像突然记起似的，随口说：“没有老六。”

顿一下她又说：“果然你已经猜出来了，哪里有什么老六啊？根本没有这个人哩。”

宗启猛地抬起脚，但他并没有去踢翻一旁的凳子，而是马上收住了。这里不是金狮山，看来他得不断提醒自己。他扶好凳子重重坐下，现在到了何去何从的关头上了，没有老六这个人，可是老徐头却让他从金狮山一路赶到福州城的鼓楼和老六接头，这其中藏有什么样的奥妙呢？只是要耍一耍他？

豆瓣仍不着急，她端起木盆出去，倒掉水，在厅堂上碰到丁淑云，甚至像久别重逢的亲人般热乎乎地聊了一会儿。待到反身进屋时，她顺手关上门，然后在宗启对面坐下。“你也知道，那不是一般的剑哩。”豆瓣说，“你更知道这把剑对我们金狮山的作用。所谓老六……好吧，我爹那人心眼儿多你难道不知？他这把年纪了，金狮山这个窝就是他的命根子,而你……哈,你看看你,回福州几天都吃得长膘了,可见以前我还是没把你伺候好啊。"说到这里豆瓣伸过手,在宗启腮帮子上亲昵地拍了拍。

宗启一动不动。他注意到豆瓣的话说着说着,总是拐个弯就半途溜走了。以前也这样吗?不是。以前豆瓣恨不得肝胆肺都悉数掏出来,明明白白一览无余地摆在他面前,任他戳,任他踩,越戳越踩她竟越兴高采烈。那么,现在的吞吞吐吐自然就另有玄机了。

"不高兴了?"豆瓣软绵绵地靠过来,用腰部在他肩头蹭几下。

宗启端坐着,仍然一动不动。他从来就没有在乎过豆瓣,可是现在豆瓣有秘密却瞒着他,令他肚子里不免咕噜咕噜地翻腾起来,他相信那应该是恼火。如此被动是他不适应的,也不能容忍。他猛地站起,肩膀却被豆瓣结结实实按住了。

豆瓣说:"我们想拿到剑,可那些人也想!"

豆瓣继续说:"早上起来,我已经在你家转了一圈,外墙也转过了……这么大一个家,要找到一把古剑,还真不是太容易的啊。风火墙已经被挖开过了,巷子外的石牌坊也被拆成那样,都没有。是的,没有。那么……噢,你看你又急了。别急,这不是靠枪靠拳就能施展开的地方,比武力我们不输,但靠脑子我们都比不得北平那个大学生,也不如在台湾见过大世面的你二哥。我的意思是……呃,你知道牌堵在哪里吗?"

宗启仰起头看着她。豆瓣的话像曲径通幽,虽绕来绕去的,终于还是渐渐抵达目的地了。他已经坐不住了,站起,转过身瞪圆眼俯看着豆瓣。这个姿势与神情以前他从来不曾在豆瓣面前使用过,豆瓣也像被吓着了,往后退了一步,愣愣地看着他,然后才缓缓笑起。"你看我都糊涂了,这是你的家,你当然知道牌堵在哪里。对,大门口外侧,在屋盖上方,那两个高高耸起的地方,你们福州人称为牌堵。我已经仔细打量过了,上面只有凳子这么高,两把椅子面这么宽……左边,听清楚了吗?我爹听说那把剑就在……在左牌堵里头。”

屋里安静了片刻,宗启甚至听得见自己衣襟下怦怦怦的心跳声。

大门口外侧的牌堵,是由马鞍形的风火墙延伸而来的,向上隆起,左右对称,气派壮观。福州人应该是天底下对自己住的房子最在意的吧,墙必须是曲线的,线条柔和而大气,不横平,也不竖直;门窗得雕花,卡榫斗拼或镂空精雕,饰上飞禽走兽或人物花卉;而前院墙正中的矩形师门之上,得有门楼覆盖,还得再有牌堵装点。以前父亲依浩常指着一左一右的牌堵问:“像不像两顶官帽子?”那时父亲一心希望有儿子走上仕途,加官晋爵,飞黄腾达,但当官先得考科举,读不了书,又怎么可能当得上官?

所以每次父亲问时,宗启都不答。他其实觉得那块飞翘隆起的牌堵,更像两面高高举起的旗子,使房子顿时多出许多肃穆与威风。

那把青铜剑居然藏匿其中?

他从自己屋里出来,装模作样东张西望几下,然后慢慢往门外走去。到师门旁,停住了,倚到石框上,眼睛悄悄向上瞟着。

之前他真没在意过自己家的牌堵上究竟饰着什么图案——竟左右各塑着几株稻穗与三只喜鹊,喜气扑面而来,虽残破大半,但留存下来的那些,仍有四溢的精致与华丽,如同一位美貌贵妇,尽管年华已逝,满脸皱纹步履蹒跚,眉宇间却仍荡漾着夺人心魂的万千韵致。它们是何年何月由谁修造起来的?是在父亲依浩手中,还是更久远以前房子的哪位主人？这一点他得先弄清楚。

耳边一阵轻微的风过，他警觉地猛一转头，看到小伊了。

小伊弓着身子正蹑手蹑脚地从仪门后探出头，见已被他发现，直起身子，嘻嘻笑了。“你……在看什么呢？”

他捋捋头发，突然对一个问题好奇起来，他问：“小伊，你叫我大哥大叔，叫我二哥二叔，既是这样，我便是你三叔了，怎么从未听你喊过？”

小伊立即不笑了，细白的脸上一下子红透，像一块水头上等的红翡，晶莹地透着光。她说：“我……没喊过吗？真的……没有吗？”

宗启觉得有趣起来，说：“真的没有哩。要不，现在喊一声？”

小伊双手叠在小腹前，无措地扭动几下身子，唇动了动，最终仍没喊出口。

宗启问：“不认我做三叔？”

小伊头一歪，呢喃道：“不是不认……是你……你长得凶，不像是叔……”

宗启笑起，这哪是个理？

小伊接着说：“你老婆更凶！你怎么会娶那样的……老婆呢？好老了啊，脸上那么多褶子，像树皮，像……”

宗启没有再听下去，他看到管家老刘正从巷子口走来。

父亲买房、修房时，老刘都紧贴左右，架梁、覆瓦、整修门窗，即使不一一介入，应该也多少目睹过、耳闻过一些。他跟着老刘往里走，走到无人处，便问起房子的事。老刘想了想，却摇头了，老刘说：“不记得了，多少年以前的事了，哪里能记得？”

宗启点点头。忘了？有可能。房子新买下时，他也和大哥二哥一起，被父亲带来看过，那时他往牌堵上打量过一眼吗？也许有，也许没有，总之他已经丝毫找不到一点儿记忆了。但他可以不记得，老刘却不能，老刘不是他，他那时尚未成年，眼前的一切都是懵懂模糊的，而老刘却已经有妻有子有无数阅世经验，老实持重，心思细密。

他说："再想想，当时房子里是破破烂烂的，但风火墙是完好无损的，那么牌堵呢？我爹修过门外的那个牌堵吗？"

老刘还是摇头："你爹那时哪里肯让别人过问屋子的事？别问我，问也白问。"

顿一下，老刘好像突然才回过神来，低声问："牌堵怎么啦？"

宗启仓促一笑，开始后悔。匆匆敷衍一句，他反身离去。到了自己屋子，豆瓣迎上来，问："怎么了，脸色这么难看？"他叹口气，重重坐到椅子上。这么多年，在命悬一线的枪炮缝隙里，他其实已经学会了隐忍与镇定，泰山压顶都可以神色自若，可是刚才一不小心还是草率了，他真想狠狠抽自己一巴掌。

无论如何，他都不该问老刘的啊。老刘和二哥之间的特殊关系，他不是不知道，却竟然给忘了。

十三

除了他回家的第一天，兄弟仨人一起去山上祭拜父亲外，之后宗启没有再与二哥一起外出过，甚至连话都很少。终日慵懒地躺在罗汉床上的二哥，即使不在抽烟，也蔫蔫地紧闭着眼假寐，浑身骨头仿佛都被人抽走了，仅剩下一摊烂肉。大哥呢喃道："他毁了！怎么办呢，他这样就毁了啊！"

大哥没有具体说是怎么毁的，宗启一下子想到石牌坊，他相信与石牌坊有关。

已经拆掉的石牌坊,石木构件东一块西一块委靡于地,他看到大哥每次外出，但凡碰到巷子里的人，就一下子成了遇到猫的老鼠,缩着脖子,勾着头,远远就开始作揖赔不是,口中诺诺:“牌坊会重新建起来的,马上马上……再容我些时间,得罪了,还请多多担待啊！”

牌坊拆掉后,原本说好紧接着就建起,结果却歇下了,迟迟不见动工。

宗启问:“石牌坊真的还要再建起？”

大哥说:“要，要，不建起我在这条状元巷里还怎么站得住脚呢？”

“那为什么又不建了呢？”这是宗启一直不解的。返家这么多天,巷子口那里始终偃旗息鼓,并不见半个工人的身影。

大哥唇动了动,沉吟片刻,又说起了剑。

天气已经转暖了,太阳光隐隐有了些许尖利的力气,而身上的衣裳也褪得渐渐单薄起来了，可是宗启发现大哥说着说着竟像被冻着了似的缩起身子,脸色铁青。大哥说:“老三啊,老三,真没想到是这个结果哩,费了那么大力气,找了半天,结果不是剑,只是一根锈掉的铁棍子,你说你说……我心里就像被人一刀戳穿了,痛得几大几夜都没法睡啊。没想到老二更……你看看老二,他竟然 下了颓成那副德行！没办法啊老三,我也只好硬挺着支撑下来,谁叫我是大哥呢？”

宗启点点头。找剑的过程他已经听小伊说过了，但由大哥再述说一遍,听起来分明又是另一种滋味。拆牌坊时要先给巷子里每户人家一百两银子，这钱宫巷吴家给掏了；出了麻烦砸伤黄爷的脚,吴家又出面让黄爷服服帖帖闹不起事……至少到目前为止,李家其实还不算太倒霉,二哥何至于如此一蹶不振?

大哥叹了口气,说:“说的就是这个理啊,能有剑当然好,有了剑我们家从此也能富贵荣华、光宗耀祖了!可是如果没有呢?老三啊,那把剑不是说价值连城吗?既然那么贵重,也不见得我们李家就有福气拥有它,要是有,你说这都多少年了,明明一直藏在我们家,可是连爹脑子那么好使的人都没发现它,甚至不知道有它的存在,又何况我们兄弟呢?这么一想,我心里就好受了点儿,再多想想,就干脆放下了。可是老二他……一个人少一只胳膊后,是不是就跟常人不一样了,呃?我整天心都提到嗓子眼儿啊,老二他太可怜了,孤零零一个人,没人嘘寒没人问暖,偏偏你看他又吸上了大烟……那大烟是人吸的东西吗?要重新把那石牌坊建起来,还得有一笔钱哩。这钱本来有,可是转眼就被他吸掉了……”

宗启问:“是因为没钱了,所以才没动手建的吗?”

大哥说:“钱是一方面,另外,唉,老三,怎么跟你说呢?这石牌坊在巷子口已经立这么久了,拆之前我就跟巷子里的人答应过了,会一模一样再修起来,哪块拆下的石头,只要没毁坏,就一定让它回到原来位置上,木头也一样。可是现在工人都走了,谁知道哪块石头在原先的哪个位置上?他们以前给拆下的石木都编了号,号码顺序只有他们能懂,别人哪里能懂得啊。”

宗启有点儿意外,没料到这居然还能成为问题。他唇动了动,最后还是抿紧了。牌坊与他无关,与他有关的是大门外的牌堵。

那天晚上熄灯躺下后,他没有像前几夜那样在豆瓣身上横来纵去地折腾捣鼓,他眼眯着,胳膊枕在脑后,鼻息粗粗地呼出。正是满月之时,精亮的光从微敞的窗子上款款透进,屋里的一切都显出几分诡异的暧昧。他以为豆瓣睡了,结果豆瓣并没有。安安静静的豆瓣突然蠕动起身子,向他贴近过来,胳膊横过来,拢住他腰身,腿也一把勾过来。这时候柔若无骨的豆瓣,总是与平日里习惯对别人横眉怒目判若两人,从此极到彼极,也只有豆瓣可以如此自如地穿梭往来。

“想出办法了吗? ”她问。

宗启没有答。豆瓣以为他在想办法, 其实刚才他脑子是空白的。不是他不想,而是已经无绪了两天,眼前像是立着一道厚厚的墙,却始终没有看到可以撬动这道墙的任何方法。好好儿的牌堵,动一动它当然不是难事,但要动得不露痕迹就棘手了。从金狮山离开时,他虽然满口应承了老徐头,心里其实对青铜剑之说却是存疑的。怎么可能,天下广厦千万间,哪能那么巧,竟偏偏藏在状元巷二十九号?但回到福州后,他终于信了——至少他希望这是真的。价值连城的剑啊,他现在需要它,他需要钱。

但它不是唾手可得的。

大哥好对付,要命的是这个家中还有二哥,还有宫巷吴家的二小姐吴子琛。

“要不……”豆瓣迟疑起来。

“不许乱来!”宗启马上厉声打断她。是的,不需要他出手,豆瓣一个人确实就可以攀墙附瓦,转瞬就可以把左牌坊一拳砸开了,墙再坚硬、牌坊再高大都不在话下。可是现在能用蛮力吗?明摆着是不行了。在他之前,早已经有两个人千里迢迢抵达这里,都眼巴巴地盯着的同一把剑,费尽心机上下寻觅,那剑在他们各自心里,就早有了归属,谁都以为那剑应该是他或她的,容不得别人染指。如果在他们眼皮底下强行砸开牌坊,即使里头真有剑,剑被他拿走,哪一个人不会红了眼跟他拼命呢？

他不惧跟外人拼命，刀枪剑戟迎面扑来早已眼皮不会多眨一下了，但他不愿跟状元巷二十九号里的任何人交手。在外拼杀了二十年，脚下尸横遍地，眼前血光四溅，他早就倦了，好不容易返回，他不能让血腥味在这个家里也弥散开。

当然，最要紧的是他不愿见者有份儿。

他听从老徐头的指令，从金狮山来福州寻剑，那剑他不仅仅是为老徐头寻找的。金狮山半山腰上有一座大土包，土包里草草埋着倒在松毛岭上的那一百余人的尸骨。老徐头看清形势不妙，便不想介入其间，是他执意把那些人从金狮山上哗啦啦带走的，走时一个个活蹦乱跳，一身勇猛蛮力，眨眼间却只剩下肉血模糊的一堆残肢断臂，蜷于土包之下，化成泥了，化成水了，日日幽怨悲鸣。他知道自己从此欠下他们了，一辈子也还不清。如果有钱，他要一户一户把金银财宝送到他们家，让他们父母、妻儿余生荣华富贵，至少衣食无忧。

这一点如果做不到，至少今生他内心不可能再安宁。

所以，他必须拿到剑，剑必须属于他，不能让二哥或者那个吴家的二小姐横插进来。

但是现在看来非常棘手，几乎毫无头绪。

十四

豆瓣能够和大哥的妾丁淑云打得火热，是宗启没有想到的。

其实宗启从未与人说过她来自何处，有怎样的身世，也没有人开口询问过，大约都将她看成是一个大字不识的庸常女子，容貌老气了点儿，穿着土气了点儿，双脚粗大了些，手臂壮实了些，然后不会再往深处多想，最多以为出自农村，干过粗活儿，有一身蛮劲儿，能吃得起苦。豆瓣从进门的那一刻起，就顺应了这些，居然会装低眉，会扮顺耳，连嗓子都夹得细细的，步态收得小小的，不似从前那样声若洪钟、大步流星。

丁淑云缝衣绣花时，豆瓣会猫一样窝在旁边，眼巴巴地看着，宛若一个没有见过世面的温良恭俭让的厚道女子。而丁淑云说话时，她则专注倾听着，不时嗯嗯地点着头，下巴一翘一翘的。宗启就不免暗叹，一个人有着多么可怕的伪装能力，摇身一变，那个对外人狼一般激烈凶恶的豆瓣，竟然成功披起一张无辜的羊皮。

豆瓣这样做，当然是必要的。

这个貌似粗拉拉的女人，其实内心从来不曾犯过糊涂，没有谁能够比她更善于看透自己所处的位置，然后看准缝隙，准确出手，占据主动。但这样的伪装太费力了，短时间忍忍倒可以挨过去，日复一日长此以往，一般人尚且无法承受，何况从小在山上撒野惯了的豆瓣。

夜间躺下时宗启说："算了，你先回吧。"

豆瓣很意外，欠起身子俯瞰过来："回？那怎么行！你在哪儿我在哪儿，你还没拿到剑，我怎么能回？"

宗启就没打算再往下说了，说反正无益。这么多年豆瓣一直迁就他、顺从他，水一样柔软可欺，但他知道这都仅是浅浅的一层，水之下有坚硬的岩石，还交错着万千泥沙、淤泥、暗流、漩涡、礁石，那些东西仍日日浩荡林立，须臾不会被任何人所泯灭——这才是真实的豆瓣，金狮山老大老徐头的独生女儿豆瓣。

豆瓣似乎猜出宗启在想什么，哧哧笑起，然后又叹了口气说：

“城里人比我们山里人难懂多了。”

宗启没有再理她。他们之间一直是这样，他不理，豆瓣似乎也不需要他理，只管自顾自往下说：“那个小伊，像是被我得罪了。我怎么就得罪她了呢，一句话都不肯跟我说。一声声叫唤她，也不应。还有，喃，你也没想到吧，百沛和吴家二小姐不是去杭州……”

宗启一惊。他返家后并未见过百沛小夫妻，大哥说他们去杭州进货了，却不是，他们去哪儿了？

豆瓣说：“他们在找人。”

顿一下，豆瓣又说：“在找一个叫阿强的人。”

第二天宗启就知道阿强是谁了。他问了小伊。小伊起先也不知，但半个时辰后小伊找来，告诉他，阿强是老二从前在马尾船政学堂读书时认识的老熟人，后来一起去了台湾，这次又一起回福州来了。

“你见过他吗？”宗启问。

小伊摇头。

“你怎么知道？”宗启又问。

小伊撅着嘴犹豫了一下，才说：“我问二叔了。”

躺在罗汉床上的二哥，终日不理其他人，只对小伊一个人例外，大哥因此便让小伊端茶去，送饭去。大哥还让小伊去劝一劝，把那杆大烟枪扔了、埋了、焚了，可是小伊不肯说，小伊每天把饭菜往小茶几上一放，扭过身就走掉了，脸拉得长长的。但宗启需要问一问谁是阿强时，小伊就去问了，而二哥也就说了。

这个家中许多事情都很微妙。大哥打算把小伊嫁给二哥，也是豆瓣告诉宗启的。豆瓣说丁淑云不愿意，小伊也不愿意。他听了，马上又忘了。婚姻难道跟愿不愿意有关系吗？他何时愿意娶豆瓣了，结果还是娶了，一娶这么多年。身不由己这个词，用在男婚女嫁这件事上，对大多数人而言都是管用的。别人可以将就，小伊就不能吗？水到渠成是迟早的事。总之他原本对此并不在意，这会儿却突然有了好奇，问道："咦，你要嫁我二哥了？"

小伊本来还嘻嘻哈哈的，猛地整张脸往下一顿，愣住了，瞪大眼盯住他，转眼就有泪滚落下来。宗启被逗笑了。至于吗？他没想到小伊会这样，竟有点儿慌了，转头四下看看。

"我二哥他……嗬，他很好啊。"

小伊头勾着，突然抬起，说："他又不是你……"

有片刻宗启脸上的笑意还残留着，接着一怔，身体一下子绷紧了。"他又不是你……"小伊说这话时，向他瞪来一眼，眼神里有忧有怨有不满还有……羞涩。这很意外，太意外了。他动了动唇，突然觉得竟无一句话可说。转过身，他打算走掉。这时小伊说："那个阿强……是和二叔一起来找剑的。"

宗启站住，返身看了一眼小伊，然后还是走了。他不相信小伊还能知道更多的，至少到此时为止，以二哥那样性情的人，不可能什么底都往外掏。他听到小伊在背后又叫了一声，声音起势很陡，似慌乱似无措，马上又散淡下去，颤颤的余音，拖得很长。

他仍然没有回头，没有停下来。

第二天突然听到消息，说小伊要嫁了，嫁给二哥。

也是豆瓣说的，豆瓣从丁淑云那里回来，俯在他耳边小声说，丁淑云在屋里哭得死去活来。他不信，推门找大哥。大哥正捧着烟筒一口口抽着，见他问，抬头瞥一眼，半晌才答："哦。这次不是我的主意。老二那副半死不活的样子，这一阵其实我也打消了这个念头，都开始替小伊另找婆家了，谁知小伊自己却突然主动提出来。

她愿意,这就好了。”

“二哥呢,二哥也愿意?”

“他?”大哥吹掉烟灰,重新装上一筒烟丝,“你看他像不愿意吗?就是嘴硬死撑着。那么水灵灵的女子摆在眼前,能不动心?我看啊,老三,既是这样,就给办了吧。也许有了女人,老二还有得救,能重新活得像个人。如果抓紧生个一儿半女的,往后他也能有个依靠,否则栽在大烟上,人不人鬼不鬼的。我反正已经救不动他了,只能看小伊了。我寻思择日就把婚事给办了吧,越快越好,你看如何,老三?”

宗启有点儿走神,半晌才点点头,说:“好。”

小伊昨天对他说“他又不是你”,今天突然却要嫁二哥,这二者之间有什么关联吗?他转身向门外去。小伊不是他的,可他不得不承认,因为小伊要嫁了,嫁给二哥,他心里居然就突如其来地一阵颠簸,堵着紧紧的,有点儿喘不上气。

跨出门槛时,与人撞个满怀。是个二十来岁的年轻人,高个儿,俊朗,看眉眼竟有几分眼熟……宗启一怔,猜到是谁了。

果然,年轻人对他点点头,然后扭头冲屋里喊:“爹,工人都找来了!”

工人?宗启不走了,他想往下听。

大哥欢喜地几个大步过来,问:“找到了?——唔,百沛,快见见三叔。三叔回家了哩!”

百沛转过身,心不在焉地草草作个揖,叫道:“三叔!”然后马上又回头说:“爹,工人我全找到了。”

大哥问:“人呢?”

百沛手往外指了指说:“在巷子口那边了。子琛说让爹您去吩咐一声，就开工哩！”

大哥喜滋滋地跨出门外，拉了一下宗启，说：“老三，走，随我一起去！”

巷子口那里果然已经簇拥了十几个人，都是一身短打扮，脸黝黑，个子矮小，人人脚边都搁着一担行李，除了被褥，还隐约可见锤子、锯子之类的工具。而他们边上，静静地站着一个清丽的女子，白衫，黑裙，短发，眉眼素净。

宗启相信，那应该就是吴家的二小姐吴子琛了。

十五

这世上存在贫贱公子与富贵小姐的恩爱故事，这是宗启从来没有怀疑过的，哪朝哪代其实都不缺郎情妾意，但眼前的这一对也是吗？不是，不像是。如果女子丑陋不堪、男子貌冠天下也就罢了，可百沛已经现身了，不过是他年轻时的翻版，虽也有几分俊朗之气，也不过如此，而吴子琛分明眉清目秀，通身弥漫着富家小姐的贵气与知识女性的雅致。就算百沛艳福再不浅，这个福也是因了那把青铜剑吧？那么此次他俩打着去杭州进货的旗号，实则是去找那些拆石牌坊的工人，此行为又与剑有多少关联呢？

答案很快有了，是豆瓣弄来的。

其实没有关联，石牌坊拆了，没有找到青铜剑，二哥一下子泄了气，躺下不管，而和二哥一起从台湾来的阿强也转身不见踪影。工人怕重新建牌坊的工钱拿不到，半个招呼都不打，就一夜间呼地散去。吴子琛逼二哥说出工人的来路，二哥只知是阿强招来的。吴子琛和百沛就去找阿强，从福州找到马尾，阿强始终没有找到，却突然在马尾街头碰到一个熟悉的工人，通过他，把其他几个都找来了，连工钱都提前预付了，钱又是吴家出的。

巷子口很快就重新有了声响，按石牌坊原来的样子，尽量用曾经的旧石料。至于需要补充的新石木料，也由百沛去购置。大哥松了一口气，脸色渐渐有了红润，心一宽，就有心思操持起二哥的婚事了。家里来了几个木工，几样旧家具搬到厅堂上。五斗橱尚完好，修缮一下刷上漆；床、桌、椅已经破损，于是重新打一张拔步床、一张小圆桌和四只小方凳。围着新旧家具转来转去的一直都只有大哥一个人，盯住工人，要他们把漆上得均一点儿、钉子钉得牢一些的，也是大哥，二哥仍然懒洋洋地躺着不动，而小伊，这两天宗启竟一次都没见到过。

豆瓣问他："你在找什么？"

宗启一惊，才意识到自己的眼珠子不知不觉间一直转来转去的。他在找小伊？找到试图干什么？他在腹中轻轻叹了口气，他没有试图，没想干什么，可他还是愿意看到小伊。

那天傍晚丁淑云正站在后院过道上独自出神，见四下无人，宗启便过去。

"小伊去哪儿了？"他不绕弯子，直接问。

丁淑云眼皮是虚肿的，猛地泪水又漫上来，沉默了半晌，才说："三叔，我真不是多嫌弃你们李家，二叔他真的……只有一只胳膊倒没事，你看他……一个抽大烟的人哪，我怎么跟我哥我嫂交代？那个娘家以后我还怎么有脸回去？"

"再……劝一劝小伊？"

丁淑云摇头，"没有用啊，她像突然犯了病，执意要嫁。嫁也可以往别处嫁嘛，你大哥都帮她另找好了一户人家，是古三座汤池店的伙计，虽小户人家，但模样人品都不错，年纪也相当，好歹是过日子的可靠人。可她不愿意，说非李家不嫁，总之必须在状元巷二十九号，哪儿都不去……三叔，你说她像不像在跟人赌气啊？”

“跟谁？”

丁淑云还是摇头。“我不懂。原先她死活也不肯嫁二叔，眨眼却变了，说变就变。是她自己要嫁的啊，我怎么拦都拦不住，她这是……她是故意的，故意要把自己给毁掉。是这样吗，三叔？”

宗启不知该怎么答，调转脸。这时听到大哥在外面猛地吼叫起来。大哥说话一直低声细气的，从未见过有这么大的火气。丁淑云已经吓得先往外跑了，宗启也跟上，到了厅堂，看到大哥正气呼呼地站在那里，脸涨得通红，脚下散着一堆纸片，而百沛则勾着头，默默地站着，不言不语。驻足倾听一会儿，宗启还是没太明白，便趋步上前。父亲依浩以前也常这样不顾情面地当众责骂儿子，儿子们也如百沛一般老实恭听，但此一时彼一时，即使大哥骂得再有理，他这个当叔叔的也有责任上前舒缓一下场面。“怎么了？”他问。

大哥愣了一下，似乎不太想多说什么，但稍顿了片刻，撇了撇嘴，马上趋前几步，一把揪住宗启的胳膊，另一只胳膊则不停地上下挥舞着，说得上气不接下气。他声音不大，但用词很重，唾沫一串串喷到宗启的前襟上。宗启听得有些吃力，最终还是听明白了。

百沛做了一件事，事情不大，但可能会惹来比较大的祸。

几年前南京《时事月报》登有一份日本人写的文字，传说是日本首相田中上呈天皇的奏折。百沛所做的事就是把《时事月报》上刊登的这个奏折拿来，重新找人印刷成册，加上个封面，上写“生死关头，不可不看——日本田中内阁侵略满蒙之积极策。(阅后转赠他人)”然后打算偷偷拿到街头散发。

大哥用一只手背狠狠击打着另一只手的掌心，“你看看你看看，有这么蠢的人吗？得罪了日本人，可怎么得了！”

宗启没有接大哥的话，而是俯身从地上捡起几块碎纸片。百沛一见，猛地从袖子里掏出完整的一册递给他。

大哥大概没料到百沛身上还另外藏着，冲过来要夺，被宗启闪开了。

宗启扭过头问百沛：“你老婆呢？”

百沛说：“在巷子口外面。”

宗启轻轻笑了笑。他相信大哥也一定看出来了，“生死关头，不可不看”这一行小楷写成的字，与家中红对联上的字是一模一样的，也就是说，这件事始作俑者其实未必是百沛，吴子琛的可能性更大。但大哥不敢对吴子琛发火，趁着吴子琛不在家，连忙冲百沛发作一下。

田中奏折？宗启之前一无所知。随手翻开，他看到上面有这样的话：“唯欲征服支那，必先征服满蒙。如欲征服世界，必先征服支那……”

“是真的？”他问百沛。

百沛胆壮了些，连连点头，嘟囔道：“太多人还蒙在鼓里，所以应该广泛宣传，让每个中国人都知道暴敌将至！”

宗启脚虚浮起来，腹中咕咕一串串响了起来。在金狮山上，他听到一些日本人在北边的事，以为离得远，以为只可能发生在北边，以为闹腾一阵那些人就会从国门上退走，没料到日本人有这么大的贪欲，竟要把偌大的一个中国一口全吞下。他看着百沛，正要说什么，却见豆瓣急匆匆地小跑进来了。

豆瓣说：“有人找！”不待宗启回过神，就拉起他的手往外拖了。

剑问

一眼豆瓣，见豆瓣正微微颔首。也就是说，豆瓣确认这四个字是出自老徐头之手，老徐头让他们听路四眼的。宗启觉得豆瓣比他还惊讶，豆瓣铁青着脸，圆睁着眼，盯着路四眼发愣。半晌，豆瓣才问：“什么事？”

路四眼还未开口，宗启脑子里就猛地闪出一个字：剑！

果然是剑，路四眼说：“左牌堵你们还未打开吧？”

豆瓣说：“没有……你怎么知道？”

路四眼沉默了一会儿，问：“很难吗？”

豆瓣执拗起来，语气硬硬地追问：“你怎么知道的？”

路四眼说：“你父亲说的。”

豆瓣转过头看看宗启。宗启还在犹豫。老徐头的字是真的，老徐头告诉路四眼剑在状元巷二十九号的左牌堵里，老徐头让他和豆瓣听路四眼的，但是为什么老徐头要他们听路四眼的他还没弄清楚。从前路四眼曾是金狮山常客，这不假，路四眼常替老徐头治病，这也不假。如果路四眼不是一门心思打着金狮山这群人马的主意，老徐头应该可以与之肝胆相照。老徐头善酒，路四眼也千杯不醉；老徐头爱听古，路四眼一肚子都是学问。但路四眼另有所图，老徐头就是再感激他一次次上山治病，也总是缩着脖子提防三分。松毛岭一役后，路四眼再也不见踪影，老徐头就骂开了，哪天一病倒，断了药，就骂得更上气不接下气，把路家十八代祖宗都揪了出来一遍遍操过去。不料眨眼间路四眼冒出来了，和老徐头居然成了密友，并且写下亲笔信，让自己女儿女婿一切听他的。

这事太蹊跷了。

外面响起脚步声，路四眼猛地站起，边往门后闪，边将手伸向腰间。

脚步声经过，远去，消失。路四眼长嘘一口气，重新坐到原来的椅子上。他好像忘记了刚才的话题，低头想了一阵，才说：“总之这事不能再拖下去了。我说清楚了吗？”

顿一下，他又像是自言自语地说：“对，事不宜迟，必须马上动手。”

宗启盯着他看了许久，觉得有一件事现在必须弄清楚，他问：“你，现在是……吃哪家饭的？”

路四眼抬头憨憨一笑，说：“原先哪家现在还是哪家，没变。”

十六

被豆瓣从家里拖去吉庇巷口陈记脱胎漆器店的路上，宗启碰到往来的人群无数，其中两个，却是特别的，都是女人，一个是吴子琛，一个是朱紫坊高家姑娘高青桑。

吴子琛就在巷口，一批新运来的石料正在卸下，百沛挽着袖子指手画脚，吴子琛则站在边上，不时贴近百沛耳边说句什么。见宗启和豆瓣往外走，吴子琛迎上几步，笑眯眯地问：“三叔三婶，出去啊？”

豆瓣嗯嗯应两声，宗启仅点个头。待走出十来丈外了，仍觉得背后沉甸甸的，扭头一看，果真吴子琛目光还紧紧跟着。见他回头了，吴子琛也不慌，扬了扬手，再打个招呼。

而吉庇巷与朱紫坊相对，中间只隔着一条十几米宽的南街。走到吉庇巷口时，高姑娘出现了，不是从对面的朱紫坊过来的，而是从身后的吉庇巷，也就是说之前高姑娘一直是跟在背后的。路上人多，宗启随着豆瓣疾走，忽略了后面。到陈记脱胎漆器店前，豆瓣先与站在外面的陈老板低声说着什么，这时宗启听到后面有人哀怨地喊了声："宗启！"

回头一看，是高姑娘。

高姑娘走近后，不看宗启，眼一直落在豆瓣身上。宗启推着豆瓣要走，豆瓣却不走，反而笑嘻嘻地迎上一步。"你是……"豆瓣问。高姑娘不答，眼都不眨一下。豆瓣双手搂住宗启的胳膊，头也微微靠上，仍是笑着，很妩媚。这是一场戏，但宗启不觉得有演下去的必要。他使上劲儿，把豆瓣往里一推，跟在长衫老人背后进了店。

宗启后来开始后悔，若是知道接下去要见的人是路四眼，他无论如何都不该在高姑娘的眼皮底下进入店中。从小偏厦出来前，他还顺手把那份"田中奏折"搁在小桌上。不知道路四眼之前是否见过它，如果未见，应该看一看，非常有必要看。走到前面的漆器店时，陈老板已经不在，而店里的伙计全都是新面孔，没有一个是他认识的。他停留了一会儿，购下一套外黑内金的木胎茶奁，招摇地攥在手上，才出了门。

门外此时像锅里沸起来的水，一整条南街挤满了人，都是学生，举着标语或者拿着小旗子，喊着口号，从南门兜方向来，往鼓楼方向去，队伍宛若一条热腾腾的长龙。

"他们在干什么？"豆瓣很好奇，抻长脖子往前挤，被宗启一把拉住了。

学生们在要求抗日，要求还我河山，要求惩办汉奸，这些至少现在豆瓣都未必能弄得清楚。宗启定定地站着，目不转睛地看着眼前走过的人，心底突然一热，恍惚间看到自己当年在福建官立中等工业学堂预科班就读时的情形了：青涩的脸，清澈的目光，神情激昂，姿态矫健，一副天下舍我其谁的阵势……任何时候，总是年轻人更愿意心无旁骛地把躯体投到最前沿,也更相信国家是自己的,民族是血肉相连的,这都因为有“血气”二字的缘故。宗启悄然叹口气,一下子觉得自己老了。

看看四周,没发现高家姑娘。

返回状元巷时,大哥已经等在巷口了,见他和豆瓣,马上迎上几步,忧心忡忡地问:“啊,回来啦?回来就好!看到百沛和子琛了吗?”

豆瓣抢先回答:“没有哩,大哥。”

大哥踮起脚往远处看,这里离南街还有一段路,看不到人影,只隐约听到那些口号声,很激越,男女混杂。“学生们又闹起来了……”大哥整张脸都苦巴巴地皱起来,“世道真是越来越差了。你们以后还是少到外面去吧,好好儿在家待着……抽空也帮我劝劝百沛和他老婆,他们刚才也出去了,你们一走他们也走了。”

宗启说:“大哥,你进屋,我要跟你谈一件事。”

大哥提了提长衫下摆,似乎并未把他的话听进去。“不行,我得去找找百沛!”说着一侧身,就急急走了。

豆瓣很惊讶,问:“你要跟大哥谈……牌堵的事?”

宗启答:“是。”

豆瓣问:“直说吗?”

宗启答:“是。”

豆瓣跨前一步站在他跟前,问:“说剑就藏在牌堵里?”

宗启答:“是。”

豆瓣问:“你想出对策了?”

宗启答:“还没。”

豆瓣问:“那你……”

宗启不耐烦地把手一挥,调头就往家里走去。豆瓣连忙跟上,走到大门外时，两个人几乎同时站住了，都仰起头往上看。巷子里此时是安静的，所有人仿佛一下子都被外面的学生队伍卷走了。口号声其实很快就远去了，消失了，头顶上的太阳也渐渐向西斜去。两人都没有声响，没有对视。宗启觉得自己脑子里也是茫然混沌的，并没有具体想什么。又或者因为路四眼的突然而至，许多事也四面八方一起拥来，彼此搅拌，互为冲击，令他反而一时恍惚了起来。

豆瓣其实并没有一直站在原地，端详了牌堵一会儿后，她就开始走动了，先是从大门外这一侧走到那一侧，又从那一侧走到这一侧，反复几次，步子迈得很慢，一顿一顿的，像在丈量，又像寻觅着什么，然后她围着风火墙再慢慢地转起了圈，或低头或抬头，或远视或近观，抿紧嘴，皱着眉。待到她重新站到大门外，宗启才说："这个房子，我比你熟悉。"

豆瓣晃了晃脑袋，又扭头往左牌堵上方瞥了一眼，她说："看来只能从门外架梯子上去。"

宗启鼻孔里哼了一声。豆瓣不常说废话，这是她的特点，但这一句肯定是。正是因为只能在大门外大摇大摆地架梯子，只能在众人眼皮底下咋咋呼呼地摆开阵势，他才要再三斟酌的啊。如果可以从哪个隐蔽处上了墙，攀到牌堵旁，下得了手，他又何必如此小心思量？

豆瓣问："那就……路四眼不是说事不宜迟吗？"

宗启说："所以得跟大哥吱一声啊。大哥现在是一家之主，他是我大哥！"

豆瓣低头想了一会儿，然后仰起脸问："然后呢？"

宗启叹了口气。然后呢？然后他并不知该怎么办。大哥不是他一个人的大哥，如果牌堵里果真有剑，他相信大哥也不会由着他把剑独自携去。但无论如何，他都需要跟大哥说一声。母亲死得早，父亲无视着他，反而是大哥一直给予温暖呵护。时至今日，这个屋子也仅剩大哥一人还令他保存着亲人的感觉，唯一的亲人啊，又如何能够孤注一掷地一把伤掉？

他说："然后，就等着大哥发话。"

豆瓣嘴角微微一扯，笑起，说："若是他不肯呢？"

宗启反问："他会不肯吗？"

顿一下又说："无非是一说出去，这剑也就……"说到这里，宗启闭拢了嘴，眉头蹙了蹙，然后猛地转过身。

豆瓣也转过头。

不远处，站着吴子琛。

吴子琛笑吟吟地走过来，叫道："三叔三婶！"

宗启心里咕噜了几声。吴子琛边上没有百沛，大哥也没有一同回来。他其实还想问一问那份"田中奏折"的真伪，"唯欲征服支那，必先征服满蒙……"这个事实已经摆在那里了，一旦接下去人家真的"如欲征服世界，必先征服支那"，那遭殃的就不是东北、华北，整个中国都难免起烽火了。这事太大了，像根刺梗在咽喉处，但瞥了一眼吴子琛，他一下子又不愿启齿了，而是抬腿上台阶，径自进了门。

他以为豆瓣会跟上，结果没有。后面有脚步声响起，不用回头看也知道那是吴子琛。豆瓣虽尽力收缩了自己，每一步都轻举轻放，但毕竟拢不住本性的东西，鞋底与石板摩擦出的声响，与真正的大家闺秀哪里能够一致？

豆瓣去了哪里？

那天一直到天见黑了，才见豆瓣背着一个大布兜回来。

在豆瓣进门前一瞬，大哥也刚好与百沛一起归来。大哥脸上有怒气，脸拉着，而百沛的衣裳则沾着污泥，衣下摆甚至还擦破了一处。

宗启用眼光询问豆瓣：去哪儿了？

豆瓣也用眼光回答他：到屋里说。

状元巷二十九号是他的家，却不是每一处都属于他，只有第二进西厢房的第三间，那是他从小就住过的屋子，才是真正安全的。

宗启没有马上回屋，而是跟着大哥去了花厅。百沛有事，他已经隐约感觉到了，他得问一问。

大哥低头抽着烟，犹豫了半晌才说：“老三，我们家会不会遭殃啊？遭大殃啊？”

宗启不知如何答。

大哥向门外看了看，放下烟筒，身子前倾过来。“那个……吴家的这个女人，不是一般的女人啊。她……唉，老三啊，真是家门不幸啊，学生上街闹事居然跟她有关哩。原来她整天进进出出地忙碌，大都是去城里那儿所大学鼓动学生，说国将不国，要起来争。你说这……”

顿一下，大哥又说：“今天学生的事，其实就是她弄出来的，昨天她在外面折腾到半夜才回家……但人家知道她爹是谁，　抓就放了。百沛没有马上放，最后也是她爹吴仁海找了人，才放出来……唉，差一点儿就惹下大祸了，差一点儿啊。怎么能跟政府作对哩，我们李家人哪辈子有过这样的豹子胆啊？你说，这可如何是好啊，老三？”

宗启没有答，这事有点儿突然，太突然了。那么一个小女子，说话都轻声慢语，虽说主意拿得定，但也以为仅是在围墙内施展点儿拳脚，谁能想到竟敢去外面搅动那么大的事？确实是豹子胆啊，这样的胆，或许连豆瓣都未必有。

他想起豆瓣刚才对他使的那个眼神，猛地浮起不安。豆瓣还有事要跟他说。什么事呢？

他说："大哥，百沛不是毫发无损吗？别愁！我先回了。"

豆瓣正倚在门旁等着，一见他进屋，忙把门关上，拴好。"我买了些东西。"说着她从刚才外面背回来的那个布兜里，一样一样取出碗、盘、杯、瓶，都是脱胎漆器，都摞在桌子上。然后她才坐下，低声说："刚才，我又回头去找路四眼了。"

宗启也坐下，看着她，等她往下说。

豆瓣说："路四眼说我爹病了。我离开金狮山后，他就病了，很重，气都常常喘不上来……听着，我要回去——你也必须一起走！"

宗启重重哼了一声。开什么玩笑，他是来找剑的，现在剑还没找到，他怎么能走？有一个疑问其实一直在他心里浮动：为什么豆瓣后来又回头找了路四眼呢？豆瓣和他一起见过路四眼，一起出了陈记脱胎漆器店，该问的原本那时就该一次性问过了，为什么要再返回？是临走时路四眼给过她什么暗示，暗示她有什么事不便当着他面说出，所以让她单独再去？

他觉得这个必须问一问："你又找了路四眼了？"

豆瓣显然没有打算回答宗启，她的眼落在桌上那些漆器上，说："这些，我都要带回去。多好看啊，一个个还又轻又薄。太神奇了，看上去一个个那么沉，托在手上却跟纸一般轻。怎么之前你从没说过这些稀罕物呢？我要把它们都带回金狮山，让爹，让我们孩子，让山上那些弟兄们都开开眼界——要不我再去多买一些，反正它们轻着哩,你也可以帮着拿些……"

宗启打断她:"我不走！现在不走！"他已经清楚豆瓣的意思,豆瓣要回金狮山了,砸开左牌堵后马上就走,她不觉得需要等着大哥发话,她甚至觉得根本没必要对大哥说一声。大哥不是她的大哥。

豆瓣一张脸现在已经成了木头,虽纹路清晰,每一块肉却结结实实地干硬着,眼皮则像是被什么东西撑住了,一眨也不眨。之前豆瓣在他面前有过类似表情吗?没有,就是那天在松毛岭山脚下的钟屋村掏枪朝他大腿射击,也没有过。宗启意识到了什么,他霍地站起,想在气势上先占据上风,而几乎同时,豆瓣也猛地站了起来。

豆瓣瞪了他一眼,马上转身向门口冲去。

宗启腿往前一别,想绊倒她,豆瓣却已经猫一般往旁轻捷一跳闪过了。宗启再推过一掌,豆瓣胳膊一挡,又避过了。椅子被撞倒了,连带着桌子也摇摇晃晃,而已经被磨薄损坏的杉木地板则被两个人的四条腿踩踏得咚咚响。二十年了,二十年前宗启肯定不是豆瓣的对手,豆瓣呼一口气出来都可能把他吹到半空中去,但二十年后,豆瓣一次次生育就如同一场场生死劫难,她身上的筋骨已经被一汪汪流失的血弄松散了,而宗启则日日强壮如虎豹。此消彼长,执意出手,豆瓣虽也足以抵挡几个回合,但最终必定处于下风,可总是在手脚出击的那个瞬间,宗启猛然醒悟这是在自己家中,在状元巷二十九号。二十年里他对豆瓣虽百般无视与不耐烦,却从未动过一次粗,现在更不能。他很庆幸自己在这一刻猛地清醒过来,一转身,匆匆几步,就在豆瓣抵达屋门前一瞬,将身子紧紧压在了门板上。

豆瓣盯着他呼呼地喘着粗气。

他也盯着豆瓣脸色铁青。

豆瓣说:“把牌堵砸了,我要看看里头究竟有没有剑,然后,我们回金狮山!”

他咬住牙低声说:“再给我三天时间!”

“三天?”

“三天!”

“就是三天?”

“是,三天!”

这时有人在外门拍门,是大哥。大哥叫:“老三老三老三!”

宗启呼出一口气,把豆瓣往旁边一推,开了门。

大哥头往里一探问:“没事吧?”

宗启说:“没事。”

大哥说:“那……我有事……”

宗启说:“什么事?你说。”

大哥看看站在屋里幽暗处的豆瓣,小声说:“老二他……唉,老二反悔了,突然又不愿成亲,这可如何是好啊!”

宗启猛地向不远处二哥的屋子瞥了一眼,那里是黑的。

十七

下雨了,福州城的雨水向来多,像一个总是喜欢掉几滴眼泪的小家碧玉,四周的山色就因此多出几分水汪汪的妩媚,终日顾盼流连。宗启本来想去拿顶斗笠,仰头看看天,雨不大,便又放弃了,一脚跨出了大门。

他必须再找路四眼问一问情况。

老徐头先假设个老六让他到福州鼓楼找，以检测他的可靠程度，然后再让豆瓣来状元巷找他，接着路四眼又来了，这个葫芦里到底装着什么药呢，他至少得问一问，他得弄清楚。问豆瓣也不是不行，但豆瓣未必肯说。豆瓣貌似对他一直言听计从，但那不是真实的豆瓣，这一点他比谁都清楚。

南街是整个福州城最热闹的一条街，天泉、祥泉、春源钱庄，隆慎、聚成、宝光楼珠宝店，福源隆、祥生仁、方芬藩绸缎布匹店，亨得利、光生明、法宜天钟表眼镜店，以及百爱、百代、尤恒盛等百货店，回春、大生春、九州等大药房，都挤挤挨挨地排列开去。全城但凡名头响亮的商家，都一定要在那里弄个气派的店面，没有店面的，自己都立即觉得怯了三分，矮了几寸。

横向的吉庇巷和朱紫坊，与纵向的南街恰好构成一个“十”字，而陈记脱胎漆器店虽开在吉庇巷口，但店面却并未朝向南街，单这个细微的差别，立即就逊掉了一大截。福州城里其实到处是漆器店，除了杨桥路上那家曾在洋人办的博览会上拿过很多金奖，还被乾隆帝吟诗盛赞过的沈记漆器店外，南后街、鼓楼、台江等处，也星星点点密布着许多大小店面。在它们中，吉庇巷口这一家并不特别起眼，最多算中等规模，但店面的装饰却最有特点：大门乌漆髹涂，以贝壳、蛋壳等物螺钿出执锏的秦琼和执鞭的尉迟恭两位门神，神情栩栩如生，而店名则写在从屋檐上悬挂下来的一串朱红色脱胎大漆盘上，也是金字，阳光照射下，或者被风吹动，漆盘上面的字都摇曳生姿，像一束争奇斗艳的花朵。

当然这都是在二十年前，在宗启还只是福建官立中等工业学堂预科班一名青涩学生的时候。如今的陈记漆器店已经黯淡，大门上秦琼、尉迟恭仍在，却都蒙了灰，少了一层如镜般的油光，店名也改到一块普通黑漆木板上了,那一串漆盘已不知去向。回想中那个曾经美艳的店面恰如青春女郎的话,而此时该与年迈老妪几多相似了。

店门已经关紧,宗启上前轻轻叩击,又把耳朵贴到门上倾听,再叩击,却始终没有人开门。他站在那里迟疑了片刻,最后还是走了。

他记得店后面是两层楼,楼下做工坊,楼上则住着陈老板一家,妻妾不少,子女成群,从来热闹十分。现在呢?现在是搬走了,还是不愿接待一下他?

走进状元巷时,远远看到家门外有个人影。他略一迟疑,还是走过去。近了一看,竟是二哥宗汉。回来这些天,他见到的二哥十有八九都在那张罗汉床上,连三顿饭都得小伊端去,今日这么迟了,在如此幽黑的夜色里,二哥却蹊跷地站到门口,松垮地斜靠在门框上。

"二哥!"他叫了声,"你怎么在这儿?"

二哥说:"等你。"

"等……我?"

"老三,我们是兄弟,对吗?"二哥说着停下来,但他显然不需要宗启回答,"打仗父子兵,上阵亲兄弟,你懂我意思了吗?"

宗启没有答,此时他觉得自己什么都不该说。

二哥说:"那我们就不绕弯子了吧,这次回来,你是为了……那把剑吧?"

宗启脑子嗡了一下,但他还是不开口。这是个阴郁的夜晚,细密的雨正淅淅沥沥地飘下,巷子里很静,不见半个人影。以前父亲依浩为了省钱,从来不在门外挂灯,这个习惯也被大哥保持了下来。幽暗中看不清对方的表情,但听得见粗粗的鼻息声。然后还是二哥开了口,二哥问:“剑在哪里?”

事已至此,宗启就明白没必要再打太极拳了,不如直接迎上,兵来将挡。他咳了一声,缓缓地说:“还不知。弄清楚了,会告诉你的,二哥。”

“噢……”二哥显然不信。

宗启笑了笑,说:“二哥从台湾那么远回来,却没找着,这剑……真的有吗?”

“真的有吗?”二哥反过来问他,“老三,你跟我说实话,这剑你相信它就在这幢房子里吗?——不用你回答,我知道你信,不信你也不会回来嘛。可是风火墙里没有,石牌坊里也没有,那它会在哪里呢?它在房子里,在房子里的某一处。而这房子,它是我们李家的,是我们三个兄弟共有的,既然这样,我们何不干脆把房子拆了……”说到这里二哥又停下来,定定地看着宗启,两只眼睛在黑暗中熠熠发亮。

原来……宗启突然明白过来,原来这些天二哥蔫蔫委在罗汉床上只是披着一张假皮啊,大烟抽归抽,脑子却没有歇下,眼珠子一直在睃来巡去——甚至那大烟枪不过是端起来做做样子,是一个用来欺瞒众人的伪装道具?

他仍然是以前的那个二哥,心眼儿大生比别人多儿个。

“二哥,”宗启叫了声,还微微笑起,“二哥这个玩笑开大了!一把剑而已,还子虚乌有哩,二哥你……唉,不早了,还是先歇了去吧。”说着宗启伸手拉了拉二哥,天太暗了,他伸得又潦草,只觉得掌心一软,立即惊得放开。

他想拉二哥的胳膊,捏住的却是那只空袖管。

二哥整个人也微微一颤。

宗启掩饰地说:“睡吧,去睡吧,我困了……”不等二哥再说什么,他侧了侧身,就径自跨进大门。

二哥在背后硬硬地说:“拆了吧!”

宗启没有停下来,只是不置可否地哼哼两声。这个变故太突然了,一下子突兀而起,他确实没有思想准备,他还得再想想。

进屋时里头是黑的,但他一推开门就知道豆瓣其实是醒着的。点上灯一看,她果然没睡,就坐在床前踏板上,双手托腮。“回来了?”

宗启随口答:“嗯。”

“你看你,忙成这样子。我睡了一觉醒来,没见到你,正担心着哩。”

宗启低头瞥一眼她的鞋子,鞋边沿是湿的。他明白,豆瓣说谎了,豆瓣不曾睡下,她出去找过他。但他没打算戳穿她,匆匆脱了衣服躺到床上。

豆瓣也躺上来,把灯吹灭时喃喃了一句:“一天过去了。”

宗启在心里也悄然叹了一声:“是啊,一天过去了,还剩两天。”

第二天还未醒来,大哥就在外面大声敲门了。“老三老三,老三你快起来!”

宗启一个激灵跳下床,豆瓣也应声坐起。“怎么了?”她问。

宗启低声咕噜一句:“不管什么事,今天你别插嘴!”

其实天还没亮透,细雨和那些还没褪尽的夜色搅拌在一起,雾一样覆盖在天地间。吸吸鼻子,一股粥正在锅中翻滚的清香扑面而来。

见宗启出来,大哥没有马上开口,也没跨进门槛来的意思,而是手一指，让宗启随其去花厅。

“老二要拆房子！”还未坐定，大哥就边说，边伸手去茶几上取水烟筒。烟筒明明就摆在那里，他却一次次伸手抓不到，手抖得像打摆子。“你知道吗，呃？你知道他要拆房子吗？”

宗启稍一犹豫，决定还是不说实话。他说：“不知道。”

大哥哭腔都出来了，颤声道：“天地啊，他这是被什么鬼迷了心窍啊！拆房子，爹在地下会气得再死去一百次的。还记得爹以前是怎么跟我们说的吗？宁卖妻，不卖房……”

宗启说：“二哥不是想卖房。”

大哥把水烟筒往桌上重重一蹾，说：“拆和卖有什么区别？拆了，拆成平地了，谁知道是不是真有那把青铜剑。然后呢，以我们家现在的财力，还能重新再盖起来，盖成这个样子吗？”

宗启咽一下口水，眼在门窗那些雕饰上扫过。或瓶花，或飞禽，无论透雕还是浮雕都如此精美，拆了，很难保证它们丝毫不会受损，那确实就可惜了。

大哥声音突然软下去，身子也向这边倾过来，几乎是哀求了：“老三，你还是把藏剑的地点说出来吧，说出来就绝了老二拆房子的念头……”

宗启一惊，整个人一下子挺直了。二哥的心眼儿原来是这么绕的啊，二哥确信他知道藏剑处，为了逼他说出来，反过身以拆房子逼大哥出面，让他供出来。这个二哥，看来他还是太低估他了。

大哥已经走过来，虚虚地站到眼前，大哥说：“老三，我求你了……我比你们年纪大，也一定会比你们先去见爹，你说这房子要是真拆了，叫我怎么……老三，老三啊，你就救救这个家吧！不能拆啊，以后到了分房产那一天，大哥我的这一份儿就都归你了，都是你的……你也是爹的儿子，不能眼睁睁地看着这个家在我们手中没有了啊，我求你，求你了……”

宗启猛地伸出双手，伸得很及时，在大哥跪下去之前，被他一把托住了。

大哥居然想对他跪下。

看上去一把瘦骨头的大哥，托在手里时，没想到却非常沉，像托着一座山。

他骇得半天说不出一句话来。

十八

从花厅出来时，宗启看到小伊正站在天井里，垂着手，仰头向天，仿佛在仔细找什么。还有雨，但已经细了，是纤小宛若头皮屑的那种，眼睛几乎看不出来，却清晰闻得到潮乎乎的气息。几天不见，小伊又小了一圈，站在湿漉漉的地上，那薄薄的身子像个没发芽的树桩，仿佛一掌就能握着举起来。

迟疑了一下，宗启还是走过去，一时却不知该说什么好，只好静静地站在她背后。

小伊扭过头，一看是他，愣一下，马上笑了，似乎什么也不曾发生过。“三叔。”她轻轻叫了一声，然后两眼猛地红了，连忙转开脸。

这是他第一次听到小伊叫他“三叔”。他问：“你都好吧，小伊？”

“什么算好，什么又算不好呢？”

“你……啊，那就不必嫁我二哥了……”

“我其实愿意哩，嫁了他，我就可以不用走出这个家门，我原先想……”她不说下去了，只是又轻声笑了笑，头却勾下去。

宗启说："你可真是个傻孩子。"

小伊点点头，说："是啊，我也这么觉得。我真的傻，哈，真傻！所以，我就答应了那门婚事……"

"哪门婚事？"

小伊头又转过来笑了笑说："就是我姑丈帮我找的古三座汤池店的那个伙计嘛……没关系，女人好歹都得一嫁，鸡是鸡，狗是狗，嫁谁都是嫁。"

"你是说已经……答应了？"

"是啊，答应了。一会儿我就回去，回泉州老家。既然要嫁，我总得从我爹我娘身边被人家接走的啊，要不就太便宜他了，是不是？"

"一会儿？"宗启胸口那里怦的一声，一下子就被什么东西结结实实堵上了。

小伊说："是啊，一会儿。东西都整理好了，就等着车子启动哩。三叔，以后……见不着你了，你要……多惦着自己。我不懂事的地方，你就忘了吧。忘了，心里就会舒坦些——噢，昨天有人来找过二叔，我偷偷留意了一下，二叔叫他阿强……"

宗启还有点儿出神，半晌没反应过来。

小伊问："就是那个台湾来的阿强吗，三叔？"

宗启噢噢两声，眼皮猛地一跳，问："昨天？阿强？"

小伊说："是，昨天那人到家里找二叔，我姑丈也见到他了。二叔和这个阿强在屋里谈了一会儿，然后阿强走了，二叔就从床上起来了。"

宗启扭头往二哥的屋子望去，那里幽幽地暗着，房门却大敞。二哥一大早就起来了，先去告诉大哥想拆房子，然后独自出门了？他朝二哥的屋子走去，他得去看看究竟。刚走几步，就见豆瓣急匆匆从大门外跑进来了，豆瓣叫道："快去看看，路……"

宗启怔了一下子，很快就明白过来。豆瓣咽下去的名字是路四眼，路四眼出事了。

果然出事了。以前三百六十五天，无论刮多大的风下多大的雨，吉庇巷口的陈记脱胎漆器店都会按时开门，而现在店门却紧闭着。豆瓣说："我本来是打算再来买些漆器的，等了又等门一直不开，就去问左右的邻居，才知道昨天来了一堆人，冲进店里，把路四眼和陈老板一起押走了。"

"昨天？"

"是，其实就是昨天我从这里离去不久后的事。"

"来的是什么人？"

"问了他们，都不清楚，有说是省党部的，有说是保安处的。"

宗启眯起眼往对面的朱紫坊看去。昨天，是，就是昨天，他和豆瓣来见路四眼时，曾在漆器店门外碰到了一个人——那个高家姑娘。他不假思索，抬腿就往朱紫坊迈去，却被豆瓣拉住了。豆瓣说："别去！"

豆瓣又说："我知道你和她的关系。"

豆瓣再说："无论这事与她是否有关，现在都不能去找她。形势不明，一找，说不定你也就卷进去了，不值！"

宗启粗粗呼出一口气，脑袋嗡嗡嗡地响，心里却慢慢明白过来，豆瓣是对的。

回到家时，丁淑云正靠在仪门上抹眼泪，一旁的千惠和万贵也缩着身子，一脸湿漉漉地抽泣。宗启心里咯噔了一下，知道小伊走了，忍不住扭过头往巷子口看去，见豆瓣也幽幽地看着他，才收回目光，暗自叹了口气。走了也好，他一直弄不明白自己对这个泉州小女子的感觉，分明对她的用情很受用，也难免几分怜惜，可是果真让他娶她的话，他愿意吗？他不愿意，至少现在这么纷乱的时候不愿意。而豆瓣更不会愿意啊，若是小伊真进了门，想必眨眼间就会成为豆瓣的刀下鬼。——他突然意识到，或许正是碍着这一点，他才不断收敛着自己，不敢往前跨出半步。

是啊，忘了吧，忘了心里就会舒坦些。

可是现在他心里一点儿都不舒坦。路四眼……如果路四眼是因为他的不慎而被抓，那他便是有罪了。他看了豆瓣一眼，豆瓣也恰好看过来，两人眼光一对视，马上就明白对方在想什么：救出路四眼。

问题是怎么救呢？靠武力，两人无论如何有能耐，也抵不过那么多枪口，而靠关系托人情，他们又有谁可以靠可以托？豆瓣突然说："咦，要不让吴子琛回家找找她父亲？"

合适吗？宗启没有把握。

豆瓣已经站起，说："我去，你不用去。"

宗启说："我得去。"

豆瓣马上跟过来说："那就一起去。"

吴子琛不在家里，百沛也不在。问了管家老刘，老刘说他们回宫巷娘家了。

等着吗？宗启看了豆瓣一眼，豆瓣手一甩，说："索性直接去宫巷！"

百沛和吴子琛果然在那里，在两个人中间，是位穿着青绸衫的老人，宗启猜那应该就是吴子琛的父亲吴仁海了。问候，行过礼，见宗启和豆瓣来了，竟没有人惊讶，也没有人问他们来有何事。屋子里有一股奇怪的气氛，每个人都像是刚去了趟阴间回来，脸铁青，几乎不见血色，眼神则仿佛蒙着一层雾，幽深莫测，飘移不定。

吴子琛招招手让他们坐下，说："我爹正要让我去找你们哩。"

吴仁海点点头，说了一件事。宗启好半天才明白过来，这件事原来与二哥宗汉有关。二哥从台湾回来找剑，剑是他主子吴仁河要的，这个吴仁河是吴仁海的堂弟，乙未年日本人侵占中国台湾时，曾打开城门恭迎过，然后腾达，已经腰缠万贯。日本人刀好，吴仁河对他们说中国古人的剑也好，日本人就胃口大开，说必须拿到这把剑，验一验成色，查一查剑锋。吴仁河便忙不迭派二哥宗汉回福州，想找到剑，呈给日本人，以讨日本人的好。

吴仁海手往桌子上重重一拍，说："这个畜生，不就是为了要从日本人那里换回更多的好处，就忘了自己是中国人了！"

宗启想了想，确定吴仁海骂的不是二哥，才问："我二哥知道吗？"

吴仁海看了吴子琛一眼，像是咨询她的意见。吴子琛答道："应该不知道。二叔他看样子无非是为了钱，但实际效果是一样的。如果他拿走剑，就等于我堂叔拿到剑了，而我堂叔拿到剑，也等于日本人拿到了……"

宗启噢了一声，没有再往下说。他打量着吴仁海，中等个子，脸白皙、红润、泛着油光，每一处都款款显示出长期被锦衣玉食浸泡的品质。这个人是吴子琛的父亲，也是二哥台湾那边主子的堂哥……宗启缓缓从椅子上站起。吴家父女说的都是真的吗？二哥……日本人……突然二者被拉到一起，究竟可能性有多大？

吴仁海也站起，笑了笑说："你可能不太相信，对，我一开始也不信。至于吗？刀剑到了他们手里，都可以成为杀人如麻的武器，他们杀的人还少吗？可是……噢，台湾那边我也是有亲信耳目的。你也可以回家让你二哥去打听一下。你二哥可能真不知道剑的用途，但不是还有另一个叫阿强的人也从台湾来了吗？阿强肯定知道。”

宗启点点头，向豆瓣使了个眼色。可以告辞了，没必要再待下去。

百沛和吴家父女都送出来，走到门口，吴仁海才想起什么，问：“你们今天来，有什么事吧？”

宗启犹豫片刻，说起了路四眼。其实不说也可以，但他觉得还是不妨说一说。

十九

回家的路上宗启一直觉得不对头，从宫巷出来，拐入南后街时，他故意疾走几步，然后双脚猛地停下，身子没有转动，但眼珠子却四下翻转着。

几乎同时，豆瓣也停下了。豆瓣说：“有人！”声音很低，嗓子却是粗糙而急促的。

巷口左侧是一座阔大的庙，有两株高大的樟树顶到半空，乌黑的枝干举着翠绿的叶子探出墙外，把巷子遮去大半。据说唐朝时这里是道观紫极宫，明时被意大利人改建成天主教堂，到了清时就供起了关帝，接着把岳飞也奉祀在里头，庙外就挂起“关岳庙”的牌子。小时候宗启频频出入其中，有时随父亲依浩来，有时则是与同龄人来此嬉闹玩耍，所以里头每一处他都是熟悉的。豆瓣说有人，是的，是有人。究竟是什么人他不知道，但他相信那人此时正躲进关岳庙里，来者不善。

他加快了脚步。豆瓣也紧紧跟上。

在宫巷吴家时，豆瓣一句话都不说，她肯定不是睡着了或者走神了，她在想什么？

直到走进状元巷时，宗启才打算问一问她。豆瓣似乎没听明白，警觉地侧脸向后瞄了几眼。这一路她走得很快，迈出的脚步又重又响，这是宗启熟悉的步子，只有在金狮山时她才这样。

“也许是真的。”又走了几步，她突然说。

宗启站住了，以为她要说刚才的事。

豆瓣把头仰起，眼光长久在宗启脸上扫来扫去，然后却不提刚才在宫巷里遇上的古怪的“有人”，而是说起了从前。她说：“二十年前在那座桥墩是鸡喙形状的乌木廊桥上，我坐在一根木柱后望了你一阵。你那时什么样子？衣裳那么破，头发乱糟糟，可这些我都不看，我看什么？看你的眼睛。一个人的眼睛是最骗不得别人的。那天我心就明镜似的了，知道你肠子几根、心肝什么颜色，反正就是你了。这么多年，你变了，但眼神没有变。哪天眼神一变，人也就变了。我说明白了吗？噢，我的意思是，我刚才盯着吴子琛父亲的眼睛看了那么久，结果也没看出太多的污秽。这其实不容易哩，一个商人……”

“另外，”她斜眼看了宗启一下，“其实我也没从吴子琛眼里看出什么不妥哩，是的，我一直在看，可是……确实没有。”

宗启用手在脸上抹了抹，想到的是另一个问题：吴仁海会想办法救一救路四眼吗？

很意外，刚吃过午饭，吴仁海就来状元巷二十九号了。“救不了！”他一点儿都不绕，开门见山。“已经到火药库那边去了。”

豆瓣问：“火药库？”

宗启摆了摆手。福州没有人不知道火药库这地方的，小孩儿哭闹时，大人只要唬一句“再哭就送火药库去”，立即就老实闭拢了嘴。他急着听吴仁海往下说，可是豆瓣不罢休，又问道：“火药库是哪里？”

宗启匆匆道：“监狱。”他觉得这样的解释已经足够了，路四眼在监狱里，他急着想知道究竟是死是活。

吴仁海说：“衣服一脱，那个人身上大大小小枪伤有八九处……说什么都没用了。一个有这么多枪眼的人，你们说人家会相信他只是……他口袋里有那本《田中奏折》，上面还重重画了很多道横线，旁边加了一个个圈圈，标着各种记号。他是……”

宗启说：“一个朋友。”

吴仁海点点头，说：“明白了。不过提个醒，如果你们是——噢，抱歉，我只是说如果——如果你们是他的同道中人，请小心为妙……我的意思是……哎，希望你们已经听懂了。该走就尽早走吧。那个地方其实就是阴间地狱，进去了，没几个人能顶得住的。”

宗启拱手作了个揖。吴仁海话里的意思是，路四眼身份已经查清了，正被上刑，有把他也一起供出来的可能，所以，劝他尽快离开，走为上。

他不想辩解，辩解说自己其实与红军并无关系，和路四眼也无太多关联。算啦，这时候所有的辩解都是画蛇添足的，都可能节外生枝。何况，要是路四眼在重刑之下乱了分寸，非得一口咬住他，说他就是他们中的一员，这种可能性一点儿都不存在吗？其实也未必。

但他现在还不能走，他还得找剑。

他突然有一种冲动：要是找到剑，用这把价值连城的青铜剑拿去交换，换回路四眼的性命。但在脱口而出之际，他又猛地把舌尖一咬，忍下了。

吴仁海刚才说有危险，让他尽快离开福州，这善意究竟多少真又多少假？吴家的人，包括吴子琛和台湾那边的吴仁河，他们也都眼睛直勾勾地盯住那把剑啊，会不会借机让他走，让他放弃剑……

不免一阵后怕。他看了豆瓣一眼，见豆瓣也正心事重重的样子。

场面有点儿静，三个人都直挺挺站着，似是而非地看着对方。最后还是吴仁海先动了动，他作个揖，转身离去。

宗启把他送出去，豆瓣跟在背后。刚到门口，豆瓣马上用手指头在宗启腰上悄悄捅了捅。

门外站着朱紫坊的高姑娘！

宗启很快也看到了。

吴仁海走远了，高姑娘还站在那里。她缩着身子走上前来，幽幽地看过来，低声说："宗启，我想跟你说个事。"

宗启转开脸，冷冷地答："说吧。"

高姑娘看看豆瓣，很不自在。"能不能跟你单独说？

宗启说："没必要。"

高姑娘眼里起了一层泪光。"我是来解释一下的……"

宗启打断她："这个就不必啦！"

高姑娘好像没听到，自顾自往下说："我刚听说的。那家陈记脱胎漆器店……有人被抓了……我来就是想说明一下，你别……怀疑到我，真的与我无关啊。无论如何，我都不会……你真的要相信我，我对你……"

豆瓣这时往前走了几步，嘴角微微向上翘起，似乎在笑。豆瓣说："你是朱紫坊的，他们都叫你高姑娘，是吧？你岁数比我小，我该称你妹妹——啊，高妹妹，进屋里坐坐吧！”

高姑娘后退一步，摇着头。

豆瓣仍然笑着，说：“你看，当年你们好歹是好过的，宗启还为你打了人，差点儿出了命案，然后就逃出了城。太不容易了啊！你都到家门口了，怎么不进来坐坐，叙一叙旧？”说着豆瓣已经伸出了手，揪住高姑娘的胳膊。

高姑娘连声说着不不不，佝起身子想后退，整个人却已经像一张薄薄的纸，被豆瓣一把提了起来。

“放下！”宗启也没想到自己会呵斥得如此声色俱厉。

豆瓣手上的劲儿立即泄下了，却并未松手。

高姑娘显然被捏疼了，整个脸皱成一团，嘴往一边扯去，龇着牙，却不出声，眼一直盯着宗启，有一串泪猛地滚落下来。

从巷子里路过的几个人都停下来，附近几扇门也吱吅地开了，从房子里接连闪出一些人影。宗启身子紧了紧，后背猛地凉了一下。那些人大都是看热闹的，但也有人不是，肯定不是。“有人！”他想起豆瓣刚才在宫巷口的那一声低喝。

身后一串脚步声也急匆匆响来，是大哥。大哥后面还跟来了丁淑云、管家老刘，还有千惠和万贵。“怎么了怎么了？”大哥声音已经微微发抖了。

“放开她！”宗启跨前几步，一把拉住豆瓣。

豆瓣动了动，高姑娘也跟着动。豆瓣的手仿佛与高姑娘的胳膊粘在一起了。

宗启一手握着高姑娘的胳膊，一手把豆瓣抓在上面的五指掰开——掰开后并没放下，而是拉紧了，往门里拖去。

一直回到屋里，在椅子上坐下，豆瓣都还在粗粗喘着气。

宗启知道，接下去豆瓣一定打算说点儿什么做点儿什么了。很奇怪，他从没跟豆瓣说过高姑娘，她也从来不问，却早已一切了然。再一想，也不奇怪。天底下没有她不敢做、不能做的事，因为她是豆瓣。

“有人！”这句话再次从他脑中一闪而过。不会错的，从小在山野里长大的豆瓣，有着兽类的机敏，而他，在金狮山跌打了二十年，眼、耳、鼻都已经不会欺骗他。换了平时，豆瓣一定会与他谈谈这个，但现在豆瓣显然不愿意。说到底豆瓣仍然还是个女人啊。

“你……”她终于开口了，但嗓音比预计的正常，神色也很平静，“你是不是后悔了？”

宗启鼻子重重地吸了一下。这个问题，他觉得一点儿都没有回答的必要。

“以前我只是想，女人嫁不同的男人，就会有不同的一生。其实应该反过来想一想，反过来也一样啊，男人娶不同的女人为妻，也会有完全不一样的一生。要是当年你和这个高姑娘成眷属了，日子会怎么样呢？然后，如果你把那个小伊也纳入怀里，又会怎么样呢？所以，其实我也很后悔，竟生生把你给毁了。不过是你自己从福州城去闽西的，你不去，我能见得上吗？见上了，你就是自找的。既然毁了，那索性就毁到底吧。别指望我大肚能容，我凭什么要容呢？ 三妻或者四妾，那都是别人的事，你，你今生都给我断了这个念头！”

宗启松了口气。豆瓣能够这么说，甚至把小伊也一起说出来，他就知道事情已经过去了，可以暂且不必为之费神。他站起，要往外走。

豆瓣叫道：“已经是第二天了，什么时候砸开那个左牌堵？”

宗启说:“明天。”说着他一脚跨出门槛。有一件迫在眉睫的事需要他去处理,他得尽快找到二哥宗汉。

二十

二哥不在家。问管家老刘，老刘说应该是去古三座汤池店泡温泉了。

以前父亲依浩也常去泡温泉,有时心情好,开恩一下,要把儿子也一起带去时,宗启从来不去。各个都脱得赤条条,他别说脱自己,看一眼别人都脸红耳赤。而此次返家,他哪有半丝心思去那个地方转过一次?

现在必须去。

一到汤池店门口，宗启就想到小伊了。小伊要嫁的人就在这家店里,是个小伙计,姓什么?多大年纪?长什么模样?他没有细想下去。也许以后有机会他会去打听一下,但不是现在。现在他得找到二哥。

一跨进店门身子就一下子潮了一层，热了几分。到处湿漉漉的,雾气像一张大网或浓或淡地蒙在那里。一个伙计笑眯眯地小跑着迎上来要递茶送毛巾,宗启摆摆手,打量着对方。矮小,消瘦,不过十二三岁的模样,料想也不可能是小伊将要婚嫁的对象。他报出二哥的名字,小伙计没有一丝犹豫,马上说:“好嘞,您跟我来。”

没有料到里头居然设有评话场，一块高不过两三尺的小台子上摆出一张小方桌,评话师是个秃头老汉,已经被热气熏得满脸是汗,仍穿着长衫马褂,手中一把纸扇,一只铜钹,一块醒木,边说边唱,又是铙钹敲点又是醒木击桌,嗓音脆亮。台子下方,一群赤膊甚至光溜溜的人或站或一旁躺竹椅上正听得入迷。

宗启四下扫了一眼,没看到二哥。

小伙计最后推开了一间雅室，里头不大，有一方盛满水的石槽,汩汩冒着热气,旁边一张茶几,两把躺椅——二哥正躺在其中一把椅子上,而另一把则躺着一个陌生人。

这是宗启第一次看到赤裸着的二哥,左边胳膊根处,仅剩包子似的一块肉瘤,皱巴巴地扭在一起,不知是否被热汤所泡,泛出红晕，皮似乎比其他地方略嫩……宗启眼在上面落一下，马上转开了。他叫了声:“二哥！”

二哥显然没有料到他会在这里出现,身子抬了抬,又放下了。“老三,你也来了？”说着转过头对旁边的那人道:“我家老三,叫宗启。嗬,他小时候打死都不肯来这样的地方,怕脱光了,小鸡鸡被人看到了。哈哈！”

那人也笑,眼一直看着宗启。

二哥说:“老三,认识一下,他叫阿强。”

宗启心里咯噔了一下。

二哥问:“你是来泡澡的,还是有什么事？”

宗启说:“大哥找你哩。我恰好没来过这地方,就来看看了。”

“噢。我也泡够了,那就回吧。”二哥缓缓从椅子上坐起,草草擦了身子,穿上衣裳。

阿强迟疑了一下,没有一同起来,继续跷着脚躺在那里,手挥了挥说:“走吧走吧,你们有事先走。”

宗启想,原来阿强还是看出来了,看出他“有事”。

走出店门时，二哥也说:“找我的人不是大哥吧？你到底什么事？”

宗启说:“不急,到家你就知道了。”

迈进家门后，宗启直接把二哥带到大哥的花厅。大哥正在抽烟,显然已经抽了很久,整间屋子都迷蒙了。大哥罩在烟雾中,一动不动,像个鬼魂。

宗启让二哥坐下,然后他说起从吴仁海那里听到的事,关于台湾,关于日本人,关于吴仁海的堂弟吴仁河。他说得很慢,每一句话之间都有微弱的小停顿,声音也不陡峭,缓缓的,淡淡的,像在聊家常,像在说一件鸡毛蒜皮的小事。他看到大哥已经渐渐坐僵直了,身子向前倾着,嘴张着,眼睛圆睁。而二哥,脸色在霎时间已经铁青。

“是真的？”大哥问。

宗启叹了口气。“不清楚。”他说的是真话,似乎可信,却又叫人难以置信。他看着二哥,问:“也许二哥知道真假？”

二哥站起来,怔怔立了一会儿,又缓缓坐下,低着头,手撑在膝盖上。待他头重新抬起来时,一双鼻孔迅疾地一张一翕,呼出的气粗得像刚跑了一段长路。

大哥说:“你去,去问一问前几天来家里找你的那个阿强吧!”

二哥摇了摇头。

大哥说:“那个阿强看上去就不是好东西,你们一起到的台湾,为什么你胳膊没了一只,他却好好儿的,呃？当年在马尾就是被他骗上船的吧?这种人心肠早烂透了,他哪里会管自己是谁的子孙后代？”

二哥用仅剩的那只手在脸上重重抹了抹，仿佛脸上蒙着一层什么,得一把扯掉。“石牌坊里找到的不过是一根铁棍子后,阿强回了趟台湾。本以为他不会再回到福州,但他前两天又回来了……他说我们家这座房子里还是有剑，肯定有……”说到这里，他看了看宗启。

宗启嘴扯起，笑了笑。

二哥说：“老三知道剑在哪里，是吧？”

宗启说：“是。”

二哥说：“阿强从台湾那边得到消息，说老三从曾经赤化过的闽西回来，就是为了那把青铜剑。这话不假吧？”

宗启说：“不假。”

屋里安静了片刻，大约大哥二哥都没有料到宗启会答得如此直截了当不遮不拦。其实在开口之前，宗启自己也没打算这样说，但事已至此，他只能把大家一起往绝地里逼。现在已经都没有退路了。

大哥佝偻着身子小心翼翼地走过来，轻声问：“老三，这里就我们兄弟三个……爹没了，爹把我们三个留在世上，是指望我们仨能有难同当有福同享……把藏剑的地点说出来吧，你说了，我们一起合力把剑取出来，那把青铜剑就是我们李家的，就是我们三兄弟的……”

宗启摆了摆手，说：“大哥你刚才也听到了，这剑现在已经不是单单我们兄弟在找，日本人也已经打上它的主意了。”

二哥斜着眼看过来，问：“吴家人的话，你真的信吗？”

宗启重重嘘一口气，说：“本来半信半疑，后来……大哥二哥，听起来很荒谬，却是真实的——已经有人盯上我了。”

大哥很紧张：“谁？”

宗启说：“还不清楚。正因为不清楚，这事才深不可测。”

大哥趋前一步，说：“老三，那你得快快说出剑在哪里啊！我怕夜长梦多,怕……"

宗启说:"行。但要是剑拿到了,却被二哥送到日本人手上呢?"

二哥一下子从椅子上站起。"老三,你没说胡话吧?"

大哥连忙说:"不会,不会,老二那只胳膊……老二不会的。"

宗启说:"那个阿强呢,也不会?"

二哥手在空袖管上捋了一下,就往外走。他说:"我得把这事弄清楚。"

宗启没有拦,他觉得弄清楚是必要的。二哥跨出门时,脚被门槛绊一下,趔趄了几步,差点儿跌倒。从小到大,家中哪一处门槛不是闭着眼睛就可以走得顺畅自如的?可见二哥内心也不免乱了。宗启想,乱了好,乱了至少说明二哥对剑的态度。二哥是想要剑的,但二哥看来确实也不愿把剑给日本人。

他没有想到,半个时辰后,当二哥从阿强那里返回时,状元巷口那里,已经是一地的血了。

二十一

二哥离去后,宗启猛地想起豆瓣。

豆瓣不在。

整整二十年,从来都只有豆瓣找他,而他却不曾有过向人打听豆瓣下落的时候。偌大一座金狮山,每一根草每一块石头豆瓣都了如指掌,闭着眼都不至于走失,更何况他找豆瓣干什么呢?吃饭时,豆瓣已经把饭菜端上来筷子摆放好;睡觉时,豆瓣已经把被子铺好枕头摆好。现在推开这扇门,敲开那扇窗,他觉得像在一场梦境里,居然都没有豆瓣。

最后是丁淑云回答了他。丁淑云说:“刚才她向我打听火药库怎么走。”

宗启心里一沉。他猜对了。

宗启转过身匆匆向屋外跑去。还没想清楚究竟要干什么,但他反正得先去那边看看。

状元巷口的石牌坊已经修建过半。那天从闽西回来重新踏进状元巷时,巷子口牌坊没了,他脑中也就迷糊了,想不起小时候所见的牌坊是什么模样,但现在一天天新牌坊往上增长,当年的记忆也就一天天清晰浮起来了,包括许多曾经在牌坊间穿来穿去的嬉闹瞬间。他喜欢这种感觉,仿佛逆着时光而去,渐渐回到幼年,眼睛还是纯净的,有父母在头顶撑一把伞,忧愁比烟还稀薄,一阵风过就无影无踪了。所以,每次经过,他总会停顿一下,仰头往牌坊上多看几眼。

但这会儿他脚步没有丝毫迟缓,他走得很急,脸铁青。

状元巷离火药库有两百多丈远,出了巷子口向左拐,绕几个巷子,进入南后街,再穿过长长的文儒坊,才能抵达。可是刚从石牌坊旁经过,一个人就拦在跟前了。

是朱紫坊的高家姑娘,她穿一件豆绿色碎花旗袍,腰身是收紧的,领子高高耸到耳根下,把一张脸衬得愈发消瘦嶙峋。

“你听我说,必须听我解释,陈记脱胎漆器店真的和我无关……”她说得很快,每一句都使很大的劲儿,手上下舞着。

宗启点点头。有关无关现在都是次要的,他急着离去。

但高家姑娘不愿他走,怕他走,两只胳膊直直地张大。

他身子一侧,大步跨出。高家姑娘被撞得猛地向后趔趄,几欲跌倒,直至靠到墙上,才站住了。

宗启看过一眼，面无表情，并没停下。走出一两丈远，在巷子的拐角处，只觉得背后一暗。他以为又是高姑娘，正想不耐烦地吼一声，后脑勺儿那里却有什么东西重重砸下来了。嗡的一声，浑身的血仿佛一下子都向后脑勺儿灌去，然后整个人就什么都不知道了。

醒来时，他还躺在地上，眼前蒙蒙眬眬的，有无数小黑点飞来飞去。头是疼的，而且沉，咽喉处阵阵泛上清水。他想吐。

发生什么了？他一点儿都想不起来了。

不远处，地上躺着另一个人。他眼光没有停留，马上跳开，但只一瞬，他又用手肘半支起身子，定定地看过去。

有人在喊："高姑娘！高姑娘！"

高姑娘仰面倒着，脸上安安静静，像睡着了，嘴角似还有几丝笑意，一只手搁腹前，一只手向外摊开，那条绣满梅花的手帕还留在手指间——不仅仅这些，向下看，再向下看，就看到她旗袍此时已经不再是纯净的豆青色，它晕上一圈暗色，而从那股暗色处向外，青石板上清晰地蜿蜒出几道红色的……血！

喊高姑娘的是吴子琛，她正蹲在边上，扶着高姑娘的头。

豆瓣也喊："高姑娘，高姑娘！"

宗启动动身子，才发现也有人扶着他，他抬头看了一眼，是大哥宗林和二哥宗汉。而二哥的旁边，站着那个阿强。

一会儿吴子琛走过来。宗启问："怎么了？"

吴子琛不看他，看大哥二哥。吴子琛说："爹，你先把三叔扶回家吧。这里就交给我了。"

二哥应一声，把他搀起。他不走，想过去看看高姑娘到底怎么了。这时豆瓣拨开人群进来，往下一蹲，一把将他整个人举起，扛在肩上,嗖嗖往前走,转眼就进了家门,放到床上。

大哥二哥也跟了回来。

豆瓣对大哥说:“我出去了。”不等回答,她已经出了门。

大哥二哥都有点儿愣神,看着她走远,半晌才回过神来。大哥呢喃了一句:“老三,她……”

宗启还有点儿恍惚,身子是虚的。到底发生了什么?

二哥在床沿坐下,大哥给他倒来一杯水,也拖过一把椅子坐下。

大哥说:“到底怎么回事,我也不知道哩。到底怎么回事啊,老二,你说说!”

二哥说:“等等,我得把头绪理一理。”

这件事二哥做起来似乎有点儿难,低着头想了很久,才慢慢开口。

在巷子拐角处,其实早有人躲在那里了。宗启经过,被一刀柄重重打伤,伤他的人不是为了要他命,似乎只是打算把他掳走。他不醒人事后,扑倒在地。那人正要把他拖走,高姑娘跑过来了,死死抱住他的腰。拉扯间,豆瓣恰好经过,与那人交上了手。那人渐渐处下风,于是拿出了刀。

“那人把你当成盾牌,且战且退。高姑娘又扑过来,想把你拉住,刀子就是在那一瞬间落下来了,从她后背捅了进去……”

“她怎样了?”

二哥看了一眼大哥,小声说:“死了。”

宗启眼前黑了一下。

“然后呢?”大哥很着急。

二哥说:“高姑娘倒下前,还把整个身子往那个人扑过去,被那个人一把推开。就是在这个时候,老三的老婆趁机上前,把那人踢倒,抢回老三。”

宗启闭上眼,重重呼一口气,才问:“整个过程你和阿强都在场?”

“没有。我们到那里时,那个人已经跑了。街上围着很多人,都在说那个人刀法好,太好了,而老三你的老婆,拳法更好。老三啊,你的老婆原来……你老婆身手这么好,你难道不知道吗?”

宗启说:“知道。”

二哥说:“知道你还一直瞒着我们!——那人走后,你老婆摸摸你的脉,知道没大碍,就去看高姑娘,高姑娘已经死了。”

大哥插上嘴:“我就是这时候到那里的,然后吴子琛也来了。老三,当时我以为你也……腿一下子软得快站不住了。还好你没事,你没事就好……你现在还难受吗?”

宗启不想接这个话,他问:“那个人是谁?”

二哥说:“阿强说……是日本人。”

宗启眉头皱起。日本人?这个出乎他的意料。他不认识任何一个日本人,与他们从无交往,甚至没打过照面,更没有过节……突然脑中咚的一声,他想到了剑。

“是因为剑?”

二哥半晌才点点头。“石牌坊被拆后,阿强回了趟台湾,他以为不需要再来了,最后却还是来了,不得不来——这次不是主子让他来,是日本人。倭人哪个不好刀剑?勾践的青铜剑啊,他们一听就口水哗哗的……主子让我来找剑,但主子那时没说过要拿剑做什么用。阿强其实一开始也不知,直至这次,这次日本人把刀架到他脖子上,他能不来吗?他不能不来。”

大哥站起来，说："我去把阿强叫来吧。"

二哥摆了摆手说："不必，这会儿他肯定不在那里了。你们以为他真愿意把剑给日本人？但……刚才把老三打昏的就是日本人，不是一般的人，阿强跟我说那是个剑道高手，祖上都是一流武士。事情已经到了这种地步，阿强胆早吓破了，他逃都来不及，不会再介入了，他老婆孩子还都在台湾哩。"

宗启撑起身子要下床，他要去外面看看。大哥慌忙过来拦住，正要说什么，听到外面响起脚步声。

吴子琛和豆瓣回来了。

只在这一会儿间，两人看上去似乎都瘦了一圈，眼睛红红的，眉宇锁着。跨进门槛前，豆瓣别过脸用手在眼上狠狠地抹了一下，没抹干净，把眼圈外也弄湿了。二十年里，宗启从来没看到这副样子的豆瓣，他以为豆瓣眼睛生来就与别人不一样，像一片结块的旱地，怎么也不可能有水光泛起。

吴子琛显然镇定得多，她先在门外探头望了望，然后才跨进来，顺手把门也掩上了。

暮色已经渐起了，天变得低沉下来，像一块已经有些年头的土灰布。门一关，屋里一下子又幽暗了许多。大哥想去点上灯，望了吴子琛一眼，又打消了念头。吴子琛向床边走近几步，回过头看着豆瓣说："三婶有话要跟大家说。"

豆瓣也走到床边，看着宗启。"把左牌堵砸了吧！"

大哥嘴一下子张得极大，瞪着眼看看这个又看看那个。二哥倒是一下子明白过来了，他猛地站起，脚重重磕到踏板边沿，咚咚几声响。

然后屋里静下来，每个人脸都有点儿模糊，但粗粗的鼻息声却呼呼地响着。

最后是宗启开口了，宗启说："砸吧，我们再不砸，怕也保不住了，很快会有人追上门来砸的。砸吧！"

大哥颤声问："什么时候？"

吴子琛往窗外望了一眼，低声说："今晚子时！"

话音刚落，一道晶亮的闪电猛地劈过，雷声像受了惊之后的烈马，呼啸着蹿过，响声久久粘在耳朵间，整幢房子似乎都跟着摇晃了起来。

二十二

天黑透后，雨停了一阵子，之后又倾倒下来，屋顶上像有无数只发情的猫在骚狂奔跑，瓦片窸窸窣窣响成一片。

天地间只剩下雨声。连千惠和万贵都被大人们一张张晦涩的脸吓住了，怯怯地不敢说话，走路也蹑手蹑脚的。

宗启觉得自己没事了，但豆瓣不让他下床。豆瓣端来饭菜，摆在床头，居然想喂他。他坐在床上，脸一别，拒绝了。豆瓣倒没坚持，笑了笑，把筷子递给他，然后在床沿坐下。

"吃吧。"她说。

宗启没有胃口，但一眨眼间碗还是见底了。夜里还得干活儿哩，不把肚子填结实了，哪有劲儿呢？他想。

豆瓣把碗筷拢到一起，托在手中，却仍然坐着，低着头看还粘着几个饭粒的空碗。

有点儿风，风被雨点儿切割得飘飘忽忽，桌上的油灯虽套着罩子，仍不时微微晃动。

豆瓣说："你说三天，三天后你跟我一起回金狮山。"

宗启想很巧，已经两天了，明天就是第三天。

豆瓣说："我为什么那天要再回陈记脱胎漆器店找路四眼呢？你问过，可是我当时没回答，对吧？"

宗启闭上眼。既然她还记得他问过，而她没答，那么又何必明知故问呢？

豆瓣说："我想你其实也猜到了，那天离店时，我从路四眼的眼神里看到他还有事，这事肯定跟我有关。果然有关，他身上还藏着另一封信，是我爹单独给我的。他病了，我离开金狮山的当天晚上，我爹就病倒了，咳得无法躺下，痰多得气都喘不上来，腿也肿了。刚好路四眼到山上找他，又弄来草药熬给他喝。有好转，但……我爹觉得自己这次不行了。他在信中讲了两件事：其一，金狮山一天天衰下去了，他怕自己一死，山上兄弟群龙无首起纷争，甚至互相残杀，想以那把剑作抵，让路四眼把那些人都带上，善待他们；其二，他嘱咐我把孩子们都带到福州，带到你家，从此不再与刀枪为伍，吃口清静饭，安安稳稳过个日子就行。"

顿一下，似乎忘记自己在说什么，撅着嘴，吸一吸鼻子。

雨好像停了，屋檐还嗒嗒落着水，声音均匀而有力，仿佛一群人正起劲儿地拿瓦片往河面一个接一个打着水漂儿。离子时还要多久呢？宗启觉得自己脑子仍是沉沉的，像堵进一团乱草，像坠着一坨泥巴。

豆瓣说："一会儿也无须你动手，有我哩。必须快，必须在巷子里的人还没被吵醒，就收工。然后我们就走——对，必须走。我得看看爹。也许这辈子真的再也见不上几面了，然后……火药库那边的牢狱，墙那么高，有那么多人端着枪把守，单凭我，不行。就是再加上你，也仍下不得手，只会打草惊蛇坏了事。我这么想，他既已关进去了，运气好的话一时半会儿也未必就会被杀头，或者……必须有更多的人和更多的枪，才有可能救一救他。所以，还是得先回闽西去。砸开左牌堵后，不管是否有剑，我们都得马上回金狮山！”

宗启一直闭着眼，脑子里有一个什么念头浮在那里，他试图抓牢它，却一下子滑过去，又滑过去。他皱起眉，像蹲茅坑似的使着劲儿，终于把它抓住了。他猛地睁开眼问：“要是有剑，怎么办？”

豆瓣用手指头在碗沿上慢慢画着圈，半晌才说：“子琛说，如果有剑，剑在左牌堵里，那么……”

豆瓣笑了笑，抬头看着他，“子琛说，让我们把剑带走。”

“我们？”

“子琛从燕京回来找剑是为了救老师，后来老师已出狱，虽典狱长还盯着剑，但她不会再回燕京，她要和百沛一起赴西洋。这样她能带上剑吗？她不能。她怕万一有个闪失，剑在西洋遗落了，那就是天大的罪过。至于二哥，吴子琛让二哥不要再去台湾了，留下来，管这个家和绸缎厂。子琛的意思是，剑也不能给二哥，即使二哥不会把剑交给他的主子，主子也肯定不会放过他。二哥不就图个钱吗？要多少，子琛她爹说就可以给多少，她爹自己提出来的，反正足够二哥这辈子花天酒地就行了。”

“二哥答应了？”

“还没。子琛正找他谈。至于我们，子琛想让我们带着剑走。今日我当街与那人一番打斗，我这身武艺就传开了，说剑被我们抢走，别人应该还是肯信的。我们回闽西去，回金狮山去，好歹那里是我们的窝，有那么多弟兄，就是金狮山的人都散了，散到路四眼他们的队伍里去，手中反正也都握着枪。有了枪，才能护得住剑。”

门响了几声，豆瓣过去开了门，出去。有几句嘀咕声隐约传来，是吴子琛的声音。一会儿豆瓣再进来时，就开始收拾东西。也没有什么更多的，那些漆器细细叠起，装进袋子，裹上油纸，捆扎好，它们的旁边搁着两件蓑衣、两顶大斗笠。

整理妥当之后，她才过来，重新在床沿坐下。

“二哥同意了。”她说。

“二哥已经从巷子口工匠那里借来斧头、大锤、铲子和梯子了。”她又说。

宗启无声地嗯了一声。头已经不疼了，脑子也渐渐清静下来，但整个人还是有点儿软，有点儿呼吸不匀。他觉得自己不能再坐在床上了，究竟想干什么他并不清楚，但他总之得出去。还没来得及动，豆瓣已经看懂他意思了。豆瓣说：“现在你不能动，子琛已经让百沛在房子外面的隐蔽处待着。百沛是书生，好歹不像你那么惹眼。要是有动静，百沛会回来告诉大家的。百沛做事可以放心。在你们眼里他可能嫩点儿，那是因为你们是长辈，他性情又温婉和气，其实心里有数，脑子好用，机灵得很。歇着吧，最好能先睡会儿。要是一会儿真拿到剑，我们还得赶夜路哩。呃，睡吧，时候到了，子琛会来叫我们的！”

宗启重新躺下。需要一寸寸慢慢熬光阴时，滋味实在太愁煞人了，要是真的能昏昏沉沉睡去，凡事皆丢脑后，也就轻松了起来。

但他哪里能睡得着。

他闭起眼，耳朵却一直伸长着。他在等着门外传来响声。

父亲依浩在黄泉之下，能看到家中发生的这一切吗？若是看得到，该是怎样的牵肠挂肚与担心焦虑啊。父亲靠摆摊子卖丝线起家，千辛万苦攒钱买下状元巷二十九号这幢房子，原本是为了庇荫子孙，让李家在此世代安居乐业，有个温饱，平安无忧，也就知足了，谁知竟突然冒出一把鬼魂般的剑，就把这一切都搅乱了。

真的有剑吗？这个疑问从来没有像现在这般清晰地浮起来。吴子琛挖了墙，二哥拆了石牌坊，没有，都没有，剩下这个左牌堵，真的会有还是又竹篮打水？不知道。越临近，竟越发心虚起来。

但此时还有退路吗？丝毫都没有了啊。

那就砸吧，砸开来看个究竟吧。然后，无论是否有剑，他和豆瓣都得走了，离开福州，重新回到金狮山去。去了，他肯定还会再回来。再回来，即使带着金狮山兄弟或者路四眼的同伙，也可能仍然无法将路四眼从牢里救出来，但他能不来吗？

他必须来，必须！

二十三

春天确实是孩子脸，第二天在毫不防备间，太阳居然就一下子蹿出来了。昨日还有几分凉意，转眼被日头一照，马上就燥热起来。

太阳明晃晃的时候，宗启和豆瓣已经在福州几十里之外了。

昨夜子时，雨像被谁惹恼了，暴戾而下，雷声地动山摇，几乎有把整座城掀翻之势。立在其中，仿佛有人不停地从头顶一盆盆往下倒水，眼都只能眯起，无法睁开。打开房门，架上梯子，爬上墙头，先用斧子，再用锤子、铁器与三合土撞击的声音其实不弱，却还是被雨声与雷声完全吞没了。

爬上墙头的是豆瓣。

本来宗启要去，最后却没有去成。豆瓣腿霍地伸出，像根树桩挡住他身子，就像二十年前，在那个村头的榕树下，然后大哥也过来，把他死死拉住。

二哥说：“我去吧。”

虽万家灯火已熄下，但二哥还是小心地压低了嗓音。没有人听到他说什么，或者也没人打算听他说什么。他左边那个空荡荡的袖管，在夜色下如同魑魅的影子。纵然曾在台湾雾社山中砍伐过参天大树，但如今仅凭一只右手，还怎么能在最快的时间里，把左牌堵砸开？

豆瓣把斧头、锤子和铲子装进袋子背在身上。

豆瓣搬过梯子。

豆瓣攀上去前吴子琛凑近她身旁，对她耳语了几句。

雨仍然如注。穿着棕蓑衣让豆瓣比往日笨拙了几分，但仍然很快就到了屋顶。

一道闪光劈下，劈出豆瓣的身影——竟那么硕大，小山丘似的尖顶斗笠下，那一身蓑衣长及膝下，肩部向两侧硬邦邦地奓开，看上去就像一只巨鹰停在上面。但很快她把斗笠掀掉，将蓑衣脱掉，一下子就成了一根枯树枝似的插在那里。

她开始挥动斧子了。

她改抡锤子了。

她蹲下来用铲子了……

泥土嗖嗖地下来，被雨裹着，有了沉甸甸的分量，却已经被削去了锋芒，没有更多的响声。宗启隐约看到豆瓣一个手势，其他人并没发现，他却已经明白过来了。他低声道：“有了！”马上就登上梯子。仅登了一半，豆瓣已经从上面下来了，手里托着一个方形的黑糊糊的东西。

“剑……剑……剑？”大哥声音抖得厉害。

宗启接过豆瓣手中的盒子，上面沾着污泥，摸上去是硬的。

吴子琛说："快去花厅，都去。锤子、斧子、铲子、梯子也先弄进去。快！——三婶你先回屋换了衣服再过来。"

没有人吱声，都屏住气，顺从地快步从房门前离去。

吴子琛也走，但她不是与其他人一起走，而是去了管家老刘住的那间屋子。

盒子不是四四方方的，而是偏长，约半尺宽，一尺多长。二哥马上端出一盆水，小心洗去污泥。原来是个铁盒子，已经锈出几个大小不一的洞。正要打开，豆瓣进来了。豆瓣已换上干净衣裳，但头发仍是湿的，拢在脑后，一下子头小了一圈，竟有了几分清秀，不似平日所见那副粗陋状。

豆瓣说："等等吴子琛吧。"

大哥问："她呢？"

豆瓣说："她让老刘把家中那几个下人喊醒，说左牌堵被雷劈断了，让他们去清理一下。"

宗启一怔，一下子醒悟过来。被雷劈了，确实没有比这更好的借口了。

一会儿工夫吴子琛进来，眼光一下子就落到那个铁盒子上。

所有人的眼光其实也都在铁盒子上。

大哥问："打开吗？"

吴子琛抬起眼，看了每个人一眼。"如果有剑，真的是剑，已经说好了，这剑让三叔三婶带走，谁也不能反悔。可以吗？"

大哥看看二哥，二哥迟疑了片刻，点点头。

大哥也点点头。

吴子琛走过去，一手捏住盒身，一手去掰盒盖。很紧，显然已经锈住了。

宗启说:“我来吧。”不等回答,就拿过盒子,用力扯了扯,盒子没动。再扯,手指头已经疼起,盖子才终于松动。他气喘得很粗,低头见自己胸口处衣衫被心跳顶得一起一伏。

大哥说:“打开……吧……”

宗启把铁盒揽进怀里,用腹部顶住,然后用手捏住盖子,往上一拔。

盒子不是空的,也不洁净,泥土、锈粉覆着一层。宗启把盒子递给吴子琛,吴子琛俯下身子,用指尖一层层慢慢往下拨,那神情与动作,都宛若在绣花。

有一块褐色露出来了。

再拨开,墨色、褐色、蟹青色……不是剑,是一本已经千疮百孔的书,边沿破损,斑斑点点。

书的封面写有两个大字:剑问。

下方则是几行娟秀的小楷——几乎每个字都是残肢断臂的,也洇得模模糊糊,但仔细琢磨,尚可勉强把它们拼凑完整:

剑有迹

宝可觅

皆在字里行间细细寻

问问问

雨不知在什么时候已经停了,像一个发泄累了的孩子,一下子歇下,蜷起身子,悄无声息。屋子里很静,每一个人都呆立着,低着头,看那些支离破碎的字。

是一本寻剑秘籍？

确实有剑，但剑还隐于某个幽暗的地方，而它却可以徐徐引导，然后柳暗花明？

宗启看到吴子琛长长吸了口气，又悄然吐出，然后重新伸出手，仿佛是伸向一锅沸腾的水，微微抖动，战战兢兢。

封面纸被缓缓掀动了，刚一掀起，却像一片遇着火的冰，霎时就碎了，化了。

吴子琛真的像被烫着一般，手猛地一缩。

大哥哭腔都出来了："它……"

吴子琛直起身子，环视一下。恰好百沛此时回来了，握着蓑衣与斗笠，头发湿湿地覆在额前。二哥问："外面没事吧？"

百沛摇头。

吴子琛拉了拉他衣袖说："这样，你去弄一只炭炉来，烤一烤。现在它是湿的，经不起碰。"

百沛还不明就里，俯身看了看铁盒子，唇动一下，似乎想问什么，又闭拢了。

大哥说："我去我去！"

百沛拦住他，说："我去。"就小跑着走了，一会儿端进一只炭炉，点火，燃起，把铁盒子架到上面。

豆瓣拖过一把椅子想让宗启坐下，被宗启推开了。头又有点儿晕沉沉的，眼皮也向下耷拉，却没有半丝睡意。宗启怕自己摔倒，叉开腿，定定站着，眼光一直盯着那个铁盒子。

青烟冒起，水汽蒸腾，一股古怪的气味在屋里弥漫。

吴子琛蹲在盒子旁，双手环抱住自己的双肩。这时候她看上去就像个楚楚可怜的小女孩，仿佛正等着过年肉包子的蒸笼揭开，一脸都是期盼。

每个人都在期盼。

但最后当终于把那个本子从盒子里取出来，摊开到茶几上时，却已经是一堆烂纸，硬硬地黏成一团，一剥开，就齑粉了。

屋子里死一般静。宗启整个人向外一膨——就是这个感觉，一下子竟然松了一口气，浑身皮肉都清爽了几分。看看其他人，都一样，他相信都一样。

一会儿豆瓣出去，再回来时，已经把装着脱胎漆器的包裹背在背上了。

“我们走吧。”豆瓣拉了拉宗启。

“你们走吧。”吴子琛也说。

宗启本来低垂着眼皮，这会儿抬起来，把大哥、二哥、百沛、吴子琛逐个看一遍，然后跟在豆瓣身后跨出了门槛。

其实那个瞬间他想起了一个人——小伊。要是此时小伊也在，就圆满了。

几个时辰后，当太阳霍地升起来的时候，他已经走出福州几十里地了。

往回望了望，他叹一口气。都是山，青山遮住了一切，那座堆满青砖乌瓦曲线山墙的福州城，那条悠长悠长的状元巷以及二十九号房子，都退到了远处，看不到影子。

究竟什么时候还会再回来呢？

应该不会太久，肯定不会太久。